중국 현대희곡 연구 및 번역 총서 7

북경인

중국 현대희곡 연구 및 번역 총서 7

북경인

조우 저, 한상덕 역

한국학술정보㈜

　다리가 불편하다면 애초부터 마라톤을 시작하지 말라는 친구의 권유에도 불구하고, 꼴찌라도 완주에 큰 의미가 있다면서 고집을 부리고 계속한 공부. 이제 知天命의 나이가 되고 말았다.

　주위를 둘러보니 모두 다 골인해 아무도 없고, 외롭게 다리를 절룩거리며 혼자 달리고 있는 듯한 자신을 발견하게 된다. 그러나 힘들다는 생각은 간혹 들었지만 후회하거나 불행하다는 생각을 해 본 적은 한 번도 없다. 늘 행복하고 즐겁기만 하였다. 그것은 되고 싶은 것은 아직 되지 못했지만 하고 싶은 일을 하고 있기 때문이었을 것이다.

　언젠가 知人으로부터 다시 한 번 인생을 살 수 있다면 무엇을 한 번 해보고 싶냐는 질문을 받은 적이 있다. 불가능한 것에 대한 물음이기도 했지만, 이 질문 속에는 今生의 삶과 행복과 성취보다 더 좋은 것을 예상하고 대답을 해야 하는 부담이 있어서 뭐라고 선뜻 대답할 수가 없었다. 나는 今生에서의 노력보다 더 많이 노력해서 지금보다 더 좋은 것을 이룰 수 있는 자신이 없었던 것이다. 여기에는 참으로 내가 열심히 살았다는 '자만'이 깔려 있다.

　그렇다. 참으로 열심히 살았던 것 같다. 그러나 그 열심의 열매는 참 초라한 것만 같다. 대학에서의 연구와 교육에서 '善'이라 할 수 있는 '지식과 사고'를 생각해 볼 때, 뭐라고 변명을 할 수가 없다. 그러나 나의 현주소를 분명하게 자각하고 있는 이상, 앞으로 더 열심히 노력한다면 극복이 가능할 것도 많을 것이라 확신하며, 오늘도 하나님께 매달린다, "능력과 지혜를 좀 주세요."라고.

그동안 능력에 부치는 일을 하려다 보니 참 고생이 심했던 것 같다. 그 고생과 시간 투자는 부모형제들과 가족들을 돌아볼 여유를 가지지 못하게 하였고, 주위의 여러 선생님들과 친구들과 학생들과는 인간다운 교제 한 번 제대로 나눌 수 있는 여유조차 없게 하였으니 아무리 사죄를 한다 해도 나의 편하지 않은 마음은 쉽게 사라지지 않을 것 같다.

엊그제는 아파트 뒤뜰의 은행나무가 그리도 고왔다. 노란 이파리가 떨어져 땅은 노란 색으로 도배가 되어 있었다. 아내가 내려다보면서 하는 말이 나무에 남아 있는 은행잎이 내 머리칼 같단다. 머리카락이 얼마 남지 않았다는 '대단한' 은유였으리라. 하지만 아직 그렇지는 않다고 강하게 부정하고 싶다. 그러나 내려가서 은행잎 한번 밟아보자는 마흔 두 살 아내의 낭만어린 제안을 발등에 떨어진 불 운운하면서 외면하고 말았다. 쉰 살의 가을은 이렇게 또 아내에게 큰 아픔만을 남겨놓고 떠나간다.

지금까지 매사가 그랬으니 어찌 후회가 많지 않겠는가?

총서 10권 중 이 책은 제7권이지만, 머리말을 쓰는 것은 이 책이 마지막이다. 참으로 만감이 교차한다. 그동안 큰 은혜를 주셨고 묵묵하게 지켜봐 주시고 격려해 주셨던 여러분들이 생각난다. 이에 특별히 모교인 경상대 중문과의 유응구 교수님, 강신웅 교수님, 정헌철 교수님, 박추현 교수님, 권호종 교수님께 감사드리며, 성대 대학원에서 공부를 가르쳐 주셨던 김철수 교수님, 정범진 교수님, 최봉원 교수님께 심심한 감사를 드린다. 그리고 항상 옆에서 걱정해 주었던 동문 여러분들에게도 감사를 표한다.

끝으로 어려운 여건 속에서도 경제성을 먼저 따지기보다는 학술자료보급에 큰 뜻을 두시고 보잘 것 없는 원고를 책으로 만들어

주신 한국학술정보(주)에 감사를 표하며, 진행에 도움을 주신 신재훈 · 김상희 · 권성용 선생님, 그리고 많은 분량을 편집하시느라 고생하신 관계자 선생님께도 감사를 드린다.

2007년 10월

한상덕 삼가 씀

|차 례|

북경인

[인 물]

증　호(曾　皓)　　　북평에 거주하는 옛 명문의 영감, 63세.

증문청(曾文淸)　　그의 맏아들, 36세.

증사의(曾思懿)　　그의 맏며느리, 38, 9세.

증문채(曾文彩)　　그의 딸, 33세.

강　태(江　泰)　　　그의 사위, 문채의 남편, 늙은 유학생, 37,8세.

증　정(曾　霆)　　　그의 손자, 문청과 사의의 아들, 17세.

증서정(曾瑞貞)　　그의 손자며느리, 정(霆)의 아내, 18세.

소　방(素　傍)　　　그의 이질녀, 30세 전후.

진유모(陳奶媽)　　증문청을 젖 먹여 키운 유모, 60세 전후.

소주아(小株兒)　　진의 손자, 15세.

장　순(張　順)　　　증씨집 하인.

원임감(袁任敢)　　"인류학"을 연구하는 학자, 38세.

원　원(袁　圓)　　　원의 외동딸, 16세.

"북경인(北京人)"　원임감 학술 탐사대의 트럭을 수리하는 거인.

경　찰

관으로 장사를 하는 갑 · 을 · 병 · 정

[장 소]

제 1 막　추석날. 북평 증씨집의 작은 화원의 응접실 안.

제 2 막　그날 밤 11시경, 증씨집의 작은 화원의 응접실 안.

제 3 막　제1막과 약 한 달쯤 떨어진 어느날 깊은 밤 3시, 증씨집 작은
　　　　　화원의 응접실 안.

제 1 막

　추석날. 정오가 가까워 질 무렵. 북평의 증씨집 낡은 주택 화원에 있는 작은 응접실 안은 모든 것이 고요하며, 방안에는 사람 하나 없이 조용하다. 다만 오른쪽 벽쪽의 긴 테이블 위쪽에 걸린 네모난 구식 소주제(蘇州製) 시계만이 느리고 낮게 "째끄-째깍" 쇠약한 걸음마 소리를 내고 있을 뿐이다. 밖에서는 주인이 키우는 흰 비둘기가 떼를 지어 높은 하늘을 날며, 가끔씩 비둘기 꼬리에서 나는 냉랭한 피리 소리가 추풍을 타고 아주 쟁쟁하게 들려온다. 이 은피리 소리와도 같은 하늘의 음악소리에 오랫동안 어두운 방에 갇혀 있던 환자들은 고개를 들어 이를 바라보곤 한다. 열려진 뒤쪽 화원의 맑고 깨끗한 큰 응접실 창문 너머로 두 세 덩어리의 하얀 구름이 푸른 하늘을 유유하게 흘러가는 것이 보인다.

　화원의 작은 이 응접실은 안채의 큰 응접실과 동쪽으로 향한 앞 뒤 마당의 곁채가 접한 곳에 있고, 방안에는 네 개의 출입문이 있다. 방안 오른쪽문은 큰마님의 침실과 통하며, 문에는 청록색 면으로 만든 아주 정교한 커튼이 걸려 있다. 방안 왼쪽문은 시집간 딸인 고모―유학 출신의 강태 선생에게 시집간 증문채―의 침실과 통하고, 문에는 아무것도 걸려져 있지 않다. 문틀은 비교적 작으며, 또 비교적 더러운 것으로 보아 안에 있는 방도 그렇게 신경을 쓰지 않은 듯 하다. 화원의 작은 응접실 뒷벽은 좁고 긴 종이로 발린 칸막이와 벽장 같은 작은 서재로 거의 전체가 꽉 차 있다. 종이를 바른 이 칸막이는 곧 안채의 옆문이며, 화원의 작은 응접실 뒷벽의 삼 분의 이를 차지하고 있다. 문틀은 바닥으로부터 약 한 사람 키 정도 떨어져 있고, 하나의 섬돌을 걸어 올라가면 곧 문 안쪽의 큰 응접실로 들어가게 된다. 날씨가 좋을 때, 이 몇 개의 좁고 긴 종이를 바른 칸막이를 완전히 열어 놓으면, 안채의 기상이 아주 훤하고 시원스럽게 보여 과연 이 집이 "이전에는 아주 왕성"했던 대갓집 가문이라는 것을 알 수가 있다. 안쪽 큰 응접실의 창문은 모두 오른쪽으로 나 있는데, 앞마당 쪽으로 난 활짝 열린 문을 통해 녹음으로 우거진 정원의 대추나무와 등나무가 보인다. 이 때 눈부신 햇살이 응접실(즉 큰 응접실)의 밝은 창문을 통해 바닥 전체를 비추고 또 반사가 되어 마치 물 속과 같이 실내에는 그림자가 흔들거린다. 퇴색이 되어 흐릿한 기둥 위의 금분과 천장에서 떨어져 내린 장식도 이 햇빛에 반사가 되어 반짝반짝 광채를 낸다. 이에 비해 관중들 가까운 곳에 있는 화원의 작은 응접실은 확실히 좀 어둡다. 매번 "초가을의 무더운" 날씨가 되면 집주인은 벽의 대부분을 차지하는 큰 응접실로 통하는 문짝은 모두 닫아두고, 단지 왼쪽 뒷벽의 작은 서재 안에 있는 둥근 달같이 생긴 사창으로만 빛이 약간 들어오게 하여, 이 침침한 화원의 작은 응접실은 그늘로 시원해 보인다. 방안의 늙은 주인은 평상시 뒷마당 쪽에 있는 침실을 그리 잘 떠나지 않지만, 때로 이곳에 와서 휴식을 하곤 한다. 이 작은 서재도 의외로 하나의 이름을 가지고 있어서, 문 위쪽에는 주인이 전서로 크다랗게 쓴 세 글자 "양심재"란 가로 액자가 걸려 있다. 사실 이 서재는 화원의 작은 응접실 벽장과 같이 이 응접실 뒷벽의 삼 분의 일이 좀 못되는 공간을 차지하고 있어서, 기껏해야 화원의 작은 응접실 작은방이라고 할 수 있다. 서재 안의 정면에는 창문이 하나 있는데, 이를 통해 뒷마당의 늙은 홰나무 가지를 볼 수 있고, 왼쪽의 문 하나(거의 보이지 않음)는 바로 뒤쪽의 정원과 증씨 영감의 침실로 통한다. 이 작은 방 안에는 벽을 따라 한 줄의 책꽂이가 있는데 거기에는 선장본이 가득 꽂혀 있그, 창 앞에는 주인이 애지중지하는 녹나무 책상, 자단 팔선 걸상이 있으며, 책상 위에는 필묵과 벼루, 자기 골동품이 놓여져 있는데, 모두가 아주 고아하고 정교하다. 이 세대의 주인들은 때로 이곳에서 그림을 그리고 시를 읊기도 하고, 때로는 여기서 경서를 읽고 공리공담을 일삼기도 하며, 때로는 이곳에서 점을 치다가 재미없으면 잠을 자기도 한다.

말하자면 이 화원의 작은 응접실은 옛날 밀담을 나누던 곳이다. 증씨 집 가운이 왕성했을 때는 손님들이 문전성시를 이루었다. 경덕공, 이 사람은 가업을 일으켜 세운 조상으로, 그는 하나의 규칙을 세워 두었다. 즉 자기와 가까운 친구들은 모두 관례에 따라 이곳으로 청하여 그가 조정에서 돌아올 때까지 앉아서 기다리게 하거나, 혹은 사람을 양심재로 청하여 밀담을 나누게 하거나, 혹은 양심재를 돌아 뒷마당의 서명실(署名室)로 가서 오랫동안 이야기를 하게 함으로써, 큰 응접실에서 일을 기다리는 후생들과는 구별하였다. 당시 귀밑머리가 이미 희끗희끗했던 늙은이도 젊음을 가지고 귀족 자제로서의 풍류를 즐겼고, 왕성한 의기로 매일 여자들을 찾아 다녔으며, 새를 키우고 새소리를 들으며 부잣집 자제로서의 태평스런 세월을 보냈다.

지금 몇 십 년이 지났으나, 이 방은 여전히 증씨집 자손들이 모여 한담을 하는 곳이다. 여기에는 우선 가문의 찬란한 영광과 조상이 남겨준 사랑이 모두 이곳에 집중되어 있는 것 같지만, 불초한 자손들은 더 이상 옛날의 경덕공이 그렇게 가문을 빛냈던 것처럼 하지를 못하고, 오히려 이미 지나가 버린 영화를 회고하고 귀족 나리가 담소하고 휴식하던 이 곳을 배회하며, 또 고개를 숙이고 차마 잽싸게 떠나지를 못하고 있기 때문이다. 그 다음으로는 집안의 모든 일을 관리하는 큰마님(경덕공의 손자며느리)과 그의 남편이 오른쪽 옆방에 살면서 분부를 하고 토론을 하기 때문에 자연히 이곳을 아무도 떠날 수가 없게 되어 있고, 또 이 방은 모든 곳으로 통하게 신경을 써서 지어졌기 때문이다. 우리는 지금도 여전히 마룻대와 들보 위에 있는 금벽의 찬란한 옛 흔적을 찾아볼 수가 있다. 그래서 지금은 가정 형편이 좋지 않아 큰 응접실은 물론이고 서쪽의 곁방까지 인류학을 연구하는 한 학자에게 세를 놓지 않으면 안되게 되었다. 그러나 이 방만큼은 더 이상 바깥 사람들이 사용하도록 쉽게 내놓으려 하지 않았다. 이것은 증씨집 최후의 보루이기 때문이다. 화원의 초목도 이미 일찍이 황폐가 되었고, 방안의 동량 역시 상당히 퇴색이 되었으며, 석회를 바른 벽도 대부분 침식이 되어, 곳곳이 다 허물어지기 직전의 모습을 하고 있다. 하지만 주인은 그래도 사면초가의 환경 가운데서 억지로 발악과 저항을 하고 있다.

　사실 언뜻 보면 이 방은 결코 초라한 모습을 조금도 드러내 보이지 않는다. 우리가 말했던 그 묵직한 소주제 시계는 아주 화려하고 훌륭하게 장식이 되어 있고, 시계 뒤쪽의 그 팔각형 유리창 역시 반짝반짝 닦여 있다. (북평의 구식 집으로, 방과 방 사이에도 유리창이 있다.) 안은 살구색 커튼에 잘 가려져 있어서 - 큰마님 성격은 자기가 방에서 무엇을 하고 있는가를 다른 사람에게 보여주지 않으려 함 - 마치 무한한 비밀이 감춰져 있는 것 같다. 시계 앞에는 금빛 비단으로 싸놓은 옥여의(玉如意)가 가로 놓여 있는데, 이는 선조가 자손들에게 물려 준 것이다. 양쪽 옆에는 난초 화분과 이십 년 전 큰마님이 시집올 때 가지고 온 한 쌍의 보석으로 된 붉은 골동품 병이 진열되어 있다. 긴 테이블 앞에는 홍목(紅木)으로 만든 하나의 네모난 탁자가 있는데 좀 낡고 상처가 나 있다. 위에는 자주색 탁자보가 깔려 있는데 밥을 먹을 때는 이것을 밥상으로 쓴다. 지금은 한 접시의 당호로(糖葫蘆)가 놓여 있는데, 붉은 아가위로 만든 것, 자줏빛 포도로 만든 것, 생 올방개로 만든 것, 호두 알맹이로 만든 것, 감자로 만든 것, 검은 대추로 만든 것, 배 조각으로 만든 것, 크고 붉은 굴 쪽으로 만든 것 등, 그 산뜻하고 아름다운 색깔을 보는 사람은 군침을 흘리게 된다. 네모 난 탁자 옆에는 두 세 개의 의자와 하나의 앉은뱅이 걸상이 놓여져 있는데 아주 깨끗하게 닦여져 있다. 왼쪽 벽쪽에는 하나의 반달형 자단목 탁자가 고모 방문 앞쪽으로 놓여져 있고, 탁자 위에는 한 그릇의 불수감(佛手柑)과 몇 개의 녹색비단으로 싸 놓은 코담배통, 두 세 권의 고서가 놓여져 있다. 그 중간에는 하나의 투명한 유리 항아리가 있는데, 금붕어가 물 속의 수초 속에서 유유히 헤엄을 치고 있다. 탁자 앞에는 두 세 개의 작은 소파와 하나의 낮은 탁자가 놓여져 있는데, 아마 유학생 강태가 생각을 해 낸 것인지 좀 특이하게 놓여져 있다. 이 쪽 벽 위에는 동기창이 쓴 한 폭의 행서 족자가 걸려 있는데 표구한 것이 상당히 고풍스럽다. 양심재 가까운 곳 벽 구석쪽에는 흰색 천으로 씌운 칠현금(七絃琴)이 하나 걸려 있는데 등황색 선이 묵직하게 드리워져 있다. 뒤쪽의 양심재와 큰 응접실로 통하는 칸막이 사이에는 흰 벽으로 비어 있는데, 거기에는 말쑥하고 우아한 묵죽이 한 폭 걸려 있는데, 보기에 표구를 한 지 오래 되지 않은 듯 하다. 이 대나무 그림 오른쪽에는 다섯 자 정도의 오목(烏木)에 용 조각을 한 하나의 입식 스탠드가 서 있는데, 용 아가리에는 하나의 네모형 전등이 물려 있고, 짙은 남색의 등갓에는 여러 색깔의 꽃과 새가 그려져 있다. 왼쪽에는 흰 바탕에 푸른색 꽃이 그려져 있고 명대 자기를 모방해 만든 큰 아가리의 단지 하나가 놓여 있는데, 그 안에는 십여 축의 그림이 비스듬히 꽂혀 있다. 단지 옆에는 두 개의 네모난 걸상이 놓여져 있고, 걸상 위에는 덮개를 잘 잠그지 않은 가죽 트렁크가 하나 놓여 있다.

방안은 조용하며 하늘에서는 이따금씩 비둘기 꼬리에서 나는 피리소리가 들린다. 밖의 긴 골목에서는 한 사람이 아주 힘들게 북평 특유의 외바퀴 물차를 서서히 밀고 가는 듯, 울퉁불퉁하고 좁은 자갈길에서 계속 "삐걱삐걱" 단조로운 신음소리를 낸다. 이 답답한 바퀴 소리는 멀리에서 가까워졌다가, 다시 가까이에서 멀어져 간다. 그 사이에 간혹 멜대에 짐을 멘 이발사의 "집게"(일종의 연철 같은 것으로 만든 큰 족집게 모양의 물건, 이것을 치면 그 집게가 부딪치면서 금속 소리를 낸다.) 소리가 마치 큰 벌이 우는 것처럼 윙윙거리며 섞여 들려 온다. 간혹 또 칼이나 가위를 가는 사람이 "왕왕"거리며 내는 낡은 나팔 소리는 단조롭고 침울함을 깨뜨린다.

　방안에는 한 사람도 없이 조용하다. 연한 호박색의 고급 자기 화분에는 소심란(素心蘭)이 자라고 있어, 그윽한 향기가 조용히 풍겨 나오고, 미풍이 불면 또 창 밖에서 향기로운 물푸레나무의 꽃 냄새가 방안으로 들어온다.

　　　[사이

　　　[멀리 큰 응접실로 통한 앞뜰 문으로 증씨집 맏며느리와 장순이 걸어 들어온다. 그들은 급히 화원의 큰 응접실을 지나 눈앞에 있는 이 방으로 들어온다. 장순은 서른 살 전후의 북평 하인으로서 공손하게 그러나 또 좀 초조하게 뒤에서 따라 온다.

　　　[증사의(맏며느리)는 어려서부터 사대부 가정의 훈도 하에서 자라난 여자이다. 그녀는 학식과 교양이 있고 예절에 밝으며, 똑똑하고 빈틈이 없다고 자처하며, 온종일 만면에 웃음을 담고 있지만 속으로는 오히려 칼을 품고 있고, 허위에 차 있으며, 이기적이고, 말이 많다. 하지만 아직까지 스스로 반성을 할 줄을 모르고 지내왔다. 평소에 그녀는 자신이 강개하고 대범스럽다고 여기지만, 주위 사람들은 모두가 자기를 해치려는 이리나 쥐들과 같다고 생각한다. 입으로는 언제나 "겸손과 인내를 가졌다"고 지껄이지만, 마음속으로는 시도 때도 없이 다른 사람을 가지고 놀 생각을 하며, 늘 "실패를 해서는 안 된다"고 생각한다. 언제나 질투심과 의심이 많으며, 자기는 감각이 예민하다고 오판을 하고 있다. 어떠한 말에서도 그녀는 남의 허물을 다 알아내는 듯 하였고, 그 배후에는 반드시 음모와 계산이 있다. 종일토록 전전긍긍하면서 자기가 심사숙고하

여 만들어낸 간사하고 은밀한 분위기 속에서 암투를 벌인다. 말을 할 때는 그렇게 상냥하고, 효성스럽고, 어질고 …… 현량한 부녀가 가진 온갖 미덕을 가능한 한 가식적으로 표현해 내어, 이것으로 증씨집 가족들에게 성품이 좋다는 명성을 널리 얻고자 하나, 가족들 중 어느 한 사람도 속으로 그녀를 미워하지 않는 사람이 없다. 교활한 여우는 때로 사람들의 비웃음을 사는 꼬리를 드러내 놓는 법이다. 그녀는 절대로 어진 효도를 하지 않으면서, (그녀는 죽지 않고 살아있는 늙은 시아버지를 극도로 미워한다.) 찾기 힘든 며느리라고 허풍을 떨고, 재물을 목숨처럼 탐내면서도, 자기가 제일 마음을 후하게 쓴다고 곧잘 말한다. 남몰래 남을 혜치는 것이 습관이 되었지만, 오히려 자신의 구덕(口德)을 찬미하고, 눈앞에 있는 며느리를 거의 학대하다시피 하면서도, 언제나 다른 사람들 앞에서는 자신이 사람을 너무 후하게 대한다고 찬미를 한다. 어떤 사람은 그녀가 음험하고 악독하다고 달하고, 또 어떤 사람은 그렇지 않다고 말한다. 그녀가 음험하고 악독하다고 욕을 하는 이유는 그녀의 웃음 속에는 칼날이 서려있고, 마음속에는 얼마나 옹졸하고 묘연한 것을 많이 품고 있는지를 모르기 때문에 그녀를 미워한다. 그녀를 그렇지 않다고 보는 것은 담이 쥐처럼 작고, 도적을 겁내고, 가난을 겁내고, 죽음을 겁내고, 모든 나쁜 사람이나 자잘한 재난을 겁내기에, 담장 옆의 연약한 풀이 보이면 원한이라도 있는 듯 잔인하게 뿌리까지 짓밟아 없애버리지만, 사람을 쏘고 무는 벌과 뱀을 만나게 되면 곧 길옆으로 피하고 자신의 교양을 칭찬하는 그녀를 이해해 주기 때문이다. 어쨌든, 그녀는 스스로 총명한 사람, 재능 있는 사람, 대단한 사람, 포부를 가진 사람이라고 인정을 한다. 다만 쇠퇴한 한 사대부 가정으로 시집을 잘못 온 것이 애석하고,

자기가 왜 하필이면 하나의 여자로 태어났을까 하는 것이 원망스러울 뿐이다. 그녀는 키가 크지 않고, 토끼 눈을 하고 있는데 약간 비뚤어져 있다. 넓은 이마, 높은 콧날, 두터운 입술, 이는 앞으로 삐죽 나와 있고, 짙은 두 실눈썹은 칼로 벤 듯 정연하면서 또 매섭다. 말을 할 때는 상대방의 표정을 가만히 훔쳐보기 좋아하며, 행동과 말이 아주 민첩하다. 그녀는 마흔 살이 채 안 된 모습이나 몸집은 이미 뚱뚱하고, 얼굴은 마치 좀 부은 듯 하다. 그녀는 자잘한 꽃무늬가 있는 연황색 치마를 입고, 금실을 수놓은 단자 신발을 신었다. 겨드랑이에는 번쩍거리는 한 꾸러미의 열쇠를 달고, 손에는 계산서를 들고 있는데, 눈썹 사이에 노기가 서려있다.

장   순   (웃는 얼굴로) 어쩌면 좋아요, 큰마님?

증사의   (입술을 비쭉 내밀며) 그 사람들에게 문간방에서 기다리라고 해.

장   순   그런데 그 사람들은 빚을 지금 갚으라고 하는데요-

증사의   지금 없어.

장   순   그 사람들 말은, (몹시 난처해하며) 그 사람들 말은-

증사의   (눈썹을 찡그리며) 뭐라 하던노?

장   순   그 사람들 말은 관을 칠할 때, 노나리께서 이것저것 골라서 칠을 사 오십 차례 하지 않으면 안 된다고 하셨다면서 지금은 복건(福建) 칠도 했고 관도 가져 왔으니, (웃으며) 큰마님께 돈을 달라는군요, 돈은-

증사의   (교활하게 소리를 내어 웃으며) 그 사람들보고는 노나리한테 가서 달라 하라고 그래. 그 사람들한테 그래, 관은 이 며느리가 잠들 것이 아니라구. 못 기다리겠으면 관을 다시 가져가라고 해. 거무칙칙한 관을 집에 두면 재수 없을 것 같아 싫으니까.

장　순　(간절하게) 제가 보기에는 그 사람들에게 좀 주는 것이 좋겠
　　　　어요. 대보름이고, 또 관에 칠도 다 했으니까요. 큰마님.

증사의　(얼굴을 붉히며) 칠 가게에서 너에게 뭘 얼마나 먹였기에 이
　　　　렇게 외상값 받는 개자식들 편을 들어 말을 하지?

　　　　[진유모, 예순의 한 노부인이 큰 응접실로 통한 앞뜰 문으로
　　　　부터 부들부들 떨면서 걸어 들어온다. 그녀는 증씨집에서 오
　　　　랫동안 일을 했던 하인으로, 큰마님의 남편은 그녀의 젖을 먹
　　　　고 자랐다. 그녀는 40여 년 전에 증씨집에 들어 왔고, 증씨
　　　　집이 흥성했던 시대에는 죽은 노마님의 유력한 여자 하인이었
　　　　다. 그녀는 농촌에서 왔는데 성격이 시원스럽고 솔직하여 입
　　　　바른 소리를 잘 하며, 증씨집 자녀들을 친 자식처럼 대한다.
　　　　최근에는 아들이 자꾸 와서 그녀를 모셔 가는 통에 고향으로
　　　　돌아가 며칠 머무르다가, 얼마지 않아 이곳 주인집 자녀들이
　　　　보고 싶어서 약간의 토산물들을 가지고 찾아보러 오곤 하였다.
　　　　이번에도 또 자기 손자를 데리고 명절 인사를 하러 시골에서
　　　　왔다. 비록 걸음걸이에 안정성이 없고 머리칼이 반백이 되기
　　　　는 하였지만, 그래도 하얀 얼굴에는 붉은 기운이 있고 말소리
　　　　도 아주 우렁차서 아직도 아주 건강하다는 것을 말해 준다.
　　　　귀가 약간 멀었지만, 얼굴에는 늘 유쾌한 웃음을 띠고 있다.
　　　　그녀 집안은 지금은 매우 살기가 좋다. 그녀는 마음씨가 자상
　　　　하고, 잔소리가 많으며, 증씨집 일에 대해 아는 것이 가장 많
　　　　다. 할 말이 있으면 바로 하는 사람이라 증씨집의 사람들은
　　　　상하를 막론하고 다 그녀를 건드리지 못한다. 그녀는 옅은 남
　　　　색 상의를 입고, 그 위에다 청색 조끼를 걸치고 검은 바지에
　　　　검은 천으로 만든 신을 신었다. 자그마한 회색 쪽 위에 한 송
　　　　이의 작은 홍화를 꽂았다.

장　순　(놀라며) 어, 진유모, 오셨군요?

진유모 (급히 몸을 좀 앞으로 내밀어 인사를 하며) 큰마님, 정말이지 외상값을 받아도 이렇게 받는 법이 어디 있어요? 장사하는 사람들은 이렇게 외상값을 받는지 원! (고개를 돌려 성을 내며) 장순아. 네가 나가서 썩 물러가라고 해라! 큰마님, 전 아직 이런 짓 못 봤어요. (아직도 성이 나서 씩씩거린다.)

증사의 (만면에 웃음을 띠며) 언제 왔어요? 진유모?

장 순 (미안한 어조로) 왜 그러시는데요, 진유모?

진유모 (손가락질을 하며) 네가 가서 그들보고 물러가라고 그래. (고개를 돌려 큰마님을 보고 웃음 반 노기 반의 표정으로) 전 정말 본 적이 없어요. 정말 저를 성나게 하는군요. 큰마님, 문을 막고 외상값을 받는 법이 어디 있어요? (몸을 돌려 장순을 보고 노기등등하게) 네가 좀 가르쳐 줘라. 여기는 증씨집 대관저라고. 만약 노마님이 계셨더라면 이렇게 예절 없이 굴지는 않았을 게다. 명함 한 장만 보내면 그들을 다 잡아 가둬버렸지. 이 몇 푼의 돈은 말할 필요도 없거니와. 수 천 수 만 냥의 은전도 나 같은 가난한 노파의 손을 거쳐갔다. (격분하여) 정말이지, 감히 문을 막고 나를 못 들어가게 하다니.

증사의 (두서가 좀 잡히자, 농담으로 그녀의 환심을 사려고) 그래요, 누가 이렇게 간이 큰지 우리 진유모도 못 알아 봤지?

진유모 (웃음이 점점 얼굴에 퍼지며) 그런 말이 아니구요, 큰마님. 그 사람들이 나를 알아보느냐 못 알아보느냐가 문제가 아니라, 이 집 문을 못 알아본다는 것에 정말 화가 난 거지요. 이 문은 내가 막 왔을 때는 모자를 쓰지 않으면 정삼품 관리도 들어오지 못했지요. (장순을 보고) 너희 할아버지 장재는 일 년 동안 상하 관리들이 출입하면서 준 돈만으로도 땅을 살 수 있었고, 아내를 얻을 수 있었고, 아들을 낳고, 손자를 보낼 수가 있었단다. (웃으며 손으로 가리키며) 그래서 너 이 토끼놈이 태어난 거라구.

장　순　(할아버지뻘이 되고, 나이 많이 든 티를 내는 그녀를 만나자 어쩔 수가 없어 히죽거리며) 예, 예, 진씨 할머니.

증사의　앉아요, 진유모.

진유모　흥, 누가 이런 뻔뻔스럽고 흉악한 놈들을 알아주기나 한대요? 내가 왔을 때 나리는 도련님이었어요. (손짓으로 설명을 하며) 나리는 이만큼 밖에 크지 않았어요. 그 때 -

증사의　(그녀를 밀어 앉히며 달랜다.) 앉아요, 성내지 말고. 진유모, 도대체 어찌된 일이오.

진유모　흥, 추석이 되니까 -

증사의　진유모, 그들이 도대체 노인을 어떻게 대하던가?

진유모　(잘 안 들리자) 뭐라구요?

장　순　귀가 멀어서 알아듣질 못해요. 큰마님, 상관하지 마세요, 상대해 주면 끝이 없어요.

진유모　큰마님 뭐라구요?

장　순　(큰 소리로) 큰마님께서 외상 값 받으러 온 사람들이 노인을 어떻게 업신여기더냐고 묻잖아요.

진유모　(알아듣고 곧 호주머니에서 몇 장의 계산서를 꺼내며) 큰마님 보세요. 저 사람들이 문을 막고 서서 이런 명세서를 손에 쥐어 주면서 나더러 꼭 가지고 들어가라고 하더군요.

증사의　(손에 들고) 아, 이것!

진유모　(손바닥을 두드리며) 큰마님 보세요, 이놈들이 무슨 놈들이에요!

증사의　(계산서를 펼쳐보며) 흥, 표구점에도 빚이 있었구먼. 장순아, 네가 대수재 머슴에게 그래라, 나리 집에 안 계신다고.

진유모　아, 아니. 청나리님!

증사의   (돈을 꺼내며) 우선 그 사람보고 이 십 원만 가져가라고 하고, 너 그 사람 팁은 가로채지 말아라. 나리가 돌아오시면 이 번에 서예와 그림을 얼마나 표구했는지 물어본 다음에 계산을 해 주겠다고 그래.

장 순   그렇지만 옷 수선집, 과일집, 그리고 관에 칠한 것 -

증사의   (귀찮아하며) 다음에 얘기하자, 다음에 얘기 해. 있다가 나리 만나보고 나서 다시 말하자구.

장 순   (왼쪽문을 가리키며 낮은 소리로) 큰마님, 저쪽 고모부께서 또 오늘 아침에 한 바탕 시끄럽게 했어요. 고모부 방 복도 흙벽이 곧 무너질 것 같다면서 수리를 할 것인지 안 할 것인지 묻더라구요.

증사의   (안색이 흐려지며) 네가 그래라, 수리를 하지 않는 것이 아니라 수리를 할 수가 없으니 그런대로 좀 지내라고. 노나리께서 지금 집을 팔려고 하고 있으니까.

장 순   (눈치도 모르고) 큰마님, 하인들 방도 비가 샙니다요. 어제 저녁에 -

증사의   (차갑게) 미안해. 난 돈이 없어. 좀 있다가 내가 노나리께 이야기를 해서 특별히 너에게는 이층집을 지어 주라고 할 테니까.
         [장순이 낭패를 당해 진퇴양난에 빠져 있는데 밖에서 -]
         [사람 소리: 장씨! 장씨!]

장 순   갑니다 -[장순이 화원의 큰 응접실로 통하는 문으로 퇴장한다.]

증사의   (얼굴을 돌려 매우 친절하게) 진유모, 오느라고 수고 많았지요, 덥지 않았어요?

진유모   (실망하면서 또 못 믿겠다는 표정으로) 정말이세요, 큰마님, 우리 청나리님 집에 안 계 -

증사의   걱정하지 말아요, 유모의 청나리님은 (오른쪽문을 가리키며)

방에서 아직 일어나지 않았어요. 곧 유모한테 추석인사 하러 나올 거에요.

진유모 (소리내어 웃으며) 큰마님, 농담하지 마세요. 아무리 유모라 해도 하인은 하인이고 주인은 주인이지요. 어디 마흔이 다 되어 아들 며느리가 있는 사람이 저한테—

증사의 (이렇게 가식적인 것을 좋아하며) 그러면 내가 먼저 유모한테 절을 해야지!

진유모 (급히 일어나 잡아당기며) 됐습니다. 됐어요, 절 죽이려고 하지 마세요. 큰마님은 시어머니가 된 사람인데, 어찌—(두 사람이 좀 양보를 하라고 다툰다. 물론 큰마님은 진짜로 절할 생각이 없다. 그래서—)

증사의 (웃음으로 마무리를 지으며) 아이구, 정말.

진유모 (아주 기뻐하며) 그래요, 전 금방 이야기를 듣고 멍해졌어요. 성내로 이렇게 먼길을 걸어 온 것은—

증사의 (말을 바로 받아) 청나리님 보기 위해서겠지요.

진유모 (남에게 자기의 의중이 탄로 나자 멍해 있다가 부끄러운 듯 웃으며) 마님, 정말 빠르시군요. 그래요, 전 큰마님, 소아가씨, 노나리, 고모, 손자 도련님, 손자며느리도 다 만나보려고 생각했어요. 생각해 보세요, 이렇게 많은 집안사람들을 내가 보지 않고 바로 가면—

증사의 뭐라구요?

진유모 저녁 때 저는 돌아가야 해요, 저희 며느리와 약속을—

증사의 그러면 어떡하나요, 멀리 시골에서 어렵게 북평성까지 왔는데 어찌 묵지도 않고 바로 가다니요?

진유모 (자부하면서 또 감상에 젖어) 그래요, 전 사십 년을 모두 이 집에서 보냈어요! 아들이 장가를 들어도 가지 않고. 보세요,

어디가 제 집인지. 큰마님, 저희 손자놈을 시켜 시골 토산물 좀 가져왔어요.

증사의 정말. 진유모는 뭘 이렇게 어려워하나요?

진유모 (진심으로) 아니, 물건 조금이에요. (큰 응접실로 걸어가면서 웃으며) 제가 만약 낯가죽이 두텁지 않으면 이 자그마한 물건은 일찍이 – (이리저리 찾는데 보이지 않자) 소주아야, 소주아야. 얘가 또 눈 깜짝할 사이에 어디 가서 날뛰고 있는지 모르겠군. 소주아야! 소주아야! (부르며 큰 응접실을 지나 앞뜰로 가서 찾는다.)

[하늘에서는 비둘기떼 꼬리에서 나는 피리 소리가 울린다. 평안하고 조용하며 한가롭기만 하다.]

[멀리 창 밖에서는 시원한 음식을 파는 장사꾼이 "빙잔(冰盞)" – 이것은 한 쌍의 작은 술잔처럼 생긴 노르스름한 동기(銅器)로써, 손에 쥐고 서로 부딪치면 소리가 난다 – 으로 소리를 내는데 맑고 또렷하기만 하다. "띵챠, 띵챠, 띵띵챠, 챠챠띵띵챠" 하는 박자에 이어 낭랑한 북평 말투로 아주 유쾌하게 사람들을 부른다. "갈증을 풀어주고 시원하게 해줍니다. 장미를 넣고 사탕을 넣었어요. 믿을 수가 없으면 한 그릇 사서 맛을 보시라우" (이곳에 와서는 아예 목청을 높여서 박자에 따라 노래를 부르기 시작한다.) "오매탕(烏梅湯)이 왔어요. 색다른 맛이라우!" (빙잔을 또 계속 부딪치면서 "띵챠챠, 띵챠챠, 챠챠띵띵챠!" 하고 소리를 낸다.)

[이때 증사의 조용히 가죽 트렁크 앞으로 걸어가 천천히 옷을 챙긴다.

증사의 (갑자기 오른쪽으로 고개를 돌리며) 문청씨, 당신 일어났어요?

[안에서는 대답이 없다.

증사의 문청씨, 당신 유모 왔어요.

[증문청의 오른쪽 방안에서의 소리: (공허하고 힘없이) 알았어. 왜 들어오라고 하지 않고?

증사의 들어오라고 하라구요? 입에 온통 역겨운 마늘 냄샌데 우리 방에 들어가면 냄새가 진동할 거에요. 당신은 참을 수 있어도 전 못 참아요. 당신 도대체 오늘 갈 거에요 안 갈 거에요. 외출복은 모두 챙겨놨어요.

[목소리: (느리게) 비둘기는 모드 날아올랐어?

증사의 (아랑곳하지 않고) 당신 도대체 갈 건지 안갈 건지 내가 묻잖아요?

[목소리: (정신이 팔린 듯) 오늘 비둘기는 정말 높게 나는군! 피리 소리도 거의 들리지 않고.

증사의 (오른쪽 문을 향해 걸어가며) 여보세요. 당신은 도대체 속으로 뭘 생각하고 있어요? 당신은 도대체 –

[목소리: (괴롭다는 듯 긴 소리로) 갈 거야, 가, 가, 갈 거라구.

증사의 (침실 문앞까지 걸어가 커튼을 열고 문을 밀어 연다. 갑자기 안에 무슨 불길한 물건이라도 본 것처럼, 놀라 외치며) 아니, 어떻게 당신 또 –

[이때 큰 응접실로부터 진유모가 걸어 들어오는 발자국 소리와 큰 이야기 소리가 들린다. 사의는 급히 귀를 기울여 조용히 듣고 있다가 두 짝의 방문을 안으로 급히 닫는다.

[진유모 소주아를 데리고 걸어 들어온다. 소주아는 약 열 네 댓 살쯤 되어 보인다. 그는 농촌 애들이 설을 쇠고 명절을 쇨 때 상자에서 막 꺼내 입는 그런 새옷을 입고 있다. 천으로 만든 양말과 천으로 만든 신을 신었으며, 다리를 동여매었다. 엷은 남색의 무명 장삼은 소매가 짧고 목둘레가 헐렁하며 무릎

을 덮지 못했다. 장삼은 세탁을 해서 색깔이 좀 바랬으며 옷깃 뒤 중간에는 기운 곳이 한 군데 있다. 세탁할 때 옷이 줄어들어-한 곳이 갑자기 부풀어 올라 하나의 혹이 되었다.-몸을 꽉 조이고 있다. 그는 둥글고 실하며 건장하고 사랑스러워 보인다. 문을 들어서자 불안한 듯 둥글둥글한 검은 두 눈알을 굴리며 사방을 둘러본다. 마치 수풀 속에서 막 뛰어나온 한 마리 노루와 같이 쭉 내민 작은 가슴은 옷 속에서 벌떡벌떡 뛰고 있다. 빡빡 깎은 머리에 둥근 얼굴은 너무 붉다 못해 자줏빛이 나고, 납작코에 휘어진 작은 입을 가졌다. 얼굴은 부지런하게 보이지만 어수룩한 모양을 하고 있다. 눈가에는 이따금씩 좀 장난기 섞인 기색을 드러내 보인다. 그는 한 손에 흙으로 만든 "입방아" 찧는 토끼인지 아니면 저팔계-"입방아" 찧는 토끼는 하얀 얼굴을 하고 속이 비어 있는데, 고정되어 있지 않은 윗입술에 끈을 달아 아래로 당기면 입술이 딱딱거리면서 입방아를 찧기 시작한다. 만약 검은 얼굴에 붉은 혀를 가진 저팔계라면 손도 움직일 수 있는데, 실을 당기면 중 모자에 가사(袈裟)를 걸친 저팔계가 목어(木魚)를 치고 심벌즈를 치고, 또 긴 입도 마치 독경을 하듯 "딱딱"거리며 움직이는데 매우 우습다-인지 이것을 들고 있고, 다른 한 팔에는 암탉을 끼고 비둘기를 기르는 장방형의 빈 대나무 새장을 들었다. 뒤에는 장순이 따르며 두 손에는 큰 광주리를 안았다. 안에는 암탉, 계란, 배추, 좁쌀, 미나리 등등이 들어 있다. 두 사람 모두 땀 범벅이 되어 멍청히 한쪽 옆에 서 있다.

진유모 가자, 가자, 가. (수다를 떨며) 얘, 얘 좀 보라니까! 온 몸에 땀을 흘리고. 누가 너더러 오매탕을 먹으라고 그랬냐. 입추 지난 뒤에 이런 찬 것 먹으면 배탈난단 말이다. (장순을 향해) 장순이, 네가 옆에서 좀 일러주지 않고 왜 쟤 마음대로 하게 내버려

됐어! (손가락질을 하며) 너 이 "입방아"는 누가 사 준 게냐?

소주아   (사시 눈으로 장순을 바라보며) 저 - 장 나리가요.

진유모   (장순을 향해 웃으며 약간 원망하듯) 너 웃지 마라. 네가 물
건을 사주었다 해도 난 너에게 고맙다는 생각 없으니까.

증사의   됐어요. 나무라지 말아요.

진유모   소주아야, 넌 아직도 큰마님한테 절을 안 하는구나. 물건은 내
려놓고, 내려 놔!

      [소주아는 재빨리 빈 비둘기 새장을 내려놓고, 암탉도 장순이
안고 있는 큰 광주리 안에 넣는다.

증사의   절하지 마라. 절하지 마. 멀리 와서 힘든데.

진유모   (소주아가 그 "입방아"를 땅에 놓기 아까워하는 것을 보고 냉
큼 빼앗으며) 이 "입방아"는 내켜놔. 이것 빼앗아 갈 사람 아
무도 없으니까. (그래서 또 장순에게 넘겨준다. 장순은 물건을
한 아름 안고 낭패한 모양을 하고 있다.)

증사의   하지 마라. 너무 번거롭다.

진유모   (웃으며) 큰마님, 이 시골뜨기 좀 보라니까요. 길에서 그렇게
가르쳤는데도 도시에 오니 전부 잊어버렸어요. (앞으로 가서
그를 누르며) 절을 해. 우리 새끼 조상아.

      [소주아는 고개를 돌려 할머니를 바라본다. 멍한 듯 있다가
진유모가 손을 놓자 그는 갑자기 땅에 엎드려 절을 한 번 하
고 곧 일어난다.

증사의   (추석 쇨 때 돈을 넣어 주는 작고 붉은 봉투를 일찌감치 꺼내
가지고 있다가) 소주아야, 앞으로 머리는 멍청해도 좋으니 오
래오래 살아라! 자 받아라. 과자나 사 먹어라. (소주아 멍청히
서 있다.)

진유모   아니, 정말이지, 또 큰마님 돈 쓰게 하는군요. (손자를 향해)

받아라. 괜찮다. 이건 역시 네 할머니의 친척이 주시는 것이기
도 하니까. (소주아는 앞으로 가서 손으로 받는다.) 고맙습니
다. 큰마님. (소주아는 몸을 돌려 다시 장순의 손에서 자기
"입방아"를 받아 쥔 뒤 고개를 숙이고 바보스레 웃는다.) 이
아이는 서도 선 것 같지 않고, 앉아도 앉은 것 같지 않고, 절
을 해도 절하는 것 같지가 않아요. 큰마님, 앉으시지요. 정말
길은 멀고 날씨는 덥고! (걸상을 끌어당겨 앉으며) 길에서 소
주아한테 그렇게 말을 했는데 —

장　순　(참지를 못하고) 진유모, 제가 아직도 안고 있잖아요!

진유모　(고개를 돌려 크게 웃으며) 아이구, 이 기억력 좀 봐! 큰마님,
（장순을 당겨와서는 말을 하면서 광주리 안을 마구 뒤진다.）
촌에 뭐 맛있는 것이 있어야지요. 밭에서 부추, 미나리, 빠이
라, 오이, 고추, 콩꼬투리 좀 뜯어 왔는데, 이런 물건들은 —

증사의　너무 많아요. 너무 많아.

진유모　여기 또 좁쌀, 계란하고, 두 마리 암탉이에요.

증사의　이거 이사를 온 것 같구먼. 정말이지, 먼길을 가지고 왔으니
다시 가지고 가라 할 수도 —(고개를 돌려 장순을 보고) 장순
아, 그럼 가지고 내려가거라.

진유모　(장순을 향해) 그리고 너 주려고 큰 무 두 개 가져왔다. (이
리저리 찾는다.)

장　순　(웃으며) 찾지 마세요. 벌써 뱃속에 들어갔으니까요.
　　　　[장순은 급히 그 큰 광주리를 안고 큰 응접실로 통하는 문으
　　　　로 걸어 나간다.

소주아　(비밀스럽게) 할머니.

진유모　왜 그래?

소주아　(낮은 소리로) 꺼내요 꺼내지 말아요?

진유모   (영문을 몰라) 뭘?

　　　　[소주아는 갑자기 영리하게 할머니를 바라보며 그 비둘기 새
　　　　장을 들어 보인다.

진유모   (갑자기 생각난 듯) 아! (아주 급하게) 어디? 어디 있지?

소주아   (아주 미안한 모습으로 옷안에서 조그마한 회색 비둘기 한 마
　　　　리를 꺼내는데, 꼬리털은 높이 들려 있고 털에는 윤기가 흐르
　　　　며 몸통에는 몇 군데 자줏빛 반점이 있다. 보기에 아주 깜찍
　　　　하게 생겨서 척 보면 바로 진귀한 품종임을 알 수 있다.) 여
　　　　기요.

진유모   (그 작은 비둘기를 쳐들고 즐거워서 연달아 부르짖는 소리가
　　　　약간 떨린다. 그 비둘기를 보고) 귀여운 내 새끼, 여기 있었구
　　　　나! 어쩐지 뭐가 좀 모자란다 싶더니. (큰마님을 향해) 큰마
　　　　님, 애 좀 보세요! 원래는 한 쌍이었는데 제가 특별히 우리 청
　　　　나리를 위해 구해 왔지요. 새장에 잘 넣어두었는데 오면서 쟤
　　　　가 꺼내 가지고 논다고 하더니 그만 한 마리가 푸드득 하고
　　　　날아가 버렸어요. 마침 우리 청나리 운이 좋아서 예쁜 놈이 남
　　　　았어요. 큰마님, 이 털 한 번 만져보세요. (억지로 큰마님의 손
　　　　에 넣어 주려고 한다.) 이 작은 심장이 아직도 뛰고 있어요!

증사의   (본능적으로 비둘기 같은 이런 작은 생명을 싫어하는 터라, 뒤
　　　　로 피하면서 억지 웃음을 지며) 그래요, 그래요, 그래요. (왼쪽
　　　　문을 향해 소리친다.) 문청씨, 진유모가 또 당신한테 비둘기를
　　　　가져왔어요!

진유모   (저도 모르게 따라 부른다.) 청나리.

　　　　[증문청의 방안에서의 목소리: 진유모.

진유모   (비둘기를 받쳐들고, 곧 바로 그의 청나리에게 가서 보배를
　　　　바치려 한다.) 내가 들어가서 보여 드려야지. (말을 하면서 바

로 걸어간다.)

증사의 (급히) 들어가지 말아요.

진유모 (멍하게) 왜요?

증사의 그, 그이 아직 일어나지 않았어요.

진유모 (여전히 기뻐하며) 두려울 게 뭐 있어요. 청나리 침대 옆에서
말하면 되지요. (다시 걸어간다.)

증사의 들어가지 말아요, 방안이 어지러우니까.

진유모 (부드럽게) 허, 괜찮아요. (또 걸어간다.)

증사의 (소리친다.) 문청씨, 당신 옷 다 갈아입었어요?
[방안에서의 문청의 대답 소리: 지금 갈아입고 있다구!

진유모 (시원스럽게 웃으며) 허, 내가 이렇게 늙어서도 도련님이 겁
나나. (문앞으로 다가가서 문을 민다.)
[문청이 안에서: (큰 소리로) 들어오지 말아요, 들어오지 마.

증사의 (그녀를 막으며) 조금만 기다려요, 저 사람은 옷 갈아입을 때
다른 사람이 볼까 겁을 내니까-

진유모 (좀 실망했다는 듯) 그래요, 그럼 그만두지요. 성격이 굳어지
면 바꿀 수가 없어요. (자애롭게) 큰마님, 청나리는 열 여섯
살 때에도 제가 속옷을 갈아 입혔었지요. (비둘기를 소주아에
게 넘겨주며) 그래, 다시 넣어둬라! (그러나 다시 못 참겠다
는 듯 문청을 향해 외친다.) 청나리, 그동안 안녕하셨어요?

증사의 (동시에 걸상을 꺼내며) 앉아서 얘기하세요.
[문청의 목소리: (친절하게) 그래요, 유모는요?

진유모 (큰 소리로) 좋아요! (얼굴에 또 광채가 떠오른다.) 전 또 손
녀 하나 더 봤어요.
[이때 소주아가 조용히 비둘기를 새장에 다시 넣는다.
[문청의 목소리: 축하해요.

진유모 (큰 소리로) 정말이지, 통통하답니다요. (말을 다 하고 앉는다.)

증사의 저이가 축하한대요.

진유모 흥, 축하는 무슨, 계집앤데!

　　　　[문청의 목소리: 유모 이번에는 며칠이나 머무를 건가요?

진유모 (목을 길게 빼서 큰 소리로) 음, 한 달이 다 되어 갑니다요.

증사의 저이가 유모 좀 오래 있다가 가래요.

진유모 (고개를 흔들며) 아녜요, 저 곧 가야 되요.

　　　　[문청의 목소리: (들리지 않아) 뭐라구요?

진유모 (일어서서 큰 소리로) 저 곧 가야 되요. 청나리.

　　　　[문청의 목소리: 뭐가 그리 바빠서요?

진유모 뭐라구요?

　　　　[문청의 목소리: (큰 소리로) 뭐가 그리 바쁘냐구요?

진유모 (그래도 듣지를 못해) 뭐라구요?

소주아 (못 참겠다는 듯 멋 없이 웃으며) 할머니, 할머니는 정말 귀
　　　　가 먹었군요, 뭐가 그리 바쁘냐고 그러시잖아요?

진유모 (고함에 멍해져서, 갈피를 잡지 못해 다시 한 번 반복한다.)
　　　　뭐가 그리 바쁘냐구? (아주 괴롭다는 듯 약간 웃으며 말한
　　　　다.) 허, 이런 식으로 이야기를 하니 정말 불편해 죽겠구먼.
　　　　됐다, 도련님이 나오면 이야기를 해야겠다. 큰마님, 저 우선 안
　　　　채로 가서 소아가씨 좀 보겠어요!

증사의 그래도 좋구요, 좀 있다가 사람을 시켜 유모를 부를게요. (탁
　　　　자 위의 접시에서 산사로 만든 당호로 한 꼬치를 들어서) 소
　　　　주아야, 너 이 당호로 한 꼬치 가져가 먹어라. (그에게 준다.)

진유모 너 고맙습니다 그래야지! (소주아는 멍청히 히죽거리며 받아
　　　　서 바로 입에 넣는다.) 또 먹는다! 또 먹어! (사납게 그의 입
　　　　에서 뽑아내며) 먹지마! 보고 있어! (소주아는 손에 든 붉고

울긋불긋한 당호로를 군침을 흘리며 바라본다.) 그 "입방아"
내려놓고 할머니 따라 와라.

[소주아는 그 "입방아"를 내려는 놓았지만 여전히 미련을 버
리지 못한다. 할머니는 그의 손을 잡고 양심재의 작은 문으로
나간다.

증사의   정말 귀찮아! (그 울긋불긋한 "입방아"를 한 쪽에 놓고, 다시
그 비둘기 새장을 들어-)

[문청의 방안에서의 목소리: 진유모!

증사의   나갔어요.

[그의 남편 증문청이 오른쪽 침실로부터 걸어 나온다.-그는
시인들 중에서도 찾아보기 힘든 **빼어난** 모습을 하고 있다. 야
위고 커다란 키에 긴 옷을 입었는데, 옷 색깔은 담아하고 대
방해 보이나 행동과 말에는 약간 해이한 모습이 보인다. 그러
나 이것은 그의 자연적인 본래 모습이다. 척 보면 순후하고
총명하며 눈썹 언저리에 영기가 서려있음을 알 수 있다. 그의
안색은 창백하다. 넓은 이마, 툭 튀어나온 광대**뼈**, 핏기 없는
입술, 보기에 아주 민감한 성격인 듯 하다. 푹 들어간 눈에는
실망에 찬 기색이 보이고, 비애에 젖어 침울한 모습을 보인다.
어떤 때로는 어디다 정신을 팔고 있어 멍해 보이기도 하며,
이마에는 파란 힘줄이 약간 튀어나와 있다.

[그는 북평 선비 가문에서 성장하여, 장기를 두고 시를 짓고
그림을 그리는 이런 활동이 아주 자연스럽게 그의 생활 중에
서 많은 시간을 차지하고 있다. 북평의 세월은 한가하여, 봄에
는 연을 날리고, 여름밤에는 북해에서 수영을 하고, 가을에는
서산으로 은행 구경을 가고, 겨울 아침에는 눈이 내리다 멎으
면 창문 아래에서 그림을 그린다. 적막할 때면 거닐며 시를
짓고, 심경에 아무런 욕심이 없을 때는 혼자 앉아 차를 마시

는 등 반생을 공허함 속에 헛되이 보내왔다.

[또 어려서 어머니의 지나친 사랑을 받고 일찍 결혼을 했는데, 몸이 약하고 목소리에 힘이 없으며 행동은 표연하기만 하다. 그는 매우 총명하여 어릴 때 "신동"이라는 칭송을 받기도 하였지만, 지금은 서른 여섯 살이 되었는데도 여전히 그렇게 무능력하고 기백 없이 온종일 뭐가 빠져버린 것처럼 살아간다. 그의 취미는 고상하고 말도 잘하며, 확실히 온후하고 친근한 성격을 가졌으나 그가 다른 사람에게 주는 인상은 오히려 일종의 침체되고 나태한 느낌을 준다. 움직이기도 싫어하고, 생각하기도 싫어하며, 뭐에 전념하기도 싫어하고, 말하기도 싫어하고, 발을 움직이기도 싫어하며, 침대에서 일어나기도 싫어하고, 사람 만나기도 싫어하며, 힘이 많이 드는 일은 어떤 것도 싫어한다. 각종 생활에 대한 권태와 실망은 심지어 그로 하여금 마음속의 고통을 털어놓는 것도 싫어하게 해버렸다. 게을러서 그는 자기에게 아직 감각이 있다는 것도 생각하기 싫어하게 되었고, 또 게을러서 다른 사람들로 하여금 "그는 그저 생명의 한 껍데기에 불과하다"는 것을 확실히 알 수 있게 해준다. 비록 그가 아주 온화하고 예절바르기는 하지만, 때로 풍채를 보이기도 한다. 이것은 사대부 가문의 한 자제가 극도로 부패한 북평 사대부 문화에 길들여진 결과이다. 그는 정신상의 반신불수가 되어 버렸다.

[그에게는 자기 나름대로 말하기 어려운 고통이 있다.

[일찍이 결혼한 후 생활은 적막했그, 마비가 되었었다. 어쩌다 적막한 빈 골짜기에서 한 포기의 한란을 만나면 마음속에는 생각 외에 또 다른 깨달음이 있었다. 같은 의기를 가진 영혼은 늘 적막 속에서 서로 마음이 통하였다. 그들은 적막이란 것을 잠자리를 같이 하는 새가 둥지를 찾아 돌아갈 줄 아는

것과 같은 것으로 이해하였다. 그들은 함께 마주 앉아 말없는 적막 속에서 서로 애석함과 위안을 얻었지만, 한편으로는 또 조금이라도 비밀스러운 것이 누설될까 두려워 속내를 서로 나눌 수가 없었다. 사대부 가정은 원래 하나의 무서운 질곡이며, 그들의 생활은 언제나 울적하고 편안하지가 않아 마치 오래된 우물 속의 물과도 같았다. 그들은 다만 침묵으로 만회하기 어려운 불행을 받아들일 수밖에 없었고, 무료한 세월은 온통 암흑과 충돌로 가득 차 있어서 진정한 행복을 얻으려 해도 그럴 수가 없었다. 매 년 비애와 고통을 참으며 아득하고 끝없는 적막의 세월을 보내다가 마침내는 아예 자기를 포기하고 어떤 나쁜 습관에 빠져 자신을 훼손시키고 있었다.

[지금 그는 이미 중년이 되었고, 그 한란마저도 시들기 시작하였다. 오랫동안 희망을 걸었던 자식도 분부에 따라 결혼을 하였지만, 그는 열일곱 살의 자식이 자기가 겪었던 고통을 다시 반복하고 있는 것을 빤히 보고만 있을 뿐이다. 뿐만 아니라 집안은 쇠퇴하고 그 옛날 잘 나가던 세월은 완전히 끝나버린 듯 하다. 점차 조여오는 가난은 이 나태함에 습관이 되어버린 영혼까지 몸서리치게 하였고, 이로 인해 몇 번이나 이 좁은 문을 뛰쳐나가 북평을 떠난 더 넓은 인파 속으로 들어가 세상 따라 살겠노라고 결심을 하기도 하였다. 그러나 이제껏 날아본 적이 없는 늙은 새는 비상하는 것을 다시 배울 용기를 잃고 말았다. 그는 두려움과 많은 생각으로 영문 없이 집에만 머뭇거리고 있다. 그는 오랫동안 이 가정에 싫증을 내어 이제 가정과 이별을 고하고자 하나, 그는 또 의외로 침묵으로 일관하고 있어서 마치 갑자기 불수가 된 것 같다. 시간이라는 좀벌레는 이미 그의 심령을 점차적으로 파먹어 들어가 그는 은은한 아픔을 느꼈지만 그러면서도 또 어디가 아픈 곳인지를

찾지 못하고 있다.

[그는 방에 들어서서도 그의 겹치단 윗도리의 단추를 채우고
있다.

증문청 (얼굴에 웃음을 잃으며) 유모가 정말 나갔어? 당신 왜 좀 더
　　　　잡아두지 않고?

증사의 (거들떠보지도 않고) 이거 그 사람이 당신 준다고 가져온 비
　　　　둘기예요. (넘겨준다.)

증문청 (그 비둘기 새장을 들며) 불쌍하구먼, 노인을 이렇게 먼길을
　　　　걷게 하다니. (비둘기를 바라보며 찬양하는 어조로) 야, 이것
　　　　"봉황머리!" "짧은 입인데!" (기뻐하며) 이것은 마땅히 한 쌍
　　　　이어야 할텐데 어찌—(고개를 들고 새파란 얼굴로 그녀를 바
　　　　라본다.)

증사의 문청씨, 당신 또 뭐하려고 그 연등(煙燈) 켰어요?

증문청 (검은 구름이 얼굴에 덮이며 천천히 그 비둘기 새장을 내려놓
　　　　는다.)

증사의 (잔소리를 한다.) 어제 아버님이 당신 요즘 어떠냐고 하면서
　　　　그 연등과 아편 피우는 도구는 다 버렸느냐고 묻더라구요. 저
　　　　는 벌써 버렸다고 했어요. (날카로운 목소리로) 있을 수 없는
　　　　일이에요! 있을 수 없는 일이라구요! 고생도 해보고 담배도
　　　　끊었는데, 떠나려는 마당에, 떠나려는 마당에 설마 당신 또 소
　　　　동을 한 번 일으키려는 것은 아니겠죠?

증문청 (길게 한숨을 쉬며 앉는다.) 휴우, 날 좀 그만 내버려둬, 당신
　　　　나 담배 좀 피우게 내버려두라고.

증사의 (경멸하며) 누가 당신에게 신경을 쓰겠어요? 모두 같이 살면
　　　　서 신경 쓰는 것이라고는 이런 체면인데. 정말이지 당신의 매
　　　　부인 고모부 말이 딱 맞아요. 당신은 더 이상 문을 나서지 못

할 것이고, 일도 못할 것이고, 오직 집에서 담배나 한 두 모금 씩 피우면서 차나 좀 마시고 비둘기나 가지고 놀고 그림이나 그리면서 이 한 평생을 날려버릴 것이라고 합디다.

증문청 (담담하게) 다른 사람이 뭐라 하든, 난 곧 떠날 사람 아냐?

증사의 당신이 떠나더라도, 저 체면 좀 세워 주세요. 다시는 방탕한 생활하지 말구요.

증문청 (고민스럽게) 나 어디서든 당신 말 잘 들었잖아? 당신 나더러 더 어쩌란 말이야? (또 멍하니 앞만 바라본다.)

증사의 (차갑게 트집을 잡으며) 당신 제발 그런 가련한 상 좀 짓지 말아요. 저 성질 사나운 여자 아니에요! 당신은 내가 너무 사나워서 매일 남편을 깔보는 줄로 다른 사람들이 생각하게 하지 말라구요. 저는 이런 멍에 짊어지기 싫다고요. (트렁크 앞으로 걸어간다.)

증문청 (정신 나간 듯 새장 안의 비둘기를 바라보며) 그만 해. 저녁이면 난 집에 없을 테니까.

증사의 (트렁크를 열며 고개를 돌려) 당신 잘 들어요, 제가 당신을 핍박해서 당신이 일 하게 된 것 아니니까. 당신 또 내가 우겨서 당신이 나가게 되었다는 그런 말 안나오게 하세요. 이 다음에 밖에서 당신에게 무슨 거북한 일이 있으면 제가 남편을 쫓아내 고생을 시켰다고 친척들이 날 욕할 것이고, 내가 복을 누리게 되면 또 이 큰마님이 현숙하지 않다고 할 테니까요. (잔소리를 하면서 트렁크 속의 문청 외출복을 정리한다.) 전 당신 집에서 너무나 모욕을 많이 받았어요. 흥! 시어머니가 있을 때는 시어머니한테 모욕 당하고, 시어머니가 없을 때는 며느리한테 모욕 당하고, 늙은이는 늙은이대로, 젊은 것들은 젊은 것 대로, 중간에서는 또 당신이 -

증문청　(이미 짜증이 나서, 다른 화제로 그녀의 끝없는 말을 끊을 수
　　　　밖에 없다.) 어, 이 묵죽 그림 걸어놨네.

증사의　(흘겨보며) 걸었어요 -

증문청　(그림 앞으로 걸어가서) 표구를 그런대로 잘 했구먼.

증사의　(가시돋힌 말로) 제가 보기에 상당히 잘 그렸어요! 정말 얼마
　　　　나 고상해요! 한 사람은 그림을 그리고 한 사람은 글씨를 쓰
　　　　고, 정말 재자가인으로 천생의 한 쌍이지.

증문청　(성을 내며) 당신 터무니없는 말로 소방 희롱하지 말라고.

증사의　(경멸하듯) 아니, 이상하네요. 도둑 제발 저린다더니. 내가 당
　　　　신들 뭐 어떻다고 했어요? 소아가씨가 그림 한 장 그린 것에
　　　　그냥 들떠서 시를 짓고 제자(題字)를 하고, 또 친히 표구를
　　　　맡기고. 말해 두지만, 전 그렇게 속 좁은 사람 아니에요. 남편
　　　　이 첩을 얻어도 두 손 들고 찬성해요. (과장하여) 제가 만약
　　　　남자라면 저는 일곱 명 여덟 명의 첩을 가지겠어요. 남자! 주
　　　　색재기를 다투지 않으면 무엇을 다투겠어요! 그러나 한 가지
　　　　(신랄하게) 소아가씨 같은 이런 사람은-

증문청　(약간 성을 내며) 당신 이렇게 다른 사람을 마음대로 말하지
　　　　말라고. 걔는 아직 시집도 안 간 처녀야!

증사의　이상하네요. (교활하고 괴벽스럽게 웃으며) 당신이 소방의 뭐
　　　　나 되요! 이렇게 감싸주게.

증문청　(간절하게) 걔는 부모도 없이 우리집에서 살고 있잖아. 당신
　　　　설마 조금이라도 걔를 불쌍히 여기지 않는 것은 아니겠지!

증사의　(교활하게 입을 실룩거리며) 당신은 그 사람을 불쌍히 여겨도
　　　　그 사람은 당신을 불쌍히 여기지 않아요! (그에게 손가락질을
　　　　하며) 당신은 그녀가 말을 한 마디도 않는다고 마음이 아주
　　　　관대하고 아무 생각이 없다고 여기지 말아요. (아주 자부하

듯) 이런 여자는. (재잘거린다.) 이런 여자는 뱃속 가득 나쁜 생각을 가지고 있어서 말이 적으면 적을수록 꿍꿍이속이 많다는 것을 전 잘 안 다구요. 그녀가 왜 시집도 가지 않고 당신 아버지 시중을 드는데요! 그 사람 다리도 절지 않고 눈도 멀지 않았으며. 글도 쓸 줄 알고 그림도 그릴 줄 아는데 뭐 때문에 굳이 노처녀로 생고생을 하면서 노인네 시중을 드는데요! (냉소를 지으며) 전 나쁜 마음으로 다른 사람을 아무렇게나 의심하기 싫어요. 당신이 마음속으로 생각해 보세요.

증문청 (차갑게 그녀를 바라보며) 난 모르겠어.

증사의 (폭발하며) 당신이 모른다면 당신은 등신이에요!

증문청 (눈가에 가만히 걱정이 떠오른다.) 그. 너무 총명스럽게 굴지 말아요. (고개를 숙이고 양심재로 걸어가 그림 그리는 책상 앞에서 뭔가를 찾는 듯 한다.)

증사의 (더욱 불만을 터뜨리며) 제가 총명하다구요? 흥. 총명한 사람이었다면 당신 집에서 고생하며 이십 년을 살았을 리 없지요. 내가 일찍 그 신식 부인들을 배웠어야 했어요. 이 집은 며느리에게 맡겨놓고 나는 요릿집에 가서 요리나 먹고. 연극이나 구경하러 다니고 말이에요. 그래야 당신이 날 보기만 하면 자기에게 빚이라도 졌다는 듯이 눈썹을 찡그리는 것을 덜 볼텐데 말이오. (스스로 자랑하며) 아. 난 복도 많은 계집애 운명이지. 곧 마흔이 다 되가는 사람이 아직도 위로는 시아버지 공양을 하고, 아래로는 며느리 시중 들고, 그 가운데서는 또 당신 안색을 살펴야만 하니. (인삼탕을 들며) 됐어요. 됐어. 인삼탕 다 식었어요. 당신 빨리 마셔요.

증문청 (계속 눈썹을 찡그리고 참으면서 듣고 있다. 뒤적뒤적 무엇을 찾는데 갑자기 책상 서랍에서 아직 표구를 하지 않은 한 폭의 산수화가 나온다. 급히 얼굴을 붉히며) 이봐, 이보라구, 이거 누가 한 짓이지? (과연 그 산수화의 변두리가 무슨 동물한테 씹힌 듯 개이빨 모양을 하고 있고, 그 한 가운데는 씹혀서 주먹만한 큰 구멍이 나 있다.)

증사의 (컵을 내려놓으며) 왜 그래요?

증문청 (그 산수화를 흔들어 보이며) 이것 보라구, 이것 봐!

증사의 (남의 불행을 고소하게 생각하며, 담담하게) 이건 바로 우리 고모부가 한 짓이잖아요.

증문청 (책상 앞으로 돌아가 다시 그 서랍을 뒤적인다.) 이건 쥐가 한 짓이구먼! 쥐가 한 짓이라구! (증사의 쪽으로 가까이 가서, 참을 수가 없다는 듯 그 그림을 휘두르며) 집이 오래되어서 쥐가 많으니까 쥐약 좀 사오라고 내가 일찍부터 말을 했었는데, 당신이 듣지 않더니.

증사의 영감님, 사왔어요. (조롱하며) 요즘 쥐는 옛날과 달라서 꾀가 많다구요. 쥐약을 놔도 먹지 않고, 사람들이 아끼는 물건만 찾아 망쳐놓거든요.

증문청 (마음 아파하며) 이 그림은 끝난 셈이구먼.

증사의 (야박하고 신랄하게) 이게 뭐 그리 진귀한 것이라고 그래요, 소아가씨한테 다시 한 장 더 그리라고 하면 되잖아요?

증문청 (참지 못하고 큰 소리로) 당신─(그녀에게 설명을 해도 헛수고라는 생각이 갑자기 들자, 일종의 마비된 실망감이 또 꿈틀거리며 마음속에서 기어오른다. 그는 묵묵히 그 찢어진 산수화를 들고 목석처럼 앉아서 고개를 숙이고 묵직하게) 이건 내가 그린 거라구.

증사의 (약간 놀랐으나 계속 차가운 어조로) 이상하군요. 그림 한 장 쥐새끼한테 씹혔다고 이렇게 안타까워 하다니? 우리집의 이

방이나 부동산은 일년 내내 밖에서 온 큰 쥐떼들한테 몽땅 먹혀서 속이 텅 비었는데도 당신은 도리어 아무 일도 없다는 듯하더니.

증문청   (긴 한숨과 함께 그 그림을 땅에 던진다. 일어나며 쓴웃음을 짓는다.) 음, 밥이 있으면 모두 같이 먹어야지.

증사의   (성을 내며) 밥이 있으면 모두 같이 먹는다구요? 당신 조상이 당신한테 재산을 얼마나 많이 물려주었다고 당신 이런 말로 자랑을 하죠? 지금은 아버님이 계시니까 물건들 중 절반이 당신 것이라 할 수 있지만, 어느날 아버님이 돌아가시면ー

[갑자기 왼쪽 방에서 혼탁하고 급하게 욕하는 소리가 들려오는데, 말씨가 거만스럽고 욕이 아주 술술 나온다. 이는 오랫동안 종을 부르고 부리는데 습관이 되어버린 그런 사람의 위엄이다.

[왼쪽 방안에서의 목소리: 꺼져! 꺼져! 꺼지란 말야! 정말 개같은 놈, 개잡종놈들.

증사의   (문청을 향해) 당신 들어보세요.

[왼쪽 방안에서의 목소리: (창문을 열고 뒤뜰 마당을 향해 마구 소리를 지르는 것 같다.) 장순아, 장순아! 임씨 어멈! 임씨 어멈!

증문청   (화원의 큰 응접실 문입구로 가서, 그 대신 불러 줄 생각으로) 장순아, 장ー

증사의   (입을 삐죽거리며 눈을 부릅뜨고 도전하는 모양으로) 뭘 불러요? (그러자 문청은 조용해진다. 증사의 낮은 소리로) 그 사람보고 부르라고 해요. 온종일 닭을 때리고 개를 욕하고. (이를 갈며 웃는다.) 흥, 이게 당신을 떠나보내는 환송식이에요!

[왼쪽 방안에서의 목소리: (씩씩거리며) 장순아, 추석날인데 너희들 다 죽었어! 다 뒈졌어!

증사의   (대단한 기세에 도리어 그녀는 침착해진다. 징그럽게 웃으며)

당신 들어보세요!

[왼쪽 방안에서의 목소리: (길게) 장 - 순아!

증문청   (참을 수가 없어 다시 앞으로 나아가며) 장 -

증사의   (그를 막으며, 단호하게) 부르지 말라니까요! 우리 고모부 얼마나 크게 화를 내는지 한 번 보자구요.

[쨍그랑 하는 소리와 함께 그릇과 접시가 산산조각이 나고, 곧 이어 여자의 흐느끼는 소리가 들린다.

[사이.

증문청   (낮은 소리로) 여동생 병이 이제 막 좀 좋아졌는데, 또 울기 시작하는군.

증사의   (경멸하듯 차갑게 웃으며) 재주가 없으니 마누라 업신여길 줄이나 알지. 그래도 유학생이라고, 당치도 않지.

[방안에서의 목소리: (그녀의 말을 이어) 이 개 같은!

[쨍그랑 하고 또 도자기 깨지는 소리가 들린다.

[방안에서의 목소리: (부르짖는다.) 이 집 사람들 다 뒈졌어!

증사의   (화가 치밀자, 앞으로 나서며) 정말이지, 너무 안하무인격이군. 우리집 물건은 돈으로 산 것이 아니고 뭐야?

증문청   (말리며 낮은 소리로) 사의, 그 사람하고 싸우지 말아.

[장순, 급히 큰 응접실로 통하는 문으로 들어온다.

장 순   (당황해 하며) 고모부께서 절 부르시는 거에요?

증문청   빨리 들어가 봐!

[장순, 급히 왼쪽문으로 달려들어간다.

증사의   (크게 화를 내며) "밥이 있으면 모두 같이 먹는다구요." (문청을 향해) 이런 악당한테 먹을 것을 주면 그 사람이 당신한테 감사나 할 것 같아요? 뭐 그리 대단한 사람이라고? 부정하게 돈을 벌다가 사방에서 지명 수배를 당하자, 처가에 숨어서

꼴사나운 언행이나 보이고. (문을 가리키며) 설을 쇠고 명절을 쇨 때면 꼭 물건을 깨뜨려서 기념을 하는군요. 전 정말 모르겠어요. -

[증정─사의와 문청이 낳은 아들─이 땀 범벅이 된 채 큰 응접실로 통하는 문으로 매우 흥분하여 급히 들어온다.

[증정은 열일곱 살 된 아이로서, 남편이 된 지 벌써 이 년이 넘었다. 그의 아내는 그보다 한 살이 더 많다. 이들이 아직 유모 품속에 있을 때 양가 할아버지들은 두 집안의 형편이 엇비슷하다고 생각, 이들을 대신해 혼약을 하였던 것이다. 그 후 해마다 할아버지 할머니는 눈이 빠지게 손자를 바라보고 있다가 증정이 중학교에 입학한 이 년 전, 보통 아이라면 아직 행복하게 농구를 하고 눈싸움하고 싸워서 머리에 피를 흘릴 그럴 나이에, 길일을 택해 이들의 종신대사를 치르고 말았던 것이다. 그래서 천지를 진동하는 징소리 북소리 폭죽소리 속에서 이 한 쌍의 어린애들은─신랑은 열 다섯 살, 신부는 열 여섯 살─마치 도살 직전의 한 쌍의 살찐 새끼 양처럼 얼떨결에 사람들에게 끌려 너울거리는 용봉(龍鳳) 촛불 앞으로 히죽거리며 밀려나갔던 것이다. 한 번 절하고 두 번 절하고 세 번 절하고 …… 이렇게 하고나서부터 한 칸의 차가운 신혼 방에서 이 년 칠 개월을 함께 지내왔다. 증손자가 아직 태어나기도 전, 할머니는 그들의 신혼 첫 달에 세상을 떴다. 증정과 그의 아내는 줄곧 길에서 만난 사람처럼 열흘 혹은 반달이 되어도 한 마디 말도 못하고 벙어리처럼 고통스럽게 세월을 보내야 했으니, 그 생활이란 마치 사람에게 학대 당하는 한 쌍의 가축과도 같았다. 매일 저녁 그가 서재에서 돌아오면 반드시 할아버지 방으로 가서 ≪소명문선(昭明文選)≫ "용문편영(龍文片影)" 따위의 문장을 외워야 했고, 때로는 또 비첩을 보고

그대로 임서하며 훌륭한 대구를 만들어야 했다. 이경(二更)이 넘어서야 넋이 빠진 채 방으로 돌아왔다. 그때까지 등불 아래 묵묵히 앉아 있는 아내를 보고도 그는 또 한 마디 말도 없이 이불을 덮고 깊이 잠들어 버렸다. 그는 원래 아주 조숙했지만 지금 이렇게 억지로 하는 성인생활에 그는 더욱 우울하고 답답하였다. 이렇게 어린아이가 때로는 멍한 모습으로 옛날에 숨어서 읽었던 ≪서상(西廂)≫이나 ≪옥루(紅樓)≫ 같은 이런 글은 필경 하나의 아름다운 허구일 뿐이지, 사실은 완전히 그렇지가 않다고 묵상하고 있었다.

[학교에 들어간 지 칠 개월쯤 되어서야 그에게 약간의 변화가 있었다. 친구들의 야생마 같은 생활은 그에게도 마땅히 있어야 할 활기를 어느 정도 회복하게 해 주었다. 그제야 사람들도 이 얌전한 애어른에게 원래 미련한 어린애 기질이 있다는 것을 발견하게 되었다. 갑자기 찾아온 천진스러움과 심지어는 경박스럽기조차 한 그의 행동은 집안 웃어른들의 불만을 샀을 뿐만 아니라, 먼 친척들까지도 크게 놀라게 했다. 왜냐하면 지금까지 증씨집 아이들은 태어나자마자 수염을 기르고 팔자걸음을 걸어야 했기 때문이다. 집밖의 생활은 점점 그에게 하나의 큰 유혹이 되었다. 그는 바람을 사랑하고 햇빛을 사랑하고 작은 동물을 사랑하고 사람이 나무에 올라가 대추 따는 것을 즐겁게 구경하곤 하였다. 심지어는 혼자 성을 에워 흐르는 강가로 나가 연을 날리기 좋아하였다. 특히 최근에는 집에 한 인류학자의 딸이 왔는데, 그 여자아이는 그를 꼬셔서 각종 장난스런 놀이를 같이 하게 마음을 사로잡았다. 영문도 모르고 그는 슬그머니 이 쾌활하고 시원스러우며 약간 남자애 같은 여자 뒤를 따라 다녔다. 마치 어두운 밤에 활활 타는 불꽃을 따르는 것처럼. 그녀가 그와 함께 놀 때면 그녀는 재잘재잘

쉬지 않고 그가 대답하기 어려운 재미있고 바보 같은 많은 이야기를 물어왔다. 증정의 마음속에는 생명 중의 한 새로운 세계가 펼쳐지고 있음을 느끼기 시작한 듯. 그는 첫사랑에 빠진 남자처럼 가슴이 갑자기 뛰기 시작한 것이다. - 사실 그는 처음으로 이러한 경험을 하게된 것이다. - 그는 점점 자기가 지켜야할 규정을 망각하고. 때로는 그녀의 활발함에 마음이 동하여 그녀와 함께 뛰놀기도 하였다. 심지어는 그녀의 강요를 못 이겨 수줍음으로 머뭇거리다가는 또 그녀와 무예시합도 하고 서로 덮치기도 하였다. 그는 이미 열일곱 살로, "식구를 위해 수고를 해야 할" 어른이라고 때로 할아버지와 할머니가 훈계했던 것도 잊어버렸다.

[그는 자기 아버지처럼 문약하고 해맑게 생겼다. 창백하고 야윈 얼굴과 푹 파인 검은 눈에는 마치 깊고 맑은 하나의 연못이 있는 것 같다. 지금 그는 연한 색의 겹장삼에 헝겊 신을 신고 표백한 홑바지를 입었으며 눈가에는 땀이 좀 나 있다.

증　정　(갑자기 그의 어머니를 보고, 걸음을 멈추며) 어머니!

증문청　학당에서 돌아오느냐?

증　정　예, 아버지.

증사의　(계속 잔소리를 한다.) 정아. 너 명심해라. 아무리 가난해도 너희 고모부는 배우지 말아라. 재간만 있으면 굶어죽어도 장인집 밥은 먹지 말고. 우리집에 사는 원아저씨를 봐라. 매달 초가 되면 집세를 내고. 밥을 먹으면 밥값을 내니 아무리 괴상하게 생겼어도 모두가 존중하잖아. 정말 우리 강 고모부 같은 사람은 아직 못 봤다. 변소간의 돌처럼 더럽고 만만하고!

[앞뜰에서의 한 여자 아이 목소리: (유쾌하게) 증정아! 증정아!

증문청　들어봐라. 누가 널 부르는지?

[앞뜰의 여자애 목소리: 증정아! 증정아!

증 정   (어쩔 수 없어 어머니 앞에서 대답을 한다.) 응!

[앞뜰의 여자애 목소리: (웃으며 소리친다.) 증정아, 난 옷 다
벗었어, 어서 와!

증사의   (엄한 소리로) 누구지?

증 정   원아저씨 딸이에요.

증사의   걔가 널 불러 뭐하겠다는 거야?

증 정   (약간 부끄러워하며) 걔, 걔가 물 뿌리기 하면서 놀자구요.

증사의   (깜짝 놀라며) 뭐야. 옷을 벗고 둘을 뿌려, 큰 처녀애가?

증 정   (설명하듯) 걔, 걔는 늘 그래요.

증사의   (꾸중 속에 조소를 담은 듯) 너도 걔와 같이?

증 정   (부끄러워하며) 걔, 걔가 그러자고 해서요.

증사의   (갑자기 엄격해지며) 못 간다! 추석날 물 뿌리기를 하다니 정
신 나갔지! 난 원씨집의 이렇게 난폭한 점이 마음에 안 든다.
딸이 예의라고는 조금도 없더라구.

[여자애의 목소리: (높은 소리로) 증 - 정아!

증 정   (반쯤 낮은 소리로 대답한다.) 어?

증사의   (바로 막으며) 상대하지 마라!

증 정   (가서 그녀에게 알려주려고) 그러면 제가 가서 (막 걸음을 내
딛는다.) -

증사의   (다시 그를 붙잡으며) 못 가! (증정을 향해) 넌 아직도 네가
어리다고 생각하니! 열일곱 살이야! 장가 든 사람이라구! 너
의 할아버지는 너만 했을 때 집안 사람들을 다 먹여 살리셨
다! (갑자기) 네 처는 돌아왔느냐?

증 정   (아주 고통스럽게 그녀의 말을 계속 듣고 있다가 낮은 소리
로) 전화를 했어요.

증사의　뭐라던?

증　정　(오그라들며) 제가 전화를 한 게 아니에요. 저, 저, 소방 이모 한테 부탁했어요.

증사의　(성을 내며) 먼 뭣 때문에 전화를 안 하니? 너 보고 전화하랬 잖아, 네가 왜 안 하냐고?

　　　[여자애의 목소리: (거의 동시에) 증정아, 너 어디에 숨었니?]

증　정　(얼떨떨하여 어떻게 대답을 해야 할 지를 모른다.) 소방 이모 가 집사람한테 단향(檀香)을 사다 달라고 부탁을 했어요.

　　　[여자애의 목소리: (다급하게) 너 계속 대답하지 않으면 나 성낸다.]

증사의　(증정의 마음이 또 요동하고 있음을 알고, 증정이 아직 반 발 자국도 내딛지 않았는데 바로 화를 내며) 움직이지 마. 소방 이모가 걔한테 단향을 사 달라고 한 것은 걔를 시켜 사면 되 는 것이고. (고집스레) 그런데 내 말은 너한테 서정에게 전화 를 하라고 했는데 넌 왜 안 했느냐 말이다. 물어보자, 넌 왜 늘 말을 안 듣니? 말을 안 들어?

증　정　(슬그머니 한 번 훔쳐보고는 다시 고개를 숙이고 말이 없다.)

증문청　(유연하게 긴 한숨을 쉬며) 쟤들 부부는 서로 말이 없는데, 당신 쟤한테 말 좀 작작 시키라구. 억지로 시킬 거 뭐 있어? 어떤 일이든 억지로 하면 좋질 않다구.

　　　[여자애의 목소리: (큰 소리로 부른다.) 증―정아!]

증사의　(갑자기 그 소리가 나는 쪽을 보고) 귀찮아 죽겠군! (문청을 향해) "억지로 시키면 좋질 않다구요?" 무슨 일이나 다 당신 이 이렇게 마음대로 하도록 내버려둬서 잘못됐다구요. 그래 물어봅시다. 추석 날 새벽부터 친정집에 가는 것은 어느 집 법도죠? 지금 집안 형편이 좋지 않은 줄 걔가 또 모르는 것도 아니잖아요. 하인이 부족해 나까지 부엌에서 장순을 도와 밥을 하는 판에. (야박하게) 흥, 돈은 없어도 친정에서 귀한 아가씨 기질로 길러 놔서 말이오! (증정을 보고 씩씩거리며) 너 개한테 일러 둬라. 어디 가면 간다고 말을 하라고. 우리 이 선비 세가에 시집을 왔으면 다른 것은 몰라도 이 역겨운 규정만은 신경을 써야한다구 말이다!

[화원의 큰 응접실로 통하는 문으로 원원이 씩씩하게 뛰어들어온다. 그녀는 평생을 "인류학"에 몰두한 학자가 매우 사랑하는 외동딸이다. 그는 손에 한 통의 찬물을 들고 남자애들이 입는 서양식 짧은 바지를 입었는데 송아지 같이 건장한 둥근 다리를 드러내 놓고 기세 등등하게 문턱까지 와서 두리번거린다. 그녀의 얼굴에는 온통 장난기가 주렁주렁하며, 온종일 집에서 천지가 뒤집히도록 노느라고 한 시도 조용할 때가 없다. 늘 남자애들과 함께 장난치며 노느라고 자기가 귀중한 여자 몸이라는 것을 늘 망각한다. 지금 그녀는 열 여섯 살이지만, 보기에 어떤 때는 이 나이보다 많아 보이고, 어떤 때는 이 나이보다 적어 보인다. 신체 발육으로 봐서는 열일곱 열여덟 살 여자애들도 그녀처럼 이렇게 풍만하지는 못할 것이다. 그녀의 심리를 말하자면 마치 한여름 오후의 비구름처럼 변화무쌍하기만 하다. 슬퍼서 막 울다가도 눈 깜짝할 사이에 마음을 열고 박장대소를 하며, 아주 재미있게 웃다가도 갑자기 볼에는 또 우스꽝스런 눈물방울이 맺히기도 하여 마치 영문을 알 수 없는 어린애와 같았다. 그러나 그녀에게는 모든 것이 자연스럽고 단순하였으며, 솔직하고 명랑하여 어떤 장난을 하더라도 조금도 사람을 불쾌하게 하는 부자연스런 모습이 없다.

[그녀는 어려서 어머니를 여의고 양육과 교육은 모두 "괴팍한" 사상을 가진 아버지가 혼자 도맡아 하였다. "인류학"자의 가

정교육은 대대손손 선비 가문이었던 증씨 가문과는 아주 달랐다. 어떤 때 방에서 원 박사가 한창 정신을 집중하여 원시 "북경인"의 두골을 연구할 때, 딸 원의 상상 속에서의 작은 방은 이미 사십 만 년 전 민덕이(民德爾) 빙하시기의 수림으로 변한다. 그녀는 활을 들고 화살을 겨드랑이에 끼었으며, 맨발에 반신을 드러낸 후 원래 바닥에 깔아 놓았던 호랑이 가죽을 걸치고 늘 아버지가 묘사하던 생생한 유인원(類人猿) 모습을 마루바닥에서 연기를 해 보인다. 소리를 지르면서 날뛰면 마치 가장 무서운 들짐승과도 같다. 마침내 날아온 하나의 돌이 학자의 머리를 때린다. 그러나 학자는 그저 고개를 들고 빙그레 웃을 뿐 표정은 여전할 따름이다. 이런 부녀가 증씨집 가정 교육에서 중요시되는 "처세술"을 안다고는 당연히 말할 수 없다. 언젠가 한 번은 원이 무더운 여름날 마당에서 쏟아지는 소낙비를 맞고 있는 것을 보고 큰마님이 달려가 호의에서 그의 아버지께 알려줬는데, 뜻밖에 이 아버지도 킥킥거리며 윗통을 벗은 후 수건을 들고 딸과 소낙비를 같이 맞았던 것이다. 큰마님의 눈에 이 괴팍한 한 쌍의 새는 보통의 먹이를 먹는 것이 아닌 것으로 보였다.

[그녀는 짧은 소매의 서양식 셔츠를 입고, 고무신에 짧은 바지를 입었다. 머리칼은 짧고 땀 범벅이 된 얼굴은 벌겋게 달아올라 있다.

원　원　(증정을 가리키며) 증정아, 안녕! 역시 너 여기 있었구나! (말을 하면서 그 물통을 들고 웃으며 쫓아간다. 증정은 매우 난처하여 어머니 앞에서 대체 어떻게 해야 할 지를 모른다.)

증　정　(큰 소리로) 물! 물이다! (저도 모르게 아버지 뒤로 가서 숨는다.)

증사의　(놀라며) 찬물 뿌리면 안 돼! (그녀를 잡아당기며) 원아, 내가 한마디 물어보자.

원　원　(몸을 돌려 하하 하고 웃으며) 뭔데요?

증사의　(되는대로 마구 묻는다.) 너희 아버지는?

원　원　(물통을 내려놓고, 일부러 침착한 체 하며) 방에서 "북경인"을 그리고 계세요. (갑자기 큰 소리를 한 번 지르더니 고양이 쥐잡듯 증정을 붙잡으며) 너 달아나? 어디로 도망쳐?

증　정　(낭패스러운 듯 웃으며) 너, 너 이것 놔.

원　원　(흥분하여) 가자, 우리 밖에 나가서 결판을 내자.

증사의　(매우 불쾌하여) 원아!

원　원　가자!

증문청　(히히 웃으며) 원원아, 너 갖고 싶은 것 하나 있었잖아?

원　원　(갑자기 생각이 나자, 저도 모르게 증정을 놓으며) 아, 증아저씨, 저한테 연 하나 빚졌잖아요. 아저씨한테 있으니 찾아주겠다고 하셨잖아요.

증문청　(웃으며) 가을엔 연을 날릴 수가 없어.

원　원　(고집스레) 그러나 저에게 약속을 하셨잖아요? 그래도 전 날리고 싶어요, 전 날리고 싶단 말에요!

증문청　(미소를 지며) 내가 대신 큰 지네 한 마리를 너 줄려고 찾아놨다.

원　원　(펄쩍뛰며) 어디요? (손을 내밀며) 주세요!

증문청　(어찌 할 수가 없어서) 쥐가 먹어버렸어.

원　원　(영리하게) 속이는 거죠.

증문청　무슨 방법이 있어야지, 쥐가 너무 배가 고파서 지네 몸에 묻은 풀까지 쥐가 다 먹어버렸어.

원　원　(발을 구르며) 거 보세요. (눈에 작은 눈물방울이 맺히려 한다.)

증문청 (달래며) 울지마라, 울지마. 다른 것이 하나 더 있으니까.

원 원 (눈빛 속에 한 가닥 웃음이 반짝이며) 음, 전 못 믿겠어요.

증문청 정아, 너 서재에 가서 (양심재를 가리키며) 그 큰 금붕어 가지고 오너라.

증 정 (거의 뛰다시피 하며) 가서 가져올게요.

증사의 (그에게 고함을 치며) 정아, 뭘 그렇게 뛰어?

[증정은 다시 자신의 기쁨을 억제하며, 어른 같은 걸음으로 서재로 향한다.

원 원 (쫓아가며) 증정아! (그의 손을 끌며) 너, 빨리 좀! (그를 서재로 끌고 간다. 울긋불긋한 색깔 위에 먼지가 좀 앉은 연을 보고는 놀람과 기쁨을 감추지 못하고 소리를 지른다.) 야, 이렇게 커! (바로 가지려고 한다.)

증 정 (얼굴에 매우 흥분된 웃음이 번지며, 떨리는 목소리로) 네가 가지지마. 내가 할거야! (그 연을 든다.)

원 원 (다투며) 네가 가지지마. 내가 할거야!

증 정 넌 덜렁거려서 부순단 말야.

원 원 (연속 소리를 지른다.) 내가 하겠어! 내가 하겠어! 너희 아버지가 나를 위해 만든 거란 말야.

[두 사람은 그 금붕어를 빼앗으려고 다툰다.

증사의 (동시에) 정아!

증 정 (헐떡거리며 소리친다.) 안 돼! 안 된단 말야! (똑 바로 그녀를 바라보며, 흥분되고 유쾌하게 원원과 쟁탈을 한다. 너무나 창백하여 거의 투명하다시피 한 손가락으로 그 연살을 붙잡고 있지만, 원의 건장한 손목에 좌우로 흔들려 거의 그 연을 쥐고 있을 수가 없다.)

원 원 (동시에 끊임없이 소리친다.) 내가 하겠어, 내가 하겠어!

증　정　（갑자기 큰 소리를 지르더니 연을 내려놓는다. 피가 흐르는
　　　　　자기의 손가락을 멍하게 바라본다.）

원　원　（깜짝 놀라며） 왜 그래?

증사의　（원망하며） 그 봐라! （그의 앞으로 가 꾸짖으며） 피 좀 보라구!

증문청　（증정을 바라보며） 찔렸어?

증　정　（손가락을 붙잡고） 예.

원　원　（관심을 보이며） 아프니?

증　정　（당혹해 하며） 조금 아파.

증사의　（증정을 붙잡고） 빨리 가서 칠리산（七厘散）을 좀 바르자.

원　원　（아주 자신 있게） 괜찮아요! （갑자기 고개를 숙이고 그의 손
　　　　　에 난 상처부위를 빤다.）

증　정　（깜짝 놀라며） 아! （한 줄기 감격에 찬 흥분이 얼굴을 스친다.
　　　　　그는 수줍은 듯 어머니 손을 거절하며） 어머니, 괜찮아요. 어
　　　　　머니 –

원　원　（침을 한 번 뱉고, 유쾌하게 그의 손을 놓으며） 됐어, 아직도
　　　　　아프니?

증　정　（부끄러워서 낮은 소리로） 아프지 않아.

원　원　（그 상처난 손가락을 가리키며, 마치 그 손가락에게 말하듯）
　　　　　흥, 너 다시 아프기만 하면 도끼로 너를 찍어버린다.

증문청　（농담으로） 너무 지나치다!

원　원　（갑자기 땅에서 그 찬물통을 든다.）

증　정
　　　　　（동시에 긴장하며） 얏!
증사의

원　원　（정을 향해 웃으며） 용서해 주지, 이 물통의 물 뿌리지 않고.
　　　　　（그를 밀면서） 가자, 우리 연 날리러 가자. （정은 즉시 연을

든다.) 안녕히 계세요! 증 아주머니.

[원이 펄쩍펄쩍 뛰면서 증정을 밀고 문을 나선다. 물을 온 땅에 뿌리며.

증사의   정아!

증문청   (달래듯) 가게 내버려둬요!

증사의   당신은 상관하지 말아요. (밖을 향해) 정아!

[증정은 어쩔 수 없이 다시 걸어 들어온다. 뒤에는 영문을 모르는 원원이 뒤따른다.

증 정   (어머니를 바라본다.)

증사의   (그 인삼탕을 들고) 이 인삼탕 네가 마셔라, 너의 아버지는 안 마시겠단다.

원 원   (원은 토끼 눈으로 부러워한다.) 인삼탕요!

증 정   전 마시고 싶지 않아요!

증사의   (엄한 목소리로) 마셔!

증 정   (들고 한 모금 마시다가 바로 토해 낸다.) 상했어요, 정말이에요.

증사의   거짓말! (스스로 한 모금 맛을 본다. 과연 맛이 이상하다고 느꼈는지 내려놓으며) 흥!

[이때 원원이 장난스럽게 정에게 손짓을 하다가, 다시 살금살금 고양이 걸음으로 정의 등을 밀며 걸어 나간다. 정이 문턱을 넘고 원원이 한 발자국 남았을 때-

증사의   (갑자기) 원아!

원 원   (깜짝 놀라며) 옛! (고개를 돌린다.)

증사의   너 이리 와 봐라.

원 원   (다가가며) 왜 그래요?

증사의   (얼굴 가득 웃는 모습으로) 오늘 우리집에서 너와 너희 아버지랑 같이 명절을 쇠려고 한다는 것, 아버지께 말씀드렸니?

원 원 (눈의 흰자위를 보이며) 점심에 저희를 초대한다구요?

증사의 (아주 환심을 사려는 모습으로) 아, 특별히 이 아름다운 원양을 초청하겠단 말이지.

원 원 (어리둥절한 모습으로) 농담이겠지요! 초청한 사람은 아버지와 소아가씬 줄 저 알아요.

증사의 누가 그러던?

원 원 (자부하듯) 강 고모부가 저에게 다 이야기 해 줬어요.

증사의 (부드럽고 기쁜 얼굴로) 그럼 넌 새어머니 갖고 싶지 않니?

원 원 전 어머니가 없지만, 원하지도 않아요.

증사의 (타이르듯) 어머니가 있으면 좋지. 소아가씨가 너희 어머니 되는 것 좋아 안 좋아?

원 원 (영문을 몰라) 저요?

　　　　[앞뜰에서 증정의 목소리: "원원아, 빨리 와, 바람이 분다!"

원 원 (갑자기 사의에게 하나의 종이 봉지를 넘겨주며) 받으세요.

증사의 (깜짝 놀라며) 뭔데?

원 원 아버지께서 드리는 방세에요!

　　　　[원원이 큰 응접실로 통하는 문으로 달려나간다.

증사의 (미워하며) 이런 아이는 정말 가정교육이 안 되었어!

증문청 (불안한 듯) 당, 당신 강태와 무슨 연극을 꾸미고 있지? 소방을 어쩌려고?

증사의 (눈알을 돌리며) 어쩌긴요? 그 사람 시집가야지요. 평생 노처녀로 있으면서 당신들 시중만 들 순 없잖아요.

증문청 말도 안 하는데, 걔가 시집가고 싶어한다는 줄을 어찌 당신들이 알 수가 있나?

증사의 (입을 실룩거리며) 내색을 않는다고 추측도 못해요! 전 전생에 좋은 일을 하지 못해 지금 살아있을 때 덕을 좀 쌓아야겠어요. 전 다른 사람이 한 평생 곤경에 빠져 살게 하고싶은 생각은 없어요.

증문청 시집을 가면 당연히 좋지. 하지만 이렇게 하루내 죽은 사람의 해골바가지나 연구할 줄 아는 원 박사한테 시집을 가면 -

증사의 그녀가 누구한테 시집을 가든 당신하고 무슨 상관이에요? 당신이 무슨 관심이 그리 많아요? (악독하게) 당신은 시집갈 때 따라 가는 계집종이 되어 함께 갔으면 좋겠지요? 온종일 그녀에게 벼루 종이나 잡아 주고. 아니면 그이의 이부자리나 펴고 개어 주면서 밤이 되면 상대나 되어 주고.

증문청 (성을 내며) 당신 사람이야 귀신이야? 이렇게 뒤에서 사람을 업신여기다니!

증사의 (역시 화를 내며) 헛소리하는군요! 내가 묻지만 당신이 사람이요 귀신이요? 이렇게 그 사람 편만 들고!

증문청 걔는 노처녀로 우리집에 살면서 이렇게 오랫동안 아버지 시중을 들어 왔는데 -

증사의 (아예 말을 해버린다.) 노처녀가 무턱대고 우리집에 살면서 온종일 그림이나 그리고 글이나 쓰고. 또 아버님을 모시면서 마치 자기 혼자 가장 총명한 체 하는 것. 전 정말 보기 싫어요.

증문청 음, 어쨌든 나는 떠나. 아버지께서 동의만 하시면 당신들이 -

증사의 동의하고 싶지 않아도 동의를 해야지요. 첫째는 집에 돈이 없어서 큰 응접실마저 남에게 세를 놓고 있는 상황이고. 더 이상 한가한 친척들을 먹여 살릴 수가 없어서며. 둘째는 (사시로 그를 바라보며 야박하게) 그녀가 스스로 시집을 가고자 해도 당신이 그 사람 시집가는 것을 원하지 않기에 ……

증문청 (참으려 했지만 참을 수가 없어 급하게) 소방이 시집가는 것을 내가 원치 않는다고 누가 그래? 그녀 시집가는 것을 내가 원치 않는다고 누가 그래? 그녀 시집가는 것을 내가 원치 않는다고 누가 그러더냐구?

증사의 (소아가씨가 양심재의 작은 문으로 걸어 들어오는 것을 보자, 마치 고양이가 쥐를 다루듯 먼저 교활하게 웃으며) 다투지 맙시다, 여보. 소아가씨 왔어요!

[소방이란 이 이름으로는 이 창백한 여자의 성격을 다 표현할 수가 없다. 그녀 역시 서른 살 안팎의 모습을 한 강남의 명문 가문 출신으로, 부친 역시 이름난 명사였다. 그는 풍류를 즐기는 사람이었으나, 그가 죽은 뒤 집안형편은 아주 기울어 버렸고, 그 뒤에 과부인 어머니마저 죽자 소방 이모가 사람을 보내 그녀를 데려온 것이다. 이로부터 모친의 유서에 따라 오랜 세월동안 북평 증씨집에 살면서 다시는 강남으로 가지를 않았다. 증씨노마님이 있을 때 온순한 소아가씨는 그에게 총애를 받았고, 이 강직한 노부인이 죽은 후에 소방은 또 그의 이모부인 증영감의 지팡이가 되었다. 그가 가는 곳이면 어디나 그녀도 반드시 따라가야 했다. 영감이 점점 늙어 가는 말년에 소방은 그의 눈앞에 없어서는 안될 위안감이었지만, 소방의 미래는 마치 하늘가의 구름처럼 아득하기만 하다. 그러나 유유히 흐르는 세월 속에 그녀를 위해 간절히 관심을 써 주는 사람은 극히 드물었다.

[그녀를 만나본 사람이 받은 첫 인상이라면 바로 그녀의 "애달픔과 정숙함"일 것이다. 창백한 얼굴은 마치 맑고 깊고 아름다운 강바닥이 투명하게 들여다보이는 맑고 고요한 추수(秋水)와 같이 그녀의 심령에는 풍부한 보물이 깊숙이 묻혀있는 것 같다. 마음이 솔직한 사람 앞에서는 그 풍부한 보물이 조금도 남김없이 그대로 드러나 아직껏 조금의 가식도 보탠 적

이 없었다. 그녀는 때로 우울하게 하늘을 쳐다보고 시를 짓고 그림을 그리곤 하였으나 그의 눈 아래 어린 침체된 모습을 몰아내지는 못하였다. 마치 온종일 갈피를 잡을 수 없는 가을 안개 속에 덮여있는 것 같아서 그녀가 얼마나 가슴 밑바닥에 많은 고통과 애수를 억누르고 있는지 그 누구도 알 수가 없다. 그녀는 이상하리만큼 말이 없다.

[긴 세월동안 외롭고 고독하게 친척집에 붙어 살아온 생활은 그녀로 하여금 일종의 놀랄만한 인내력을 가지게 하였다. 그녀는 고개를 숙인 채 귀 따가운 소리를 수없이 들어왔다. 단지 어쩌다가 문청과 시화로 교제를 하는 중에 그녀는 자기도 모르게 억눌리고 우울한 감정을 어느 정도 담담하게 드러낼 수 있었던 것 같다. 그녀는 하루 종일 이렇게 빠져서 생활을 해 가는 중년을 충분히 이해할 수가 있었다. 그녀는 자기를 더 불쌍히 여기기보다는 문청을 더 불쌍히 여겼다. 그녀는 온순하고 마음이 너그러워서 때로 자신의 행복과 건강은 망각하고, 자기와 같은 불행한 사람들을 보살펴주고 사랑해 준다. 그러나 그녀는 연약하지 않았으며 그의 고집스러움은 무진한 인내력 속에서도 때때로 고집스레 드러내 보인다.

[그녀의 옷차림은 아주 담아하다. 그는 짙은 남색 울사지로 짠 회색 반점의 낡은 치마를 입었는데 널찍하게 몸에 잘 어울린다. 그녀는 야위고 자그마한 체구에, 둥근 얼굴, 커다란 눈을 가졌는데, 척 보면 불쌍하다는 생각이 들게 한다. 그는 이미 서른이 넘었으나, 여전히 이전 규수의 그윽하고 아름다움을 유지하고 있다. 말하는 소리는 따뜻하여 감동적이나, 대부분은 무언의 미소로 조용히 옆 사람들이 하는 말을 듣는 편이다.

증사의 (소아가씨를 향해, 얼굴 가득 웃음을 띠고) 이봐, 소동생, 저 사람 얼마나 대단한지 한 번 보라구. 막 떠날 때가 되니까 그러는지 나한테 사납게 성질을 한 바탕 부리는군. (또 그런 입에 발린 투의 거짓말을 한다.) 모르는 사람들은 다 이러는 내 모습이 좀 사납다고 하겠지만, 집에서 어떻게 하는 것이 악하게 하는 것인지도 모르는 나에게 말야! 아는 사람은 다 내가 천덕꾸러기라는 것을 알고 있지. 날이면 날마다 저 사람한테 (문청을 가리키며) 모욕당하고, 아버님께 학대받고, 고모와 고모부한테 열 받고, (가련하고 억울한 상을 지으며) 며느리의 모욕까지 내가 다 당해야 하니! (친절하게) 정말이지, 이 집에서 동생이나 마음이 너그러워서 나를 잘 대해주지, 나를 잘 대해―

소 방   (영문을 몰라 이 밀물처럼 밀려오는 말을 조용히 들으며 살며시 미소를 짓는다.)

증문청   (참을 수 없어 입을 뗀다.) 아버지 일어나셨어?

    [사의는 그제야 입을 다문다. 방안은 갑자기 조용해진다.

소 방   (차분하게) 이모부께선 일찍 일어나셨어요. (바닥에 찢어진 산수화를 보고) 이건 사촌오빠 그림 아녜요?

증사의   (또 잔소리를 한다.) 맞어. 이 그림을 쥐가 물어뜯었다고 저 양반이 나한테 아침에 한 바탕 해 댔어.

소 방   (진심으로 기뻐하며) 괜찮아요. 제가 가져가서 펴 드릴게요.

증문청   (겸손하게 웃으며) 그만 둬. 그럴만한 가치도 없어.

증사의   (웃는 듯 마는 듯 하면서 문청을 힐끗 보며) 아니, 동생에게 손질해 달라고 하세요. (소방을 향해) 두 사람은 늘 손발이 잘 맞았잖아요. 곧 떠날텐데 마땅히 무슨 기념품이라도 남겨야 하니까.

소 방   (그녀의 말뜻을 알아차리고, 놓다야 좋을지 놓지 말아야 좋을지 몰라 우물거리며) 그렇다면 제, 제가―

증문청   (다가가 곤경에서 구해 준다.) 그래, 동생이 손질을 해서 좀 펴 주지, 너무 아까우니까.

증사의　(눈을 한 번 돌리며) 정말 너무 아깝지. (스스로 탄식을 하며) 나는 말야. 난 늘 소동생같이 재주 많은 두 손이 있었으면 하는 생각이 들었어. 바느질도 잘 하고, 글씨도 잘 쓰고, 그림도 잘 그리고 말야. 농담이지만. (부자연스럽게 웃으며) 어떤 때로는 생각에 생각이 꼬리를 물면, 난 정말 식칼로 (미소짓는 눈 속에 갑자기 무서운 악독함이 반짝인다.) 동생의 그 재간 많은 두 손을 (잔인하게) 잘라서 내 손에 붙이고 싶은 마음이 간절하더라구.

소　방　(놀람과 두려움에) 아! (저도 모르게 그 창백한 두 손을 움츠린다.)

증문청　당신 이 무슨 농담이야?

증사의　(우쭐하는 마음으로서 큰 소리로 웃으며) 난 좀 거친 사람이라서 말은 그래도 마음은 그렇지 않아요. (소아가씨의 손을 잡고 가볍게 쓰다듬으며) 동생, 개의치 말아. 난 마음이 급하고 입이 빨라서 좀 품위 있고 고상한 모습을 못 배우겠어. 난 늘 문청씨에게 말했지만 (문청을 사악하게 흘겨보며) 내가 만약 남자라면 난 나 같은 이런 아내를 얻지 않겠다고 했어. (더욱 친절하게) 동생, 말해 봐. 그렇지 않아? 말해 봐. 난 -

[막 소방이 두렵고 당혹하여 어떻게 대답했으면 좋을지 몰라 하고 있을 때, 증서정 - 큰마님의 며느리 - 이 한 보따리의 단향목과 향료를 들고 큰 응접실로 통하는 문으로 급히 들어온다.

[증서정은 이제 겨우 열여덟 살이나. 얼굴이 벌써 좀 늙어 보여서 사람들은 그녀가 스무 살도 채 안된 젊은 여자라는 것을 믿지 못한다. 그녀는 늘 아주 억눌림을 받는 가운데서 생활한다. 생활력이 아주 강한 의지를 가지고 있다. 비록 반항의 뿌

리를 마음속에 감추고 있지만 낯선 사람 앞에서는 절대로 그런 내색을 보이지 않는다. 눈길 속에 우울함과 불만과 원한이 서려 있음이 보여준다. 입은 언제나 굳게 다물고 있으며, 여인의 어떤 부드러움이라고는 조금도 보이지 않는다. 그녀는 화장도 싫어하고 아름다운 옷을 입는 것도 싫어한다. 몇 번이고 그녀의 시어머니가 분부를 했는데도 그녀가 시어머니의 의중을 알아차리지 못했을 적에 이 일로 욕을 먹는다.

[그녀가 아무 이유 없이 시어머니께 혹독한 수치와 욕설을 받게 될 때면 그녀는 그저 냉랭하게 쳐다보기만 할 뿐 결코 무서워하지 않으며, 일부러 아무렇지도 않은 것처럼 하여 시어머니께 대처한다. 비록 그녀의 마음속에 근심과 고통이 있기는 하지만, 자기가 미워하는 사람 앞에서는 절대 울지도 않고 자신의 나약함도 보이지 않는다. 고독하고 적막한 빈방에서 그녀는 앞으로의 긴 세월을 생각하고 때로 고통으로 살 욕망이 생기지 않아 몇 번이고 자살을 기도했지만, 이제는 다시 이 유령 같은 가문을 반드시 떠나, 한 여인으로서의 자기의 새로운 길을 찾아야겠다고 마음속으로 생각을 하고 있다.

[그녀가 열 여섯 살이던 나이에 ― 생각해 보면, 마치 지금으로부터 몇 십 년이 지난 것 같은 ― 그녀는 막 중학교에 들어간 지 겨우 이 년밖에 되지 않았는데, 어쩌다가 얼렁뚱땅 이 정신상의 새장 속으로 잡혀 들어온 것이다. 이 선비 집안에서 그녀는 짧은 하룻밤 사이에 소녀의 천진함은 잃어버리고 갑자기 걱정으로 충만한 한 성년 부인으로 변해버린 것이다. 그녀는 사람이 겪는 괴로움과 우울한 침묵을 이렇게 빨리 맛봄으로써, 그의 이전 친구들은 한 소녀가 어쩌면 이렇게 갑자기 변할 수 있을까 하고 경탄한다. 그녀의 어린 남편은 그녀에게 말할 나위도 없었다. 그녀는 또 남을 헐뜯고 아첨하는 비천한

여자들의 수법으로 시어머니께 환심을 사는 것은 배울 가치도 없다고 여겼다. 그녀는 억지로라도 증씨 가문의 손자며느리로서 마땅히 지켜야할 자질구레하고 번거로운 예절을 그대로 지켰다. 마음속으로 그녀는 이런 환경에서 오래 생활해서는 안 되겠다는 것을 알고 있었다.

[근심의 구름이 가득한 듯한 가정에서 오직 소이모만이 그의 친구였다. 소방은 간혹 그녀 앞에서 눈물을 뚝뚝 흘렸고, 서정 역시 소이모를 동정하고 불쌍하게 생각하여 그녀가 훌쩍일 때면 진심으로 애통해 하였다. 그러나 그와 소방은 두 세대나 차이가 나는 부녀였다. 그녀는 희망을 가지고 자신의 미래는 이 작은 세계가 아니라는 것을 점점 알아 갔지만, 소방의 사상과 감정은 도리어 이 증씨집의 울타리를 벗어나지 못하고 있었다. 서정은 책읽기를 좋아하였다. 책은 그녀로 하여금 지금의 세계를 알게 해 주었기에, 소이모를 위해 열심히 책을 소개해 주고, 다른 것도 잘 알 수 있도록 도움을 줄 수 있는 성실한 친구도 몇 명 소개해 주었다. 이런 생활에 대해 그녀는 간혹 소이모에게만 얘기할 뿐, 증씨집의 다른 사람들은 전혀 모르고 있었다.

[요며칠 그녀의 안색이 좋지 않다. 갑자기 찾아온 어떤 신체상의 변화 때문인지 그녀의 마음속에는 무서운 갈등이 일고 있었다. 그녀는 침식이 불안하였다. 왜냐하면 미래의 한 작은 생명이 이 가정에서 어떤 불행을 맞이하게 될지를 더욱 깊이 깨닫고 있었기 때문이며, 자신이 왜 이런 소인에게 시집을 왔는지 생각을 해도 더욱 알 수가 없었기 때문이며, 지금은 또 머지않아 어리석게도 이 소인에게 더욱 작은 하나의 생명을 보태주게 되었다는 사실 때문이었다. 이 해결할 수 없는 난제 때문인지 그녀는 자주 집을 나갔으며, 밤낮 고민을 하면서 하

나의 해결 방법을 생각해 내고자 하였다.

[그녀는 문에 들어서면서 약간 머뭇거린다. 그녀는 자기가 입은 암담한 옷이 우선 시어머니에게 불쾌감을 주리라고 알고 있었다.

증서정   어머님, 아버님!

증사의   (조롱하듯) 확실히 전화를 해서 돌아오시오 해야 되는구나. 난 지금 소이모한테 차를 한 대 불러 널 재촉하러 보내는 것이 어떨까 하고 이야기하고 있던 중이란다.

증서정   저, 저 몸이 좀 불편해서요.

증사의   (간사하고 괴상하게 예리한 목소리와 웃음으로) 여기는 집이 아니니? 내가 며느리 시중 못 들까 봐서?

소 방   (서정을 대신하여) 언니, 진짜 몸이 좀 불편해요.

증사의   지금은 좋아졌냐?

증서정   (낮은 소리로) 좋아졌어요.

증사의   (사납게 그녀를 바라보며) 그래, 난 네가 겁난다! 빨리 가서 조상한테 절이나 해라.

증서정   예. (바로 몸을 돌려 양심재로 걸어간다.)

증사의   (만면에 웃음을 담고 소방을 향해) 나는 마음이 약해서 정말 시어머니 노릇 못하겠어. 척 보면-(갑자기 몸을 돌려 서정을 보고) 얘, 서정아, 넌 어찌 네 아버님께 인사도 안 하고 바로 가느냐.

증서정   인사 드렸어요.

증사의   (그녀가 말대꾸하는 것이 밉상스러워 바로 안색이 어두워지며 문청을 향해) 당신 들었어요? (문청이 대답할 틈도 주지 않고 바로 돌아서서 서정을 향해) 난 듣지 못했다.

증서정   (차갑게 그녀를 바라보다가, 몸을 돌려 문청을 향해) 아버님!

증문청 (못 참겠다는 듯) 빨리 가거라, 빨리 가!

증사의 (서정을 향해) 소이모에게는?

증서정 (기계적으로) 소이모.

증사의 (소방에게 마치 겸손한 듯 또 시위하는 듯 하면서, 음험한 웃음으로) 보라구, 우리 이 며느리는 정말 예의라고는 조금도 몰라. (몸을 돌려 서정을 향해, 매우 자상한 모양으로) 너 그래도 소이모한테 감사드리지 않니? 소이모가 그렇게 널 귀여워하는데. 금방 전화는 소이모가 한 것이었다.

증서정 소이모, 고마워요.

증사의 정아가 학교에서 돌아온 것 너 알고 있느냐?

증서정 압니다.

증사의 넌 걔가 원이하고 연 날리는 것 봤느냐?

증서정 (낮은 소리로) 봤어요.

증사의 (소를 보며, 서정을 가리키며) 보라니까, 이런 머저리가 있어? 알고 있고 또 보기도 했는데. (갑자기 몸을 돌려 서정을 향해) 그런데도 넌 왜 바로 돌아와서 걔를 간섭하지 않았던 게냐? (스스로 총명스런 훈계라고 여기며) 띨띨하게 굴지 마라, 걔는 네 남자고 네 남편이며, 네가 한 평생 의지할 사람이야.

증문청 (조용히) 아이들이 함께 좀 노는데, 당신은 언제나 하찮은 일을 가지고 크게 놀라면서 이런 말을 하는군.

증사의 (일부러) 누가 하찮은 일에 크게 놀래요? 당신은 이런 여자를 편드는 말이나 하면서. (소방을 힐끗 한 번 곁눈질하며) 이런 여자들은 척 보면 남자를 유혹할 생각이나 하고 마음이 아주 상스럽다는 걸 내가 잘 알아요 서정아, 너 조상모신 탁자 잘 정리하고, 빨리 정이 마고자 입혀서 조상께 절하라고 시켜라. 그 미친 계집애하고는 그만 작작 어울리게 하고.

[서정은 다시 그 큰 단향목과 향료 보따리를 든다.

증사의 이리와 봐라. 누가 이런 향단목을 사라고 하던?

증서정 (말하지 않는다.)

소 방 (낮은 소리로) 언니 ―

증사의 (못들은 체 하며 여전히 서정을 향해) 너 돈 벌었어? 누가 너
         더러 이렇게 많은 쓸데없는 물건을 사라고 했어? 누가 이렇게
         밉살스럽고 쓸데없는 일을 시키던?

소 방 (진정하며) 저가 시켰어요, 언니.
         [적막.
         [서정이 양심재의 작은 문으로 나간다.

증사의 (답답함을 모아서) 휴, 사실, 얘는 그래도 성격이 솔직하고 입
         바른 소리를 잘하고 입이 거칠기는 하지만 악의는 없어. 장비
         같이 우악스럽기는 해도 마음속에 조그마한 일이라도 넣어 두
         지는 않아. (미안한 듯) 음, 난 동생이 시켰다는 것 일찍부터
         알고 있었지 ―

소 방 (조용히) 이, 이모부께서 저녁에 독경하실 때 쓴다고 사오라
         하셨거든요.

증문청 아버지께서 며칠 전에 사오라고 말씀을 하셨었지.

증사의 (인정이 많은 듯 술술 말을 한다.) 우리 아버님은 성격이 이
         상해서 모시기가 참 어려워. 일찍 나한테 분부를 하셨더라면
         얼른 안 샀겠어? (또 친절하게) 어이, 동생. 동생은 모르겠지
         만 문청씨와 나는 동생에게 얼마나 감사해 하는데. 이 집에
         만약 동생이 없었더라면 아버님께서 며느리 된 나한테 얼마나
         욕을 많이 하셨을지 모를 거야. (아주 관심에 찬 어조에 낮은
         소리로) 엊저녁에 또 아버님께서 맘이 불편하셨어?

소 방 (고개를 약간 끄덕이며) 예.

증사의 (문청을 향해 득의양양하게) 당신 그 보세요. 그렇잖아요! (소 방을 향해) 난 아버님 방에서 "쿨룩쿨룩" 기침을 계속 하시는 걸 들었거든. 난 문청씨에게 "불쌍해요, 아버님 또 숨이 차시 겠다."고 말을 했었지. (만면에 걱정하는 표정으로) 난 그 소 리를 듣고는 뒤척거리며 잠을 못 자겠더라구. 그래서 문청씨 를 밀면서 "당신 들어보세요. 한밤중에 소동생이 또 부엌에 가서 아버님께 물을 끓여드리나 봐요, 정말–" 이렇게 말했다구.

증문청 아버지께서는 무슨 병에 걸렸는데?

소 방 (힘없이) 다리가 아파서 다른 사람보고 두들겨 달라고 하셨어 요. 마음이 답답하다고 하시면서요.

증사의 (입빠르게) 그럼, 이것은 분명–

증문청 (진심으로) 그래서 아버지께서는 동생에게 하룻밤 내내 두들 겨 달라고 하신 거야?

소 방 (비애에 찬 미소를 지며) 좀 두드려 드리면 이모부는 좀 더 많이 주무실 수 있잖아요.

증사의 (놀라며) 아! 어쩐지 이른 아침까지 동생이 아직 두드리고 있 더라 했지.

증문청 (깊이 동정하며) 그러면 아직 자지도 못했어?

증사의 (혀를 차며) 완전히 밤을 새면 어떡해! (아끼는 모양으로) 에 이, 왜 나를 불러서 교대 좀 하자고 안 그랬어? 정말, 어서 방 에 가서 잠 좀 자. (소방을 밀며) 동생은 몸이 약한데 어찌 밤샘을 해? (아주 관심을 가지는 마음으로) 참, 이게 무슨 말 이야. 가, 동생 가서 잠 좀 자. 나중에 진짜 병나면 난 정말 애가 타서 죽을 거야.

소 방 (유순하게) 괜찮아요. 전 잠을 잘 수가 없어요.

증사의 문청씨, 보세요. 정말이지 소동생보다 더 효성스런 사람은 없을 거에요. 난 동생의 이런 성격이 참 좋아요. (소방을 향해 칭찬을 한다.) 말없이 사람들에게 잘 해주고, 마음이 넓어서 늘 좋은 얼굴로 말없이. (갑자기 몸을 돌려 문청을 보며) 문청씨, 제가 만일 남자라면 소동생과 같은 이런 사람을 아내로 얻겠어요. 그럼 한 평생 복이지.

증문청 (구제를 해 준다.) 소방아, 아버지께 국물 갖다드려야지?

소 방 음, 예, 그렇게 하지요.

증사의 당신 일찍 이야기를 하지 그랬어요, 제가 일찌감치 여기 준비를 다 해 놨는데. (그 인삼탕 그릇을 든다.)

증문청 아까 정이 그랬잖아, 이 인삼탕은—

증사의 그 애 헛소리 작작 믿어요. 음, 그래도 내가 좀 데워서 갖다드려야겠구나! (히죽히죽 웃으며) 이런 걸 바로 "못생긴 며느리라도 시부모를 뵈야 한다."는 거지요. 아무리 밉고 아무리 보기 싫어도 어쩔 수가 없지. (두어 걸음 걸어가다가 고개를 돌려) 참, 부엌에 있는 두 가지 반찬, 문청씨가 여정에서 먹으라구 동생이 만든 것 아냐?

소 방 아—맞아요—!

증사의 (날카롭게) 문청씨, 당신은 얼마나 복이 많은지 보세요. 소동생이 당신을 얼마나 생각해 주는지. 떠난다고 하니까 소동생이 밤새 잠도 자지 않고 두 가지 반찬을 해서 당신께 먹으라고 주는데, 당신은 그래도 감사의 말도 없어요?

[사의는 웃으며 양심재의 작은 문으로 나간다.

[적막이 흐른다. 창 밖의 하늘에선 이따금씩 비둘기의 피리소리가 들려온다.

증문청 (감격과 부끄러운 눈빛과 함께, 두 눈에 눈물을 가득 머금고, 낮은 소리로) 소방아, 난, 난—

소 방 (고개를 숙이고 말이 없다.)

증문청 (그녀를 바라보고 있다가 그 역시 고개를 숙이고, 어물거린
다.) 진유모가 왔어. 우리 보려구.

소 방 (자신의 비통함을 참으며) 그, 그 사람 앞뜰에 있어요.
[사의가 갑자기 다시 서재의 작은 문으로 몸을 내민다.)

증사의 (만면에 웃음을 띠고 손을 흔들며) 문청씨. 진유모가 밖에서
당신을 찾고 있어요. 당신 곧 떠나는데 그 노인과 말이라도
한 두 마디 해야 하잖아요? 오세요. 문청씨!
[소방은 문청이 생기라고는 조금도 없이 사의를 따라 서재의
작은 문으로 나가는 것을 바라본다.
[차가운 비둘기 피리 소리가 들린다.
[경쾌하게 돌길을 달리는 외바퀴 수차에서 나는 단조로운 소
리가 들려온다.
[먼 곳에서 맹인 점쟁이가 치는 은은한 징소리가 들려온다.
[먼 시장거리에서 "오매탕이요 ······"하고 한 두마디씩 외치는
소리가 들린다.

소 방 (오랫동안 멍하게 서 있다가 갑자기 덩그러니 놓여있는 앉은
뱅이 걸상에 앉아 흑흑하고 흐느껴 울기 시작한다.)
[미풍이 불어오자. 벽에 걸린 그림이 바람에 날린다.
[밖에서의 원의 목소리: (연을 날리며 손뼉을 치며 외친다.)
날아라, 날아라, 위로 위로 날아라!
[진유모가 소주아를 데리고 화원의 큰 응접실로 통하는 정원
문으로 걸어 들어온다. 소주아는 고개를 돌린 채 눈길을 떼지
않고 하늘에 뜬 종이연을 바라본다. 햇빛이 온통 붉게 탄 둥
근 얼굴을 비추고 있다.

진유모 소아가씨!

소주아 (감정을 억제하지 못하고 손뼉을 치며) 할머니, 금붕어가 하늘로 올랐어요. 금붕어가 하늘로 올랐단 말예요. (하늘 끝 창공을 가리키며, 아쉬운 듯 큰 소리로) 아이구, 금붕어가 다시 하늘에서 떨어졌어요. 금붕어가―

진유모 (소방이 혼자 울고 있는 것을 보고, 고개를 돌려 낮은 소리로) 떠들지 말고, 너 밖에 나가서 봐라.
[소주아는 뜻밖에 기뻐서 빠른 걸음으로 걸어 나간다. 진유모는 조용히 소방의 앞으로 걸어간다.

진유모 (천천히) 소아가씨, 왜 그래요?

소 방 (고개를 숙이고) 저, 저―(다시 낮은 소리로 흐느낀다.)
[사이.

진유모 (한숨을 내쉬며, 불쌍해서 약간씩 들먹이는 그녀 어깨에 손을 올려놓으며) 소아가씨, 울지 말아요. 내가 떠난 지 반년이 되었는데, 어찌 내가 돌아온 오늘까지 울고 있어요?

소 방 (고개를 들며) 전 정말 한 바탕 크게 울고 싶어요. 이렇게 살아서 뭘 해요! (탁자에 엎드려 울기 시작한다.)

진유모 (고개를 숙이는데 자기도 거의 눈물이 흐르려 한다.) 울지 마세요. 소아가씨, 작년에 내가 몇 번이나 권했잖아요. (침통하게) 시집가세요. 역시 시집가는 것이 좋아요. 다른 사람한테 방을 하나 채워주는 것이 좋지요. (한편으로는 자기의 눈물을 닦고 한편으로는 억지로 웃으며) 제가 하는 말이 분별은 없어도, 한 처녀가 이모부 집에서 한 평생을 산다는 것이 어디 말이나 되요? (소방이 다시 흐느껴 운다.) 좋으나 궂으나 시집을 가세요. 소아가씨, 남의집은 어쨌든 자기집이 아니에요. (소방이 소리내어 울자, 진유모 낮은 소리로 가만히) 그 원선생님, 금방 앞뜰에서 가만히 봤는데, 사람은―

소 방 (흐느끼며) 유모, 그, 그런 말 하지 마세요.

진유모 (부드럽고 사랑스럽게) 그래, 사주팔자랑 다 맞춰 봤어요?

소 방 (더 이상 말하는 것을 간절히 원하지 않으며) 유모.

진유모 (고개를 흔들며) 우리 이 큰마님은 사람을 포용할 줄을 몰라.
보니까. 청나리는 가엾게도 매일 큰마님께 학대를 받더라구요.
생각을 해보니까. 마음에 정말 말 할 수 없는 아픔이 있겠더
라구요. (걱정을 하며) 그래요, 세상에는 마음대로 되는 일이
없어요. 그 보세요. 아가씨와 청나리. 이 한 쌍은-
［서정이 양심재의 작은 문으로 급히 들어온다.

증서정 소이모, 할아버지께서 불러요.

소 방 음! (급히 일어서며 눈물을 닦고, 곧 고개를 숙이고 서재를
향해 걸어간다.)

증서정 할아버지께서는 앞 사랑방에 계셔요. (소방은 다시 고개를 숙
이고 몸을 돌려 큰 응접실로 통하는 문으로 걸어간다. 서정은
그녀가 울고 있었다는 것을 알아보고, 곧 그녀의 뒤를 따르며
낮은 소리로) 소이모, 소이모-
［소방은 여전히 고개를 숙이고 앞으로 걸어간다.
［뒤뜰에서 큰마님이 소리친다.-
［뒤뜰에서의 큰마님 목소리: 서정아!

증서정 (걸음을 멈추고 대답을 한다.) 예!
［뒤뜰에서의 큰마님 목소리: (날카롭게) 너 또 어디로 달아난
게냐? 서정아.

증서정 여기 있어요! (여전히 소방의 뒤를 따른다.)

소 방 (큰 응접실의 문턱에서 걸음을 멈추고) 너 가 봐!

증서정 싫어요. (소방이 다시 걸어간다. 두 사람은 큰 응접실 안으로
들어간다. 소방이 먼저 앞뜰로 통하는 문으로 걸어 나간다.)

[큰마님이 양심재의 작은 문으로 들어온다.

증사의　서정아, 너-(진유모를 발견하고) 아, 진유모. (얼굴 가득 웃음을 담고, 뒤뜰을 가리키며) 빨리 가 보세요, 청나리가 지금 사방으로 다니며 유모를 찾고있어요!

진유모　(기쁨을 참지 못하며) 청나리가요? 어디서요?

증사의　정원에 있어요.

[진유모가 다시 매우 기뻐하며 덜덜거리며 서재로 걸어 나간다.

[서정이 큰 응접실로 통하는 문으로 조용히 들어온다.

증서정　어머님.

증사의　(사납게 그를 쏘아보며) 너 귀 먹었어! (사방을 두리번거리며) 내가 너보고 불러오라고 시킨 사람은?

증서정　전, 전-

증사의　(엄한 목소리로) 꺼져! 이 죽일 년아! (서정이 고개를 숙이고 그녀 앞으로 걸어 지나가자, 이를 갈며) 저 죽을 꼬락서니 좀 보라니까. (발을 구르며) 어찌 죽지 않니!

[서정이 말없이 서재의 작은 문으로 나간다.

증사의　(동시에 큰 응접실로 걸어가 소리친다.) 정아, 정아!

[정이 큰 응접실로 통한 앞뜰 문으로 들어온다.

증　정　(얼굴 가득 땀을 흘리며) 어머니.

증사의　(꾸짖으며 차갑게) 내가 널 부른 것, 알고 있어?

증　정　(미안한 듯 웃으며) 알고 있어요.

증사의　(성이 약간 누그러지며) 빨리 두루마기와 마고자 잘 입고 가서 조상 앞에 절해라! (정이 곧 바로 몸을 돌려 서재로 걸어가려고 하자, 사의가 그를 잡아당기며 아주 자애롭게) 얘야, 앞으로 너 그 원이하고 놀지 마라. 야만스런 아가씨라 버릇이라곤 없더라. (격려 반, 분풀이 반의 모습으로) 만약 서정이가 싫으면, 네가 중학교를 졸업하는 대로 다시 마누라 하나 더 얻어 주마. 공부 잘 하고, 네 어머니를 위해 분발하다 보면, 앞으로 -

[정이 듣기 싫어하고 있을 때, 장순이 왼쪽 고모부의 침실에서 걸어 나온다. 정은 이 기회를 틈타 서재 작은 문으로 도망친다. [왼쪽 침실 안에서: (문이 열릴 때) 이 망할 자식아! 꺼져! 꺼져! (쾅하고 바로 문이 닫힌다.)

증사의   무슨 일이냐, 장순아?

장　순 (역시 성이 나서) 큰마님, 저 장기휴가를 좀 청해야겠어요.

증사의   또 왜 그러는데?

장　순 (손짓 발짓을 해가며) 전 고모부 시중 못 들겠어요. 하루내 아무 일도 안 하고 오로지 우리 하인들 조상이나 들먹이면서 욕을 한다니까요.

증사의   (격분하여) 그는 미친 개야. 그 사람하고 뭐 한다고 알고 지내?

장　순 (성을 가라앉히지 못하고) 아니, 마님께선 다른 사람을 찾아보세요! 전 매일 빚쟁이 피하는 것은 말 할 필요도 없거니와 -

[갑자기 또 옆방에서 "망할 놈의 새끼 -"라고 하는 소리가 들려온다. 한 여인이 "가지 마세요! 당신 가지 마세요!" 하고 소리친다. 남자가 "이 손 놔. 내가 그 여자를 만나 봐야겠어!" 하고 포악하게 소리를 지른다.

증사의   (뭔가를 느낀 듯이 곧 낮은 소리로) 장순아, 이쪽으로 가서 이야기 하자. 저 사람 고함 좀 치게.

[장순이 큰마님을 따라 서재의 작은 문으로 걸어 나간다.

[거의 동시에 뒤엉킨 고모부와 고모가 왈칵 밀고 들어온다. 강태는 갑자기 손을 뿌리치고, 증문채는 눈을 둥그렇게 뜨고 입을 벌린 채 그를 바라본다. 그의 손에는 한 묶음의 돈이 들

72
북경인

려 있고, 성이 나서 어지럽게 손가락질을 한다.

[고모부 강태는 "화학"을 전공한 만학의 유학생으로, 북평에 돌아와서는 한껏 즐기며, 될 수 있는 대로 북평의 편안한 생활을 누림으로써, 북평 태생의 공자 나리들의 특징과 거의 다른 점이 없다. 그는 서른 일곱 정도 되어 보이며, 약간 타락한 모양을 하고 있다. 보기에는 매우 총명한 것 같으나, 오히려 사회에서는 그와 같이 총명한 친구들과는 비길 수가 없다. 그래서 그는 늘 조그마한 이익을 보려다가 늘 큰 곳에서 다른 사람들에게 손해를 본다. 그의 마음씨는 결코 그리 간악한 편은 아니나, 귀국 후에 좀 크게 발전이 된 것이다. 그는 무엇 때문에 원래의 본업을 버리고 득의양양하게 관리를 하게 되었는지 모른다. 몇 번이고 관리를 하였지만 매 번 뜻을 이루지 못하다가, 맨 마지막에 그는 아주 큰 손해를 보았다. 그리고 들리는 말에 의하면 공금을 착복했다는 혐의를 받고 아주 불명예스럽게 퇴직을 하였다. 그는 돈이 얼마 남지 않자 아내와 함께 장인집에서 살며, 온종일 불평만 잔뜩 늘어놓으며, 술 두 잔 마시면 곧 장인집에서 기세를 부린다. 사람이 가난해지면 가난해질수록 약이 더 올라, 이것저것 손가락질을 하고 사람을 욕하며, 늘 그릇을 부순다.

[그러나 그에게 사랑스러운 점이 없는 것도 아니다. 그는 아주 솔직하고 성실한 말을 하려고 하며, 때로는 아주 공평하다. 그렇기는 하지만 그는 병든 아내를 늘 업신여기고 멸시하며, 아내가 어쩌다 기뻐서 그와 다른 의견을 한 두 마디 말하기 시작하면 그는 언제나 경멸스럽게 "당신이 뭘 알아?" 하고 그녀에게 말한다. 그에게는 또 한가지 장점이 있다. 북평의 식당, 극장 등 각종 오락장에는 거의 다 아는 사람이 있었다. 뿐만 아니라 그는 먹는데 가장 신경을 썼는데, 그는 유명한 미식가

로 음식이 좋은지 나쁜지를 잘 알아보았으며, 대개 모든 요리 비법에 대해 그가 하는 말은 사리에 맞았으며, 이야기도 아주 실감나게 해서 마치 원자재(袁子才)의 간단한 산문 한 편과 같았다. 그는 또 허풍치기를 좋아하여 늘 자기가 과거에 얼마나 호화스러웠고 호방했으며, 얼마나 친구들에게 숭배와 칭찬을 받았는지를 자랑해 보인다. 그래서 어떤 때는 믿고싶지 않을 때도 있다.

[평상시에 그는 시도 때도 없이 돈벌이 입문에 대해 이야기를 한다. 하지만 대부분 탁상공론으로 그저 입으로 말하는 재미였지, 결코 실행에 옮길 생각은 조금도 없었다. 한 번은 그가 실업을 해서 소자본으로 고소득을 올릴 수 있는 비누공장을 하나 세우겠다는 생각에서 곧 증씨집의 낡은 지하실에 화로를 만들고 불을 지핀 후 서둘러 일을 시작하여 한 가마의 황색탕을 끓인 적이 있었다. 하지만 제품을 만들어 냈을 때 비누들은 흐늘흐늘한 우지(牛脂)와 같았다. 원래 그의 화학 교과서엔 비누 제조방법이 적힌 그 대목에 분명한 설명이 없었다. 그래서 그 가마와 부뚜막은 줄곧 낡은 지하실에 내팽개쳐진 채 있을 뿐 다시는 말을 꺼내는 사람이 없었다.

[이렇게 실패를 겪고 난 후, 그는 한 동안 입을 다물고 돈 버는 일에 대해 절대 언급을 하지 않았다. 그러나 얼마지 않아 방에 숨어 있다가 다시 참지를 못하고 그의 아내에게 조용히 탄식해 말하기를 "어쨌든 언젠가는 반드시 만금유 같은 약을 만들어 낼 수 있는 날이 있을 거야. 그럼 난-" 이라고 하였다. 그래서 계속 다시 돈벌 수 있는 수많은 꿈을 꾸었으나 늘 꿈일 뿐이다. 관상을 보고 점을 쳐봐도 그렇게 영험하지는 않았다. 점에 재운이 있다고 하는 해에도 사실은 그렇지 못했다. 최근에 그는 또 갑자기 하나의 커다란 계획을 세웠다. 즉 그의

장인을 권해 돈을 가지고 상해로 가서 물건을 외국에 파는 장사를 하려는 것이다. 그러나 만일에 돈이 부족하면 우선 집을 팔아서 사업밑천으로 해도 좋겠다는 것이었다. 그러나 그의 장인은 언제나 그랬듯이 불가능한 일이라고 생각하였다. 그러나 또 그의 "사위"가 성질을 부릴까 봐서 그가 하자는 대로 대답을 해 놓고는 자꾸 발뺌을 함으로써 그를 아주 불쾌하게 하였다.

[그는 키가 크지 않으나 앞이마가 넓고 커다란 주먹코에 넓고 두터운 입술을 가졌다. 입술 위에는 약간 검은 수염이 나 있는데 매우 멋있어 보인다. 그의 눈빛이 약간 불안정한 것으로 보아 그는 속으로 자기와 대화를 하고 있는 것 같다.

[그는 갈색 양복을 입었는데. 옷감이나 재봉이 아주 훌륭하며 가슴에는 넥타이가 달려 있다. 한 움큼의 머리털이 새집을 지어서 솟구쳐 있고, 아래 위 옷차림은 모두 단정하지가 못하다.

[그의 아내 증문채는 서른 네 살로. 십 년 전에는 아름다움으로 이름을 날렸던 밀랍 미녀였다. 마음씨가 좋고 차분하여 결혼 후 몇 년간은 남편의 총애를 꽤나 받았다. 얼마 후 줄곧 병치레를 하느라고 얼굴 모습이 갑자기 변해버렸다. 몸이 초췌해지고 야위어 안색이 증씨집의 그 어느 누구보다 더 창백하여 옛날의 그 우아한 모습이라고는 조금도 찾아볼 수가 없다. 그녀는 아주 연약하다. 어떤 일이든 그녀 스스로 결정을 하지 못한다. 낡은 서재에서 몇 년간 책을 읽더니. 그녀는 정말로 자기 남편을 숭배하게 되었다. 그래서 언제나 고분고분 남편의 분부에 잘 따랐으며. 최근 몇 년 동안은 남편이 그녀에게 행사한 경멸과 능욕도 달게 잘 받아 주었다. 오랫동안 병을 앓아서인지 그녀가 문을 들어서는데 약간 몸을 떨면서 입술에는 핏기가 없고 머리칼은 다소 어지럽다. 그녀는 반쯤 낡은 남회색 우사 치마를 입고 청색 단자신을 신었는데 좀 낡았다.

증문채 (애걸하며) 당신 이렇게 해서 가면, 무슨 꼴이 되겠어요?

강 태 (눈을 부릅뜨며) 돈을 주는 거지! 무슨 꼴이긴? 집에 살면 방세를 내고, 밥을 먹으면 밥값을 내야지.

증문채 (겁을 내며) 당신 이렇게 떠들지 말아요. 하인들이 들으면 웃어요.

강 태 (분개해서) 이게 뭐 웃을 얘기야? 돈 다 주고 우리 이사를 가자고. (돈을 들고 마구 흔들며 성난 소리로 외친다.) 내가 당신보고 돈 갖다 주라고 했는데 당신은 왜 안 갔던 거야? (갑자기 걸어가며) 내가 직접 가서 당신 아버지한테 주겠어!

증문채 (필사적으로 그를 잡아당기며 부들부들 떠는 모습이 마치 한 마리의 나비가 곧 죽으려 하는 것과 같다.) 강태씨, 당신 저 체면 좀 살려 주세요. 여기는 저의 친정이에요.
[사의가 슬그머니 서재의 작은 문으로 머리를 내밀고 엿듣는다.

강 태 (침을 한 번 뱉고) 친정인데, 내가 보기에는 여관생활을 하는 것보다 정이 없는 것 같애. (뒤뜰을 가리키며) 영감이 죽고, 당신이 그의 목돈을 쥐기만 하면 난 바로 당신과 이혼해 버리겠어.

증문채 (애걸하며) 당신 어디서 이런 쓸데없는 소리를 들었어요? 누가 당신한테 그래요, 우리가 여기 사는 것을 올캐언니가 싫어한다고? 또 누가 그래요, 당신이 장인 돈 바라고 있다고?

강 태 (오만하게) 치, 내가 이 몇 푼의 돈을 탐내? (분노하며) 당신 집 사람들은 모두 너나 할 것 없이 다 머저리에 소인들로 돈을 본 적이 없는 사람들이야. 그 첫째가 당신 올캐언니지!

증문채 (낮은 소리로 겁을 내며) 당신 고함은 왜 쳐요? 언니가 옆방에 있을지도 모르잖아요!

강 태 (아주 통쾌하게) 내가 소리를 지르는 건 바로 그 사람이 듣고 어쩌나 보려고 이러는 거라구. 그가 감히 어떻게 하는지 한 번 보자구. 내가 때려 죽여 버리겠어, 한 방에 때려 죽여 버리겠다구!

[큰마님, 처음에는 정말로 당당하게 나가려다가 이 무서운 공 갈을 듣고는 슬그머니 다시 물러간다.

증문채 (탄식을 하며) 아무리 그렇다 해도 친척이에요.

강 태 무슨 친척? (불만으로 가득차) 친척은 개똥이 친척! 나에게 돈이 있고 득의양양해 할 때는 나를 알아주다가, 돈 없고 관 직에서 물러나니 그 표정 좀 보라니까. (생각할수록 미워서) 개 같으니라고! 내 돈을 빌려다가 자기들 밭 사던 때를 기억 이나 하고 있는지 당신 한 번 물어보지 그래. 내가 자기들과 연루되어서 관직을 잃고 물러나게 된 사실을 알고나 있는지 당신 한 번 물어보지 그래. 어제 내가 영감한테 돈 삼천 원만 좀 꾸어 달라고 했더니, 영감이 ─

증문채 (급히 고개를 돌리며) 제가 아버지께 말할게요!

강 태 (노기등등하게) 당신 가지마! 당신 내 얼굴 작작 깎아내려! 당신은 당신 아버지가 정진결재하며 염불을 한다고 해서 인정 이 있다는 것으로 생각하는 거야? 천리도 다 무시하고, 자기 관재를 집에다 들여놓고 칠 까지 가 해 놓고, 또 남의 노처녀 를 집에다 파묻어 놓고 시집도 못 가도록 하고 말야!

증문채 (연약한 목소리로) 당신 이렇게 쓸데없는 소리 하지 말아요!

강 태 흥. (흉악하게) 그래 당신한테 한 번 물어보자. 당신 아버지 죽는 걸 무서워하는 것 아냐?

증문채 (헛 웃음을 지으며) 노인들이 어디 죽는 것을 겁내나요?

강 태 그럼 자기가 죽을 것을 알면. 왜 누차 사람들이 소아가씨 결 혼 문제를 제기하면 이것저것 트집을 잡으면서 반대를 하지?

증문채 (진지하고 온후하게) 그것도 잘 되라고 그러는 거지요.

강 태 (눈을 부릅뜨며) 웃기는 소리 ─ 이기심! 이기심! 이기심 때문이라고! 한마디로 말해 보지를 말아야 깨끗하지. 난 곧 떠나겠어! 내가 마주 잡고 싸워 주겠어!

[정이 서재 작은 문으로 들어온다.

증　정　고모, 고모부. 할아버지께서 두 분 조상께 절하러 오시래요.

강　태　난 안 간다.

증문채　정아, 너 고모부 말 듣지 말아라. 우리 곧 갈게.

증　정　어머니께서 그러시는데요. 고모와 고모부께서 양초에 불 켜 주기를 기다린다구요.

강　태　난 안 간다. 난 우리 강씨 조상한테도 아직 절 안 했다.

증문채　(간곡하게) 갑시다. 옷 바꾸어 입고, 두루마기와 마고자 입고-

[소방이 서재 작은 문으로 들어온다. 그는 한 보따리의 어린애 옷을 손에 들었다.

소　방　(찾으며) 서정은요?

증문채　여기 없어.

소　방　형부, 아직도 안 가셨군요. 이모부랑 모두 조상신 모시는 방에서 기다리고 계시는데요!

증문채　(거의 구걸을 하듯) 저를 봐서라도 당신 한 번 갔다 옵시다!

강　태　(눈알을 굴리며) 당신 아버지께 얘기 해. 난 기다릴 시간이 없다구.

[강태는 고개도 돌리지 않고, 큰 응접실로 통한 앞뜰 문으로 나간다.

증문채　(뒤를 쫓으며) 강태씨, 당신 가지 말고 제 말 좀 들어봐요.

[문채가 쫓아 나간다.

[정이 큰 응접실로 걸어 나가려 한다.

소　방　(천천히) 정아, 너 가지 마라.

증　정　소이모.

소 방   너-(말을 하려다 다시 멈춘다.)

증 정   왜요?

소 방   (마침내) 넌 왜 서정이와 사이가 좋지 않니?

증 정   (말이 없다.)

소 방   (묵직하게) 너희들은 부부간이야.

증 정   (고통스럽게) 그런 말 꺼내지 마세요.

소 방   마, 만약에 그가 네 여동생이라면, 네가 박정하게 하루내-

증 정   (간절히) 소이모!

　　　　[그들은 누가 오는 것을 알고, 고개를 돌려본다. 고개를 숙인
　　　　채 심한 고통을 참고 있는 듯한 서정이 바삐 서재 작은 문으
　　　　로 걸어 들어온다.

증서정   (고개를 들고, 갑자기 정을 바라브며) 어, 당, 당신 여기 계셨
　　　　군요.

소 방   (바로) 너희들 얘기해라. (급히 큰 응접실 쪽으로 걸어간다.)

　　　　[앞뜰에서 원원이 소리친다.-

　　　　[원이 부르는 소리: 빨리 와, 증정아!

　　　　[정은 애초부터 서정과 마주 서서 말이 없다가, 부르는 소리
　　　　를 듣고는 곧 바로 소방을 앞질러 빠른 걸음으로 큰 응접실로
　　　　걸어 들어간다.

소 방   정아, 너-

　　　　[정은 돌아보지도 않고 급히 큰 응접실로 통한 앞뜰 문으로
　　　　걸어 나간다. 소방이 고개를 돌리는데 얼굴에는 슬픈 기색이
　　　　가득하다. 천천히 서정을 향해 걸어온다.

증서정   소이모! (소방의 가슴에 엎드려 울기 시작한다.)

소 방   (낮은 목소리로 위로하며) 울지마, 서정아.

증서정   (참지 못하고 흐느끼며) 저, 저 울지 않아요, 저 울지 않아요.

소　방　(그녀를 잡아당기며) 보니까 너 방에 가서 누워 있는 게 좋겠다.

증서정　(고개를 흔들며) 아녜요. 어머님이 식사 준비하는 것 도우라
고 했어요.

소　방　(불안해서 물어본다.) 너 왜 아침에 일찍 나갔었어?

증서정　일, 일이 좀 있어서요.

소　방　(그녀의 얼굴을 만지며 애처롭게) 너 가서 좀 자. 눈이 새빨개.

증서정　(참담하고 처량하게) 안 되요. 그러면 어머님은 더욱 제가 꾀
병한다고 여길 거예요.

소　방　(동정하는 모습으로) 너 아직도 토하니?

증서정　그런대로 괜찮아요.

소　방　(무심결에) 서정아. 역시 내가. 내가 대신 말을 해 줄게.

증서정　(견결하게) 안 되요, 안 되요.

소　방　그럼 먼저 정에게 알려줘.

증서정　(우울하게) 그가 뭘 알아요? 그는 어린 앤데요.

소　방　(타이르듯) 그러나 무엇 때문에 말을 하지 않느냐고?

증서정　(고개를 흔들며) 소이모, 이모는 몰라요.

소　방　(이해할 수 없어) 왜? (기뻐하는 표정으로) 이건 또 사람들이
알까봐 뭐 겁낼 일도 아니잖아.

증서정　(고통스럽게 소방을 바라보며) 소이모, 전 이모처럼 한 평생
결혼을 하지 않았으면 얼마나 좋았을까 해요.

소　방　(조용히 응시하며) 넌 어찌 어린애 같은 이런 말을 하니?

증서정　(고통스런 마음으로) 소이모, 우리는 애들이에요. 연말이 되면
전 열여덟, 증정은 열일곱이에요. 저와 그는 얼렁뚱땅 사람들
에게 이끌려 한 곳으로 왔지만, 우리는 서로 알지도 못할 뿐
더러 감정도 없어요. 우리는 방에서 말을 해본 적도 없어요.

두 해가 지났어요. (고통스럽게) 그러나 지금, 지금은 또 -

소　방　(순후하게) 그러면 너의 할아버지께서 기뻐하시잖아.

증서정　그래요, 소이모! 전 무엇 때문이냐고 묻고 싶어요. 무엇 때문에 할아버지께서는 증손자를 낳게 하려고 우리 이 가련한 두 사람을 끌어다가 또 다시 작은 가련한 사람을 낳게 하려는 거죠?

소　방　(위로하며) 사람들 말로는 아이가 있으면 좋대. 아이가 있으면 부부간의 감정도 좋아질 수 있고.

증서정　(무겁게 고개를 흔들며) 아니에요, 소이모, 전 믿지 않아요. 우린 좋아질 수가 없어요. (긍정적으로) 설사 증정이 저에게 잘 해 준다고 해도 전 이런 가정에서 살아 갈 수가 없어요. (증오하듯) 전 정말 이런 어른들의 얼굴 보기가 속으로 겁이 나요. (소방의 손을 잡으며) 소이모, 만약 이 집에 이모가 없었으면 전 일찍 죽었어요.

소　방　(감동되어) 그렇게 말을 하면 안 돼. 넌 아직 어려. 아이를 낳으면 모두들 기뻐할 거야.

증서정　(비애에 젖어) 소이모, 어떻게 기뻐할 수 있어요? 두씨집 빚을 지금에 와서도 갚을 방법이 없는데. 할아버지께서는 집을 팔겠다고 하지만 -

소　방　(고개를 숙이며) 음.

증서정　한 사람이 많아지면 부담만 하나 더 늘지요. 증정은 아직 중학교도 졸업하지 못 했구요.

소　방　(자애롭게 웃으며) 애 어른처럼 생각하지마. 살아서 고생하는 게 아이들을 위한 것이 아니면 또 뭐가 있겠니? 아이가 태어나면 내가 네 대신 키워 줄게. 내가 도와 줄 테니까 겁내지마. 진짜 살 길이 없으면 우리 어머니가 남겨주신 돈이 좀 있으니까 아이에게 쓸 수 있을 거야.

증서정 (매우 감동되어) 소이모, 이, 이모의 마음은 정말—

소 방 (기뻐서 눈물을 흘리며) 그럼. 서정아, 내가 좀 있다가 너 대신 말을 해 줄게. 내가 너를 대신해서 우선 언니한테 말을 할게. 손자를 안고 싶다면 널 그렇게 대하지는 않을 게야.

증서정 (급히) 아니, 아니에요. 이모는 몰라요. 전 시어머니한테 알리기 싫어요. 아니, 아니, 이모 제발 누구에게도 알리지 마세요. (흥분이 되어) 소이모, 오직 이모만. 오직 이모만—아, 소이모, 전 마음이 어지럽고 걱정스러워요. 엊저녁에는 꿈을 꾸었는데 저의 어머니가 다시 살아났더라고요. 전 아직도 집에서 여자애로 있고. (고통스럽게) 아, 소이모, 제가 영원히 시집을 가지 않고 영원히 나이를 먹지 않으면 얼마나 좋겠어요! (또 흐느끼기 시작한다.)

소 방 (위로를 해 주며) 울지 마. 다시는 눈물 흘리지 마. 내가 너한테 물건 좀 보여줄게! (그 보따리를 열자 아름다운 갓난애 털옷이 드러나 보인다.) 서정아. 쓸만한가 한 번 봐.

증서정 (그 정교하고 아름다운 작은 옷을 보고 말을 잇지 못한다.) 옛!

소 방 좋아해?

증서정 (몸을 떨며) 어찌 이런 것까지 다 준비를 해 뒀어요? (약간 부끄러워하면서도 기쁨을 참지 못해 웃으며) 아, 아직 너무 이른데.

소 방 심심풀이로 좀 해 본 거야, 나도 배우면서 만들었어.

증서정 (하나하나 만져보며 기뻐서) 예뻐요, 예뻐, 정말 예뻐요. (갑자기 옷을 내려놓으며) 그런데 소이모, 돈 없는데 뭐 한다고 이렇게 많은 돈을 썼어요? 저, 저—

소 방 (불쌍해하며) 내가 널 사랑하기 때문이야. 서정아, 성내지 않겠지. 우린 모두 부모 없이 남의 안색이나 살피면서 사는 사람들이잖아.

증서정 (고개를 숙이며 소방의 손을 꼭 잡고) 소이모. (눈물이 뚝뚝 떨어진다.)

소　방 (부드럽게) 넌 이제 곧 어머니가 되고 어른이 되려고 하는데 왜 아이를 안 낳으려고 하는 거야? 아이가 있으면 그가 널 대하는 태도가 점점 좋아질 거야. (손수건으로 가볍게 서정의 눈에 흐르는 눈물을 닦아주며) 그에게 좀 고분고분해 줘, 그는 아직도 어린애니까! (고개를 흔들며 비통해 하며) 그래, 너희 둘은 다 아이들이지. 열일곱 열여덟 살 되는 사람이 뭘 알겠어. (천천히 서정의 손을 꼭 잡으며 진지하게) 서정아, 어제 저녁에 네가 나에게 한 말, 절궤 그렇게 해서는 안 돼.

증서정 (낮은 소리로) 무엇 때문에 이 어린 것을 가져야 하죠? (응시하며) 그는 제 아이를 좋아하지 않아요.

소　방 (간절하게) 서정아, 그가 아무리 널 싫어한다 해도 아이에게는 죄가 없지. 나이가 많아지고 마음씨가 변하고, 또 아이가 있게 되면 집에서는 아무리 잘해주지 않는다 하더라도 마음은 많이 착실해 질 거야. (그녀를 응시하며) 너 정말 그 여자친구 말 듣고 다른 곳으로 갈 거야? (비애에 젖어) 음, 어디가 정말 우리의 집이겠니?

증서정 (분개하여) 전 집이 싫어요. 전 이 집이 싫단 말에요.

소　방 (곧 그의 손을 잡으며, 고개를 흔든다.) 아냐, 넌 어려서 집 없는 여자가 어떻게 사는지 몰라. (눈물을 흘리며) 언제나 그 마음은 아주 고독해. (자신을 억제하지 못하고) 난 어려서부터 - (갑자기 다시 자신의 근심을 억누르다가, 급히 방향을 바꾸어 애통해 하며) 서정아, 너 내 말 들어. 너 절대 그런 짓 하면 안 돼. 절대 그 아이를 지워서는 안 된다구.

증서정 예.

소 방 너 방금 또 그 나쁜 의사 찾아갔었지?

증서정 (말이 없다.)

　　　　[뒤뜰에서 문청이 소리를 지른다. -

　　　　[문청의 목소리: 서정아!

소 방 너 나한테 사실대로 말해.

증서정 (그녀를 바라보며) 예.

　　　　[문청의 목소리: 서정아!

소 방 이제 다음에는 또 다시 가지 마.

증서정 (애통해 하며) 그래요.

소 방 (진지하게) 너 결정한 거지?

　　　　[서정이 고개를 약간 끄덕일 바로 그 때, 문청이 고개를 숙이
　　　　고 서재 작은 문으로 들어온다.

증문청 (고개를 드는데 갑자기 소방이 보이자) 어, 너 여기 있었구나.
　　　　(서정을 향해) 서정아, 너 마고자 좀 가져오너라.

증서정 예, 아버님!

　　　　[서정이 문청의 침실로 들어간다.

　　　　[사이. 두 사람은 마주 서서 말이 없다.

증문청 (길게 한숨을 쉬며) 소방아, 내가 떠나고 나면, 이제부터 너,
　　　　너 혼자 -

　　　　[갑자기 큰 응접실로 통하는 앞뜰 문으로 원원이 아주 기뻐하
　　　　며 달려 들어온다.

원 원 (연속으로 소리를 친다.) 증아저씨, 증아저씨!

증문청 (몸을 돌려 웃으며) 왜 그러니?

원 원 소주아 말을 들으니까 자기 할머니가 아주 예쁜 비둘기를 한
　　　　쌍 주셨다면서요?

증문청　（새장 속의 비둘기를 가리키며） 저기 있다.

원　원　（그것을 들며） 아니, 왜 한 마리만 남았어요?

증문청　（애통해 하며） 오는 길에 날아가 버렸단다.

원　원　（새장 속의 비둘기를 부러워하듯 가리키며 천진스럽게） 이 새
　　　　이름 있어요?

증문청　（천천히 고개를 끄덕이며） 있지.

원　원　（간절하게） 뭔데요?

증문청　（조용하게） 걔. 걔는 "고독"이라고 부른단다.

원　원　정말 예뻐요! （어리광을 부리듯 애걸한다.） 증아저씨, 저 주시
　　　　면 안 되요?

증문청　그래 가져라.

원　원　（아주 기뻐하며） 고맙습니다. 정말 좋은 아저씨예요. （비둘기
　　　　새장을 들고 폴딱폴딱 뛰며 뛰어 간다.） 소주아야! 소주아야!
　　　　［원원이 고함을 지르면서 큰 응접실로 통한 앞뜰 문으로 걸어
　　　　나간다.
　　　　［조용하다. 하늘에서 비둘기의 피리 소리가 들려온다.

증문청　（힘겹게） 나한테 그림을 줘서 고마워.

소　방　（고개를 숙이고 말이 없다.）

증문청　（천천히 몸에서 한 장의 담아한 편지지를 꺼내며） 어제 저녁
　　　　에 짤막하게 몇 수 지었어. （좀 부끄러워하며 그녀 앞으로 걸
　　　　어가서） 여, 여기 있어.

소　방　（손으로 받는다.）

증문청　（온후하게） 있다가 봐.

소　방　（그를 바라보며） 있다가 제가 전송해드리지 못할 거에요.
　　　　［사의가 갑자기 서재 작은 문으로 들어온다.

증사의　（놀라며） 아, 당신들 여기 있었군요. （소방을 향해） 동생, 아

버님께서 불러.

소　방　(여전히 아주 대범하게 그 종이를 든 채로) 그래요. (곧 서재 쪽으로 걸어간다.)

증사의　(그녀의 손에 있는 시를 쓴 종이를 보고, 갑자기 눈알을 돌리며) 아이구, 땅에도 한 장 더 있는데!

소　방　(저도 모르게 고개를 돌리며) 예?

증문청　(걱정과 두려움으로) 어디? (급히 바닥을 보며 찾는다.)

증사의　(날카롭게 웃으며) 음, 바로 그 종이! (소방을 바라보며) 알고보니 손에 있었군!

　　　　[밖의 증영감 목소리: (늙어 힘 빠진 소리로) 소방아!

소　방　예!

　　　　[소방이 서재 작은 문으로 나간다.

증사의　(얼굴색이 굳어지며) 당신들 또 나 뒤에서 무슨 연극을 꾸몄어요.

증문청　(놀라며) 뭘 – 아냐.

증사의　당신 방금 그녀에게 뭐 줬어요?

증문청　(책임을 미루며) 아무 것도 아냐.

증사의　(엄한 목소리로) 헛소리, 당신 저 못 속여요. 당신 말해 보세요, 그의 손에 쥔 것 뭐였어요? 말해봐요 –

증문청　난 –

　　　　[서정이 오른쪽 침실로부터 마고자를 들고 걸어 나온다.

증서정　아버님, 마고자에요! (문청이 받는다.)

증사의　(서정을 보고 미워하며) 빨리 가 봐라, 소이모가 널 기다린다.

　　　　[서정이 서재 작은 문으로 나간다.

　　　　[문청이 말없이 마고자를 입는다.

증사의　(조잘댄다.) 저는 한 평생을 대범하게 살아온 사람이라 손해를 봐도 대범하게 보겠어요. 저는 당신들이 내 뒤에서 무슨 꿍꿍이를 꾸미든지 상관하지 않겠어요. (아주 참고 순종하는 모습으로) 어쨌든 이 집은 일찍부터 한 집이 아니었으니까. "나무가 쓰러지면 원숭이들도 흩어지는 법", 집이 팔리면 당신은 당신 아들과 며느리를 데리고 함께 가서 살아요. 아니면 당신의 보배인 소동생을 데리고 살아도 좋구요. 나 한 사람쯤이야 성 밖의 비구니 절간에 들어가 수행하면 되니까요. 세상은 모두 공허한 거니까. (그가 믿지 않을까 봐서) 당신은 내가 허튼 소리 한다고 생각하지 말아요, 난 일찍부터 비구니 절을 다 봐 놓고, 비구니들에게 얘기도 다 해 놨으니까.

증문청　(그녀의 말이 사람 겁주는 거짓말이라는 것을 뻔히 알면서도, 역시 숨이 답답함을 참지 못해 떨면서) 당신이 그 무슨 고생을? 당신이 그 무슨 고생을?

증사의　(괴로움을 호소한다.) 전 당신 증씨집을 위해 애 낳아 기르면서 고생했어요. 전 증씨집 누구네게나 미안할 것 하나 없어요. 추석, 이 추석만 지나면 이 집을 고모에게 넘겨주고, 전 내일 바로 절간으로 들어갈 거에요. (침실로 향해 걸어간다.)

　　　　［장순이 큰 응접실로 통한 앞뜰 문으로 급히 들어온다.

장　순　(다급하게) 큰마님, 그 관에 칠한 돈 때문에 심부름꾼이 -

증사의　노나리께 찾아가라고 그래!

장　순　(낭패스럽다는 듯) 그런데 꼭 큰마님을 만나겠다구요. -

증사의　(눈알을 돌리며) 큰마님 죽었다고 그래, 막 숨이 끊어졌다고.

　　　　［사의가 침실로 들어간다.

증문청　(침실의 문을 바라본다.)

　　　　［장순이 한숨을 쉬고 큰 응접실로 통한 앞뜰 문으로 나간다.

증문청　사의! (침실의 문을 열며) 문 열어! 문! 당신 뭐 하는 거야.

증사의 　(격분한 어조로) 전 지금 목매 자살하고 있어요!

증문청 　(문을 두드리며) 당신 문 열어! 문 열라고! 당신 마음속으로 뭘 생각하고 있는 거야? 당신 말해 봐, 어쩌려고-(고개를 돌려 바라보며, 낮은 소리로) 아버지 오셨어요!

[과연 서재 작은 문으로 서정·소방·진유모가 증호를 부축하고 걸어 들어온다.

[증호, 나이가 많다 하더라도 예순 다섯을 넘지는 않은 듯 하다. 귀밑머리는 반백이 되었고, 몸은 허약하다. 누런 얼굴에 몇 가닥 드문드문 회색 수염이 나 있다. 흐리멍덩하고 기운 없는 두 눈에서는 늘 눈물이 흐르고, 어쩌다가 정신을 차려 말을 할 때에만 비로소 증씨집 사람들이 가지고 있는 수려한 기질을 찾아볼 수가 있다. 그는 인색하고 이기적이며, 아주 죽기를 두려워한다. 그래서 하루 종일 보약을 먹으며, 장수에 유리하고 수명을 연장할 수 있다는 모든 민간요법의 약 처방을 믿는다. 지금까지 줄곧 집에서 조상이 남겨 준 유산으로 즐기며 몇 십 년을 편안하게 살았다. 간혹 나가서 관직을 맡아 빈자리를 몇 번 채운 적이 있기는 하지만, 모두 얼마 않아 이름만 걸어 놓고 은퇴한 후, 다시 북평으로 돌아와 두문불출하면서 복을 누렸다. 늘그막에 와서 불우하여 이제는 점점 곤란함을 느끼고 있는 중에 자녀들이 특히 그를 실망시켰다. 집안의 재산도 얼마 남지 않았는데 자기에게는 또 살아갈 아무런 재간이 없어 마음속으로 아주 고통스러워하고 있다. 그는 표면적인 예의 범절을 아주 중시하면서, 이것을 사대부 가문에서 없어서는 안될 가정교육이라고 생각한다. 왕왕 고의로 과장하여 집에서 가장의 위엄을 부리기는 하였으나, 마음속으로는 큰며느리를 상당히 무서워한다. 그는 큰며느리가 겉으로는 자기에게 "비위 맞춤"을 하고 있다는 것을 알지만 마음속으로

는 무슨 꿍꿍이를 가지고 있는지는 알지 못한다. 그는 사위가 마음대로 날뛰며 행패를 부리고, 일 년 내내 지껄이며 의견을 제시하고, 또 장황한 설명과 함께 돈벌이를 위한 각종 수작을 들어주는 것을 싫어한다. 증씨 노인은 언제나 그에게 돈이 있다고도 말하지 않았으나 또 돈이 없다고도 감히 말하지 않는다. 그의 집은 거의 완전히 큰며느리 손안에 쥐어 있다. 가난하다고 엄살로 억지를 부리면 사위 정도야 얼버무려 넘길 수 있지만 정말로 가난함이 노골적으로 드러나게 되면 큰며느리의 안색이 아주 흉하게 변할 것이라는 것을 알고 있다. 비록 지금까지는 아직 감히 시아버지인 자기 앞에서 자신을 무시하는 어떤 표현도 하지 않았지만 어느날 자녀들이 자기들에게 남겨진 재산이 얼마 안 된다는 것을 알면 무서운 얼굴로 자기를 바라볼까 봐 아주 겁을 내고 있다.

[물론 이런 것은 그의 신경과민일지 모른다. 그러나 가난은 그에게 있어 한 사대부 가정의 가장 지위에 커다란 위협이 되고 있다는 것을 확실히 느끼고 있다. 그는 때로 시서예의와 같은 책들이 그의 자녀들에게 많은 교화와 영향을 주었다는 믿음이 들지 않았다. 가장 온당한 방법은 "참음"이라고 생각을 하지만 이 "참음"도 시간이 오래되자 그의 기분을 답답하게 하였다. 그래서 때로는 마침내 잔소리와 불평으로 자신을 억제하지 못한다. 그러나 많은 시간을 그는 멍청인 체 귀머거리인 체 하면서 참고 말을 하려고 하지 않는다. 그의 요구는 그래도 간단하다. 관에 칠하는 것과 보약 두 알 먹는 것을 제외하고 그 나머지는 가능한 한 자신이 자손들에게 혹이 되지 않게 하고자 한다. 그는 방안에 숨어서 글씨나 쓰고 염불이나 외운다. 그래서 보지 않으면 욕심이 생기지 않으므로 돈과 정력을 아낄 수가 있었다. 하지만 때로 일 때문에 열이 그의 머

리끝까지 받쳐 오르면 그는 곧 오랫동안 참았던 성질을 한 번씩 부린다. 그러나 역시 젊고 생기 넘칠 때와는 아주 다르게 발작하는 정신도 아주 위축되었다. 그는 모든 것이 불만스러웠다. 그는 가슴 가득 억울함을 가지고 하소연을 하려는 듯 자녀들의 불효함과 무능함을 저주하고 있었고 가정이 번성하지 못함을 탄식하고 있었으며 이웃들의 거칠고 무례함을 비방하고 있었다. 때로 이 몰락한 사대부 가정의 교양이나 각종 취미, 그리고 그가 유일하게 남겨둔 약간의 자랑 역시 사라져 가고 있음을 피할 수가 없었다.

[그는 자기의 이기심을 늘 자각하지 못하고 있다. 예를 들어 그는 소방에 대하여 늘 하소연 할 데도 없는 고아 여자애를 자신이 보호해 주면서 키워주고 있다고 여긴다. 그러나 실제로는 소방이 그를 불쌍히 여기면서 아무 말 없이 그를 보호해 주고 있다. 근심스럽고 시끄러운 수많은 일들에 대해서 소방은 그를 속이기까지 하면서 그를 위해 크고 작은 무수한 비바람을 막아 주었다. 때로 소방의 마음에 어떤 동요가 있음을 그가 알았을 때는 그는 곧 당황하여 어쩔 줄을 몰라한다. 그리하여 거의 의식적이고 고의적으로 허둥대면서 노인이 의지할 곳을 잃은 각종 쇠약함과 고통스러움을 지나치게 드러내어 소방을 깊이 감동시킴으로써 자기의 영원한 노예가 되기를 바랜다. 그는 언제나 자신만을 생각하고 자신만을 불쌍히 여긴다. 그리하여 그는 자신의 불행이 아니면 다른 주위 사람들의 고통은 알지 못한다.

[그는 고동색 두루마기를 입었는데 비대하여 펑펑하다. 위에는 소방이 그를 위해 만들어 준 가볍고 부드러운 마고자 - 그는 아주 추위를 무서워한다 - 를 입었는데 단추도 채우지 않았다. 아래에는 서양식 털신을 신고 회색 단자 띠로 다리를 동

였으며, 그의 손에는 정교한 염주 하나가 들려 있다.

[소방과 서정이 그를 부축하고, 옆의 진유모는 뚜껑을 덮은 그릇을 들고 있다.

증　호　(눈을 감은 채 뭔가를 듣고 연속 고개를 끄덕이며) 음, 음.

증문청　(불안스럽게) 아버지.

증　호　(깊은 사색에 빠져 마치 듣지 못한 것 같다.)

진유모　(웃으며 말한다. 모두들 잠시 걸음을 멈추고 그녀의 말을 듣는다. 그녀는 매우 흥분하여 소방을 향해) 내가 헤어보니까 십 오 년이야. (증호를 향해) 이 관은 십 오 년 동안이나 칠을 했어요. (놀람과 부러움으로) 음, 그럼 몇 번이나 칠을 했겠어요?

증　호　(기뻐하며 위안이 되는 듯) 이미 백여 차례 칠을 했지. (그들에게 부축을 받으며 긴 탁자 쪽으로 걸어간다.)

진유모　(찬탄하며) 어쩐지 보니까 칠 두께가 (손시늉을 하며) 두 세 치나 되더라니! (뚜껑을 덮은 그릇을 내려놓는다.)

[사의가 침실에서 걸어나오는데 만면에 부드러운 웃음을 짓고 있어서 마치 금방 그 일을 잊어 먹은 것 같다.

증사의　아버님 오셨군요. (급히 다가가 증호를 부축하며) 이리 앉으세요 아버님, 좀 편안하시게요. (증호를 다시 소파 쪽으로 부축하며 급히 서정을 향해) 며느리 아가, 빨리 침대 의자를 바로 놔라! (증호를 부축하여 앉히며 문청을 향해) 당신 빨리 등받이 방석 가져오지 않구요.

증문청　그러지! (서재 안으로 방석을 가지러 들어가고 서정도 뒤따라 가지러 간다.)

증　호　(눈을 감고 염주를 헤아리며) 천천히 칠하자구! 사 오 년만 더 칠하면 그런대로 잠들 수 있을 게야.

[서정이 서재에서 방석을 가져온다.

증사의 (손가락질을 하며 자애롭게) 뒤에다가 받쳐라. 아가. (보기에 서정이 잘못 받쳤다는 듯이 허리를 굽히며) 음, 내가 하마. (서정을 향해) 너 가서 모포를 가져와 아버님께 덮어 드려라.

증 호 (눈을 뜨며) 괜찮다. (다시 눈을 감고 쉰다.)

증사의 (더욱 겸손하고 순종하듯) 아버님 이젠 좀 편안한 느낌이 드시죠.

증 호 그런대로 좋다.

증문청 (앞으로 다가가서) 아버지.

증 호 (고개를 약간 끄떡이며) 음. (일부러 놀라는 듯) 어, 너 아직도 안 갔어?

증사의 (문청을 한 번 바라보고는 증호를 향해) 좀 있다가 곧 바로 차에 오를 거에요.

증 호 (문청을 향해) 너 조상한테 절은 했어?

증문청 아직요.

증 호 (기쁘지 않게) 가. 가거라. 빨리 가. 절 다 하고 다시 이야기하자. (기침을 한다.)

증문청 예, 아버지. (서재 작은 문으로 걸어간다.)

진유모 (다시 문청과 말할 수 있는 기회를 얻어) 음. 청나리님. 제가 함께 가 주지요.
[문청과 진유모가 서재의 작은 문으로 나간다.

증 호 소방아. 너 나가서 가래통 좀 가져오너라.
[소방이 바로 몸을 돌려 서재 쪽으로 걸어가려 하는데—

증사의 (바로 웃으며 말한다.) 소동생 힘들게 가지 말아! 내 방에 있으니까. 서정아. 네가 할아버지께 갖다 드려라. (뚜껑을 덮은 찻잔을 증호에게 주며) 아버님. 차 드세요! (서정이 사의의 침실로 들어간다.)

증　호　(차로 입을 헹구다가 소방이 가래통을 가져오자 뱉아 낸다.) 입이 아주 쓰구나! (또 눈을 감는다.)

소　방　아직도 어지러우세요?

증　호　(그녀를 바라보다가 다시 눈을 감고 혼잣말처럼) 머리가 어지럽고 입이 쓴 건 간음(肝陰) 부족이야! 그래서 가래가 많고 가슴이 답답하지! (마른 손으로 자신의 가슴을 천천히 문지른다.)

증사의　(따뜻하게) 아버님 양의사를 좀 청해 보는 것이 좋겠어요.

증　호　(눈을 뜨고 귀찮고 싫어하듯) 누가 그러래?

증사의　그렇지 않으면 장순을 시켜 라의사를 청해 오라고 할까요!

증　호　(눈을 뜨고 고개를 흔들며) 아냐. 라의사는 당조의 옛날 처방을 잘 쓰는데, 그런 강한 약은 내 나이와 체질에 - (계속해서 말을 하기 싫어서 한숨을 한 번 쉬고는 눈을 감고 가볍게 기침을 한다.)

[서정이 사의의 침실에서 나와 작은 가래통을 증호에게 넘겨 주자 증호는 다시 진득진득한 가래를 한 입 뱉어내며 가래통을 가져가 손에 든다.

증사의　옆집의 두씨집에서 회계원을 보내 오 만 원을 달라더군요.

증　호　음!

증사의　그리고 금년 일 년 동안 칠 한 돈이 -

증　호　(초조하게) 돈, 돈! 우마야, 우마. 평생 우마가 되어 병에 걸려서도 근심하며 우마 노릇을 하는구만.

[사의 역시 우울한 표정을 짓는다. 사이.

소　방　(위안하듯) 금년 그 관의 칠은 잘 되었어요.

증　호　(며느리를 난처하게 하지 않으려고 고개를 끄덕이면서 희색을 보이며) 음, 그래. 기다려라. 내년 봄에 다시 사천 칠로 두 번만 하고, 다시 방법을 찾아 두씨집의 이 빚을 다 갚기만 하면 나이 귀신은 끝이 난 셈이지. (자기도 모르게 한숨을 쉬며 서정을 바라본다.) 운수가 좋으면 내년 안에 난 또 증손자를 볼 수−

증사의　(기뻐 웃는 얼굴을 해 보이며) 예. 방금 조상에게 절할 때 제가 서정더러 마음속으로 빌라고 시켰어요. 아이를 좀 빨리 가져서 할아버지께 증손자를 안겨드릴 수 있도록 조상님이 보호해 달라구요.

증 호　(부은 얼굴에 기쁨의 주름이 생기며) 서정아, 너 속으로 말했니?

증서정　(고개를 숙인다.)

증사의　(그녀를 밀며 날카로운 목소리로) 할아버지께서 속으로 말했느냐고 묻고 계시잖아?

증서정　(등을 돌린다.)

소 방　(권고하면서 위로하듯) 서정아!

증서정　(고개를 돌려) 말했어요. 할아버지.

증 호　(만족한 듯 웃으며) 말했으면 됐다.

　　　[밖의 증문채의 목소리: 강태씨, 강태씨!

증사의　(투덜거리며) 애 좀 봐. 울기는 왜 울어?

　　　[큰 응접실로 통한 앞뜰 문으로 문채와 강태가 손을 잡고 걸어 들어온다.

증문채　(애원하듯) 강태씨, 강태씨. (그를 끌며 걸어 들어온다.)

강 태　(걸으면서 말을 하는데 격분하여) 그래, 갈게, 갈테니까, 잡아 당기지 마.

　　　[모두 고개를 돌려 그들을 바라본다. 그들, 앞으로 다가온다.

증사의　왜 그래요?

증문채　아버지! (고개를 돌려 낮은 소리로 강태를 향해) 이대로 그냥 절하세요. 옷 바꿔 입지 마시고.

증사의 (일부러 웃으며) 사위가 아버님께 절하겠대요.

증 호 (몸을 앞으로 내밀며, 누가 부축해 줬으면 하는 자세를 취한다. 그가 절하려는 줄로 알고) 어, 하지 말어, 하지 마. 무슨 명절 인사를 한다고?

[강태가 사납게 사의를 한 번 흘겨본다. 증호가 이미 반쯤 몸을 일으켰을 때, 마지못해 반쯤 허리를 굽혀 절을 하고 자기가 먼저 앉는다.

강 태 (증호가 바로 앉기를 기다렸다가 사방을 살펴보고는 곧) 음, 제가 한 마디 할 말이 있어요. (손가락질을 하며) 제방 옆의 흙벽이 무너지려고 하는데, 수리를 할 생각이에요 아니에요? ─

증문채 (낮은 소리로 다급하게) 왜 또 그래요?

강 태 (문채를 향해) 당신은 상관하지 말아요. (몸을 돌려 사의와 증호를 보고) 수리할 거에요, 아니에요? 수리하지 않으면 전 보따리 싸서 나가버리겠어요.

증 호 (영문을 몰라) 뭘 가지고 그래?

증사의 (부드러운 듯 하면서 강하게) 이렇게 말하는 게 아녜요, 고모부. 수리를 안 하겠다고 말하지는 않았어요. 그러나 전 아버님께서 집을 팔아 장사를 하신다는 말을 들었기 때문에 그래서 ─

증 호 (몸을 내밀며 불쾌하여) 집을 판다구?

증사의 옆집 두씨집에 판다구요.

증 호 (약간 성을 내며) 누가 그래? 누가 그렇게 말했어?

증사의 (강태를 한 번 흘겨보며 냉소로) 누가 그랬는지 누가 알아요?

강 태 (무턱대고) 제가 그랬어요. (증호를 바라보며 경멸하는 표정으로) 저도 모르겠어요, 어느 말도 안 되는 소리를 하는 사람이 나에게 말한 것인지?

증 호 (자기집에서 며느리를 앞에 세워 놓고 이런 책망을 당하자 정말 참을 수가 없어서) 강태야. 너 윗사람에게 하는 말 같지가 않구나.

강 태 좋아요. 그럼 전 가겠어요. (갑자기 걸어간다.)

증문채 (낮은 소리로. 거의 울음이 나오려는 듯) 강태씨. 당신 그래도 못 앉아요.

소 방 (애걸하듯) 형부!

[강태는 그들에게 끌려서 어쩔 수 없이 다시 앉는다.

[사이. 조용한 중에 문청이 서재 작은 문으로 조용히 걸어 들어와 한쪽 옆에 서 있다.

증 호 (문청을 한 번 바라보고 떨면서) 그래. 내가 말했었다. 내가 말했었어. 이 불효한 자손 때문에 내가 말했었다. 지금 가정 형편이 좋지 않은데 돈버는 사람은 하나 없고. (문청을 바라보고 분해하며) 큰아들이 첫 번째로 쓸모가 없어! 옆집 그 졸부 두씨집에서는 날마다 빚 독촉을 하면서 억지로 우리집을 사려고 하는데 그렇다고 우리들이 그들의 말대로 일 이 만원 더 받고 공손히 집을 내 줘야겠니? (말을 하면 할수록 성이 나서) 실공장을 차린 이 졸부는 세력을 믿고 남을 업신여기며 뭐든지 돈으로 살 수 있다고 생각하고는 내가 십 오 년 동안 이나 칠을 해 놓은 관까지도 사람에게 부탁해서 돈으로 사려 는 게야. (성이 나서 부들부들 떨며) 이런 사람은 책이라고는 조금도 읽어 본 적이 없는 사람인데. 그렇다고 내가 쓸 관도 그에게 팔아야 하겠니? (문채를 바라보며) 문채야. 네가 말해 볼래? (문청을 향해) 문청아. 맏아들인 네가 말해 볼래? (문 청은 고개를 숙인다.) 자식된 너희들이 -

[서재 작은 문으로 진유모가 걸어 들어온다.

진유모 (기뻐하며) 청나리님! (큰마님이 자기를 보고 증호를 가리키

며 손짓을 하는 것을 보고 놀라 말을 중단하고 가만히 큰 응
접실로 통한 문으로 걸어 나간다.)

증　호　이 집은 선인의 유산으로써, 풀 한 포기 나무 한 그루가 다
선조인 경덕공이 어렵게 경영해서 남겨 놓은 피땀이다. 그래
서 우리는 여기서 먹고 여기서 살며 어린애로부터 어른에 이
르기까지 모두가 다 선조가 남겨 준 이 복에 의지하여 먹고사
는데 문제가 없었다. (소파의 손 받침대를 두드리며) 너희들
은 애석하게 여길 줄을 모른다고 할지라도, 내가 냉정하게 이
졸부에게 집을 팔고자 하겠어. 이런 사람에게 팔아—

강　태　(손을 들며) 제가 얘기 하지만, 저를 포함시키지는 마세요. 여
러분이 집을 파느냐 마느냐에 대해서는 전 아직 생각해본 적
이 없으니까요.

증　호　(멍해 있다가 계속 분개하여) 실공장을 차린 이 졸부놈! 남의
관까지 사가려고 하는 놈, 이런—

　　　[갑자기 옆집 뜰로부터 귀청을 울리는 폭죽 소리가 들려온다.

증　호　(놀라며) 이거 뭐야? (거의 일어나려다가, 이런 자극에 신경
이 감당을 못하는 듯) 이거 뭐야? 뭐야? 뭐?

소　방　(폭죽 소리 속에서 힘있게 소리친다.) 걱정하지 마세요, 이건
폭죽 소리에요!

증　호　(자기의 귀를 막고 긴장하여) 문 닫아라, 문 닫아!

　　　[문청과 서정이 급히 달려가 큰 응접실로 통한 문을 닫자, 폭
죽 소리가 약간 멀어진 듯 하다. 그러나 계속하여 폭발음을
울리다가 한참 후에야 멈춘다.

증문채　(폭죽 소리 속에서 숨을 길게 들여 마시며) 누구집에서 이렇
게 긴 폭죽을 터뜨리지?

강　태　(냉소로) 흥! 바로 그 벼락부자 두씨집에서 터뜨리는 거지.

증　호　(고개를 들고) 이 졸부놈 좀 봐라! 추석 한 번 쉬는데 마치
　　　　딸 시집 보내는 것 같이 시끌벅적하게 -
　　　　[진유모가 큰 응접실로 통하는 문으로 등장한다.

진유모　(손뼉을 치면서 웃으며) 소아가씨, 이집 식구들 정말 재미있
　　　　어요! 딸은 아버지를 보고 "늙은 원숭이"라 하고 아버지는 딸
　　　　을 보고 "작은 원숭이"라 하는군요. 그리고 방안에는 또 성성
　　　　이 같은 물건을 앉혀 놓고 늙은 원숭이는 그림을 그리고 작은
　　　　원숭이는 늙은 원숭이 머리에 올라가려다가 곤두박질을 치구
　　　　요. (우스워서 몸을 앞뒤로 움직이며) 방에서 하늘이 뒤집히
　　　　도록 떠더는군요. -

증　호　(영문을 몰라) 누가 그래?

진유모　원선생님과 그 원양이 아니면 누구겠어요. 보기에 원선생님의
　　　　성질이 꽤나 좋은 모양이에요, 계속 하하 하고 웃기만 하고 -

증사의　진유모, 부엌에 좀 가 봐요. 빨리 상 차려서 밥 먹게. 오늘 아
　　　　버님께서 소아가씨를 위해 원선생님을 초청했으니까요.

진유모　예, 예, 좋습니다요, 좋아요!
　　　　[진유모 매우 기뻐하며 큰 응접실로 통하는 문으로 걸어 나간다.

증사의　(할 말을 꺼낸다.) 제가 듣자하니 원선생님이 며칠 안 있으면
　　　　떠난다고 하던데, 모르겠어요. 소동생의 혼사를 아버님께서 보
　　　　시기에 -

증　호　(고개를 흔들며 경멸하듯) 이 사람, 내가 보기엔 - (강태는 일
　　　　찍부터 그의 마음을 꿰뚫어 보고 아주 불만스런 듯 콧구멍으
　　　　로 "흥" 하는 소리를 낸다. 증호가 고개를 돌려 그를 한 번
　　　　보고 격분하여, 막 떠나려는 소방을 향해) 그래, 소방아 너 우
　　　　선 가지 말고 네가 여기 있을 때, 우리 다 함께 이야기를 좀
　　　　해 보자꾸나.

소 방 　전 이모부 약 끓이러 가야겠어요.

강 태 　(선의적으로 놀리며) 에이, 우리 소아가씨, 아직도 약을 다 끓이지 못했어요? (연달아 빠른 말로) 앉아요, 앉아, 앉아, 앉아.
　　　[소방이 다시 억지로 앉는다.

증 호 　소방아, 네가 보기엔 어떠냐?

소 방 　(말이 없다.)

증 호 　소방아, 네 자신이 생각하기에 어떠느냐? 내 생각은 말고 네 자신을 위해 생각을 해 봐라. 이모부인 나는 아마도 널 얼마간 더 보살펴 줄 수가 없을 것 같다. 그러나 내가 보기에 원선생 이 사람은-

증사의 　(급히) 그래요, 소동생, 좀 깊이 생각해 봐요. 자꾸 이모부의 호의를 저버리지 말구. 앞으로 정말 자신을 지체시키면-

증 호 　(말을 빼앗아) 사의야, 자기 스스로 생각하게 해라. 이것은 자기 일생의 중요한 일이기 때문에 동의를 하고 안 하고는 모두 소방에게 달렸다. (가식적인 웃음을 보이며) 우리는 그저 참모역할이나 해 주는 것이 가장 좋지. 소방아, 네 스스로 말해 봐라. 넌 어떻게 생각하니?

강 태 　(참지를 못하고) 이게 무슨 문제에요? 원선생님은 결코 무슨 겁나는 괴물이 아니에요! 그는 인류학을 연구하는 학자로서, 첫째 사람이 좋고 둘째 학문이 있고 셋째는 들어오는 돈이 있어요. 이 이것은 당연히-

증 호 　("조급하게 굴지 말고 참을성 있게 기다려라" 하는 그런 표정으로) 아니, 아니, 자기 스스로 생각하게 하라니까. (소방을 향해 조급하게) 소방아, 너도 알다시피 나에겐 조카딸로 너 하나밖에 없다. 난 이제까지 널 친딸처럼 생각해 왔다. 시집 안 가려는 딸이라고 해서 내가 이전처럼 그렇게 키워주지 않

겠니? -

증사의 (말을 빼앗아) 그래요! 소동생, 시집 못간 딸도 역시 -

증문청 (더 이상 참을 수가 없어 서재 쪽으로 발걸음을 옮기며 걸어
　　　　간다. -)

증사의 (곁눈으로 문청을 흘겨보며) 어, 어디 가요? 어디 가?
　　　　[문청이 아랑곳하지 않고 서재 작은 문으로 퇴장한다.

증　호 문청아, 왜 그러느냐?

증사의 (냉소하며) 아마 그이 역시 아버지 약 달이러 갈 거에요! (고
　　　　개를 돌려 소방을 보고 다시 아주 친절하게) 소동생, 안심해.
　　　　모두가 이 일을 꺼내는 건 역시 동생을 생각해서야. 동생이
　　　　증씨집에 한 평생을 산다고 반 마디라도 뒷말 할 사람은 아무
　　　　도 없어. (음험하고 악독하게) 시집 못간 딸이라도 역시 키워
　　　　야 되는 것 아냐? 하물며 소동생은 부모도 없고 집안엔 당초
　　　　부터 친척 하나도 없는데 -

증　호 (그녀의 말속에 뼈가 있음을 알아차리고 그녀의 말이 끝나기
　　　　전에 -) 됐다. 됐어. 이렇게 마음씨 좋은 말만 태산같이 하지
　　　　마라. (사의의 얼굴에 갑자기 한 층의 서리가 덮인다. 증호,
　　　　소방을 향해) 그럼 소방아, 네 스스로 결정을 했니?

증사의 (소방을 향해 급히) 동생 말해 봐!

증문채 (한참 이야기를 들으며 줄곧 고개를 끄덕이다가 갑자기 자애
　　　　롭게) 말해 봐, 동생. 내가 보기에는 -

강　태 (갑자기 자기의 아내를 향해) 당신 그만 해!
　　　　[문채가 조용히 있자 소방 조용히 일어나서 고개를 숙이고 큰
　　　　응접실로 통하는 문으로 걸어 나간다.

증　호 소방아, 네가 말해 봐라 이 아가씨야. 너도 자신의 생각을 좀
　　　　말해 봐야지.

소 방 (고개를 흔들며) 전, 전 생각이 없어요.

　[소방이 큰 응접실로 통하는 문으로 나간다.

증 호 참, 이런 일에 어떻게 생각이 없을 수 있지?

강 태 (참지를 못하고) 제 말 한 번 들어보겠어요?

증 호 뭔데?

강 태 저보고 말을 하라고 하면 바로 하고 말라면 전 바로 가겠어요.

증 호 그래, 네가 말해 봐라. 너도 당연히 자기의 견해를 말해 봐야지.

강 태 (통쾌하게) 그렇다면 제가 부탁드리지만 여러분들께서 다시는 소방을 난처하게 하지 마세요. 스방의 심정이 어떻겠는지 여러분들 못 읽어 내겠어요? 뭐 때문에 너나 할 것 없이 이러쿵 저러쿵 하면서 고독하고 가련한 한 노처녀를 업신여깁니까? 뭐 때문에 -

증사의 업신여긴다구요?

증문채 강태씨.

강 태 (크게 성이 나서) 전 여러분들이 그녀를 업신여긴다고 말하겠어요. 그는 이 몇 해 동안 늙은이, 젊은이, 산 사람, 죽은 사람, 영감님, 마님, 어린 며느리, 어린 도련님 할 것 없이 시중을 들어 왔는데 언제나 그녀 혼자서 감당을 해 왔어요. 이제 그녀 나이 서른이 막 넘어서려고 하는데 아직도 그녀를 부여잡고 놓아주지 않으려 하는데, 이게 무슨 짓입니까?

증 호 너 -

증문채 강태씨.

강 태 그녀를 관속에까지 같이 데리고 들어가고 싶고, 그를 태워서 재로 선조께 제사를 지내고 싶은 겁니까? 양심을 좀 꺼내 보십시오! 전 한 사람쯤 양심이 좀 있어야 된다고 봅니다. 전 떠나겠어요. 여기에 한 통의 편지가 있어요. (편지를 증호의 무릎에 억지로 밀어 넣으며) 여러분 가져가서 한 번 보세요!

증문채 강태씨!

[강태 씩씩거리며 큰 응접실로 통하는 문으로 나간다.

증 호 (가슴 가득 불쾌감으로 차서) 이, 이게 무슨 짓이야? 난, 난 아
직까지 이렇게 버릇없는 말을 들어보지 못했다! (동시에 떨면
서 편지 봉투를 뜯자 돈과 간단한 편지지가 드러나 보인다.)

[증호가 편지를 보고 있을 때. 장순이 그릇과 젓가락을 들고
걸어 들어온다. 서정도 걸어 들어와 장순이 네모난 상을 조용
히 펴서 그릇과 젓가락 걸상 등을 놓는 것을 돕는다.

증 호 (급히 그 짧은 편지를 다 읽고 성이나 얼굴이 새빨개진다.)
이게 무슨 뜻이야? (그 돈을 들어 보이며) 이 몇 푼의 집세를
나한테 줘! (사의를 향해) 사의야, 이거 어찌된 일이냐?

증사의 (냉소하며) 전 모르겠어요. 그 사람에게 또 무슨 정신병이 발
작했는지?

증문채 (얼른 일어나 그 편지를 본다. 두렵고 당혹하여 하소연을 하
듯) 아버지, 제발 개의치 마세요. 그이 마음이 불편해요. 요
몇 년 동안 그이가 –

증 호 (분해서) 강태. 걔를 말하는 것이 아니라 사위란 반쪼가리 자식
일 뿐이며 그 역시 성이 다르다는 것을 말하려는 게야. (문채를
향해) 넌 내 딸이기에 당연히 잘 알겠지. 우리 증씨집 사람들의
기질은 모두 책 읽는 것을 제일로 하고 아직껏 돈에 관한 이야
기를 해 본 적이 없다는 걸 말야. 그래. 너희들이 이곳에서 살
고 싶으면 살고, 살기 싫으면 마음대로 해도 좋지만, 무슨 방세
니 밥값이니 하면서 아버지한테 보여 줄 필요는 없다. –

증문채 (흐느끼며) 아버지. 아버지께서 이 딸을 잘못 낳았다고 생각
하세요. 이 딸을 –

증 호 (성이 나서 부들부들 떨며) 음, 음, 우리 증씨집에 이렇게 부
       티를 내는 사위는 버려야지!

증문채 (이미 참을 수가 없어서 으앙 하며 울기 시작한다.) 으, 어머
       니, 왜 절 남겨놓고 돌아가셨어요, 어머니!

증사의 고모!

       [문채가 울면서 자기의 침실로 달려들어간다.

증 호 (긴 한숨을 쉬며) 전생의 죄인들 같으니라고! 말을 하려고 해
       도 말 못 할. 장순아 밥 차려라, 원선생 불러오고.

       [장순이 큰 응접실로 통하는 문으로 나간다.

       [문청이 서재 작은 문으로 들어온다.

증문청 아버지!

증 호 떠나려는 게냐?

증문청 한 시에 차를 탑니다.

증 호 너 담배는 끊었느냐?

증문청 (고개를 숙이며) 끊었습니다.

증 호 확실히 끊었어?

증문청 (부끄러워하며) 확실히 끊었습니다.

증 호 궐연은?

증문청 (고개를 숙이며) 역시 피우지 않습니다.

증 호 (노랗게 물든 그의 손가락을 보며) 또 거짓말! (꾸짖는다.)
       봐라, 너의 손가락 끝이 궐연 연기에 그을려 무슨 모양이 되
       었는지? (고개를 흔들며 탄식한다.」 너, 너 이런 모양으로 어
       떻게 다른 사람 앞에서 일하겠니?

증문청 (저도 모르게 손가락을 보며) 있, 있다가 씻겠습니다.

증 호 정아는?

증사의 (급히 큰 응접실로 통하는 문앞으로 달려가 부른다.) 정아!

할아버지께서 부르신다.

증　호　그 애는 뭘 하고 있는 게냐?

증문청　아마 원양과 함께 연 날리고 있을 거에요.

증　호　연을 날려? 왜 ≪소명문선(昭明文選)≫은 읽지 않고 놔 둔 채 무슨 놈의 연이야?

증문청　정아!

[증정이 급히 큰 응접실로 통하는 문으로 달려 들어온다.

증　호　(엄한 얼굴로) 무슨 달음박질은? 어디서 이렇게 무례한 걸 배 웠느냐?

증　정　(다시 걸음을 멈추고) 할아버지, 원이는 지금 "북경인"을 그 리고 있는데, 곧 온다고 했어요.

증　호　그래, (서정을 향해) 술은 잘 데워 놔라.

증　정　원이가 그러는데 손님을 한 명 데려 와서 밥을 먹겠다고 하던 데요.

증　호　물론 좋지. 너 가서 그래라. 늘 먹던 반찬이니 꺼리지 말고 건 너오라고.

증　정　예! (곧 바로 간다. 반쯤 가다가 다시 몸을 돌려 생각을 하는 듯 하며) 그런데 할아버지, 그는 "북경인"이에요.

증　호　북경인이면 더욱 좋잖아? (문청을 향해 다시 꾸짖는다.) 너 봐라, 어떻게 아들 단속을 하였기에 지금까지도 애가 길 걷는 법을 조금도 모르느냐.

증　정　(주저하며) 원아저씨가 옷을 좀 바꾸어 입겠다고 하던데요?

증　호　(번거롭다는 듯) 옷은 뭘 바꿔 입는다고 그래. 너 가서 모셔 오너라. 한 시면 네 애비가 차를 타야 하니까.

[증정이 큰 응접실로 통하는 문으로 나간다.

증　호　이상하구나. 소방이 어디로 갔지?

증사의 아마 원선생님을 위해 반찬을 만들고 있을 거에요.

증 호 음.

　　　[증정이 문밖의 큰 응접실에서 큰소리로 소리를 친다.

　　　[정의 목소리: 우리 할아버지 방에 계셔! 할아버지 방에 계신
　　　다구!

　　　[원원의 목소리: 너 달아나긴, 달아나긴!

　　　[쾅 하고 큰 응접실로 통하는 둔이 활짝 열리며 증정이 소리
　　　를 지르며 달려 들어온다. 원은 온 얼굴에 땀 범벅을 한 채
　　　빈통 하나를 들고 손에는 한 꾸러미 폭죽을 들었다. 소주아도
　　　뒤를 따르는데 한 손에는 타고 있는 향을, 한 손에는 그 비둘
　　　기를 들고 있다.

증 정 (뛰어 오면서) 할아버지. 쟤. 쟤가 -

원 원 (웃으며 큰 소리로) 네가 달아나! 네가 달아나! 어디로 달아
　　　나나 한 번 보자구 ……

　　　[증정이 증호가 앉아 있는 소파 뒤에 거의 숨었을 때 원원이 폭
　　　죽을 그들의 몸 밑에다 던진다. "당땅" 하고 폭죽이 마구 터지
　　　자 증정과 증호는 놀라 큰 소리를 지른다. 원원이 큰 소리로 웃
　　　자 소주아도 문입구에 서서 하하 ㅎ고 웃음을 멈출 줄 모른다.

증 호 너 이. 이 여자애가 어찌된 일이냐?

원 원 증할아버지!

증 호 너 왜 이렇게 호들갑이냐?

원 원 (애교를 부리며) 보세요. 증할아버지. (흠뻑 젖은 머리칼을 그
　　　에게 보여주면서 증정을 가리키며) 쟤가 먼저 물을 한 통 저
　　　에게 부었어요!

　　　[밖의 남자의 목소리: (웃음과 함께) 작은 원숭이야, 너 어디
　　　있냐?

원　원 (장난스럽게) 늙은 원숭이, 저 여기 있어요!

[원아가 웃으며 큰 응접실로 통하는 문으로 달려나간다. 소주아도 급히 뒤를 따라 나간다.

증　호 (사의를 보고) 너 봐라, 이런 가정 교육이 어떻게 소방과 어울리겠니? (몸을 돌려 증정을 보고) 금방 네가 걔한테 물을 한 통 부었니?

증　정 (겁을 내며) 걔, 걔가 자기에게 부으라고 했어요.

증　호 무릎 꿇어!

증사의 제가 보기에는 할아버지 −

증　호 무릎 꿇어! (증정은 할 수 없이 똑바로 꿇어앉는다.) 원씨집 사람에게 우리 증씨집의 가정 교육을 좀 보여 줘야겠다.

[원아가 그의 "늙은 원숭이"인 인류학자 원임감을 부축하고 얼굴 가득 웃음을 띠고 걸어 들어온다.

["늙은 원숭이"는 실제로 그렇게 늙지 않았다. 보기엔 단지 마흔 살 정도의 모습을 하고 있는데, 일찍부터 대머리가 되어서 그런지 두상은 빛으로 반짝이며 단지 몇 가닥의 머리털이 있을 뿐이다. 옆으로 빗질을 해서 예전에는 머리가 있었음을 보여 준다. 키는 크지 않으나 얼굴에는 혈기가 넘치며, 가슴은 곧고 허리는 둥실하다. 낡은 황색 승마용 바지에 흙이 묻은 검은 승마화를 신고 여기에 옷깃 벌어진 연한 청색 셔츠를 바쳐 입었는데, 마치 자동차를 고치는 수리공 같다. 그러나 그는 유머스럽고 총명스런 한 쌍의 눈을 가졌으며, 눈에는 때로 일종의 비웃는 듯한 눈빛을 보인다. 이따금씩 학자들에게서 볼 수 있는 그런 정신몰두의 모습을 보이곤 한다. 입가에는 늘 미소가 보이는데, 그는 마치 인류의 선조를 연구할 뿐만 아니라 동시에 또 인류가 어찌 이렇게까지 변하여 타락하게 되었

는지에 대해 비웃고 있는 것 같다. 그는 한 쌍의 큰 귀와 넓은 앞이마를 가졌으며, 셔츠 위의 큰 귀와, 푹 파인 사자코를 가지고 있어 어떤 때로는 어릿광대처럼 보인다.

[그의 개인적인 일에 대해 추측을 많이 하는데 어떤 사람은 그가 결혼을 했다고 하고, 어떤 사람은 말하기를 그는 근본적으로 결혼을 하지 않았으며 원아는 그저 사생아일 뿐이라고 하였다. 물어보면 그는 언제나 신비한 웃음만 지어 보인다. 그의 일상적인 생활이란 "북경인"의 두개골을 연구하고, 학술 탐사대를 조직하여 서장 몽고에 가서 화석을 파오며, 나머지 시간은 자기의 딸과 히죽거리며 정신없이 노는 것이다. 그의 딸도 마치 화석에서 뛰어 나온 사람 같아서 그 모습을 보면 남녀의 감정이란 것이 무엇인지를 정말로 모르는 것만 같다.

원 원   (오면서 말을 한다.) 아버지, 소주아가 저에게 향을 하나 가져다 줬는데, 내가 불을 붙여 따라가서 다리에다 -

원임감   (고개를 끄덕이며 웃으면서 듣는다.) 음, 음, 그래 - (증호가 일어서서 자기를 환영하는 것을 보고) 증나리마님, 정말 감사합니다. 오늘 저희들이 또 먹으러 왔습니다.

증 호   명절을 쉴 때는 마음대로 좀 먹어야죠. (자리를 권하며) 원선생께서 상석으로 앉으시오. 상석으로 앉아요. 상석으로.

원 원   (정아가 갑자기 키가 작아진 것을 보고, 큰 소리로) 아버지, 보세요, 봐요. 쟤가 무릎을 꿇고 있어요!

증 호   상관하지 말고 어서 앉으세요!

원임감   (정아를 바라보고 크게 놀라며) 어찌된 일이죠?

증 호   저희 이 어린 손자놈이 나이도 어리고 아무 것도 몰라서 선생님 딸 머리에다 물을 한 통 부었다기에 -

원임감   (겸손하게 웃으며) 음, 일어나라, 일어나. 그 물은 제가 쟤한

테 뿌린 건데 -

증　호　(놀라며) 선생이? -

증사의　(못 참겠다는 듯) 일어나라, 정아. 원아저씨께 감사드려.

증　정　(바로 일어나서) 감사합니다, 원아저씨.

원입감　(증정을 향해) 미안하다, 미안해. 다음 번엔 네가 나한테 물을
　　　　뿌려라.

증　호　원선생의 손님은요?

원　원　(놀라 소리치며) 아버지, "북경인" 아직 방에 있어요!

원입감　(거칠고 호방하게) 난 그가 이미 온 줄 알았는데.

　　　　[원이 말을 마치고는 풀어놓은 "오리"처럼 달려나간다.

증　호　(아주 정중하게) 아, 어서 들어오시오. (곧 큰 응접실로 통하
　　　　는 문으로 걸어간다.)

원입감　나리께서 저희를 불렀을 때, 전 마침 그림을. - 아, 원래는 그
　　　　에게 옷을 바꿔 입혀서 오려고 했던 건데, 그런데 (증정을 가
　　　　리키며) 쟤 말로 나리께서 -

증　호　(또 정중하게) 내가 그랬어요, 간단한 밥 먹는데 무슨 옷을
　　　　바꾸어 입느냐구요, 정말로 너무 겸손하군요.

원입감　예, 그래서 전 곧 -

　　　　[원아가 큰 응접실로 통하는 문 - 이 문은 이미 닫혀 있었다 -
　　　　으로 뛰어 나온다.

원　원　(마치 귀빈을 통보하듯 큰 소리로) "북경인" 도착이오!

　　　　[모두들 영문을 몰라 일어서서 바라본다.

증　호　아. (문을 바라보며, 만면에 웃음을 띠며) 어서, 어서, (말이
　　　　아직 끝나기도 전에 -)

　　　　[갑자기 문이 열리며 마치 하늘에서 떨어진 것 같은 거대한 한
　　　　"성성이 같기도 하고 들짐승 같기도 한 것"이 갑자기 나타난다.

[그는 약 칠 척 남짓한 키에, 곰과 같은 허리와 범과 같은 등을 가졌는데, 반쯤은 몸을 가리지 않았다. 절반쯤 짐승 가죽을 쓰고 온몸에는 털이 더부룩하다. 밝은 빛을 발하는 두 눈은 깊이 파인 눈언저리 속에 파묻혀 있고, 납작코에 큰 입을 하고 있으며, 아래턱은 유인원 같이 툭 튀어나와 있고, 머리털도 유인원 같이 검고 짙으며 어깨 위로 나지막하게 드리워져 있다. 짙은 갈색 피부 속에는 근육이 마치 갈색의 대추나 밤같이 볼록볼록 나와 있다. 거대한 손바닥은 가볍게 한 번 비틀기만 하면 어떠한 적의 목이라드 능히 비틀어 꺾을 수 있을 것만 같다. 그는 모든 것이 힘이며, 놀라운 힘의 야성을 가졌다. 왕성하고 풍만한 생명, 그리고 장래 인류의 무궁한 희망이 모두 이 사람의 신체에 감춰져 쌓여 있는 듯 하다.

[증씨집 사람들은 - 서정을 제외하고 - 모두 약간씩 놀란다.

증 호 (생각지도 못했다가 거의 놀라 쓰러질 듯 하며) 아! (뒤로 물러선다.)

원임감 (급히 앞으로 나와 소개를 한다.) 이 분은 증나리라 하오.

["북경인"이 고개를 끄덕인다.

증 호 이 분은 -

원임감 (웃으며) 이 사람은 저희 친구인데, 곧 저희와 함께 몽고에 갈 것이지요.

["북경인"은 무대 중간으로 걸어가서, 매우 차가운 모양으로 증호와 증호의 자손들을 바라본다.

원 원 (동시에 손가락질을 하며) 증할아버지, 이 사람은 인류의 조상이에요. 증할아버지, 할아버지의 선조는 바로 이런 모양이었어요.

원임감 (웃으며) 쓸데없는 소리 하지 마라, 원아! (증호를 향해) 증나리님, 성내지 마세요! 사 십 만 년 전의 북경인은 확실히 이랬습니다. 죽이려면 바로 죽이고, 싸우려면 바로 싸우고, 신선한 피를 마시고, 생고기를 먹었는데, 지금의 북경인처럼 이렇게 문명적이지 못했지요.

증　호　(놀라고 두려워하며) 어찌 이것이 북경인이오?

원임감　(힘차게) 진정한 북경인입니다! (갑자기 웃으며) 음, 증나리님, 나리께서는 헷갈리지 마세요. 이것은 가짜로 꾸민 거에요. 저희 연구팀에서 그림을 그리려고 모셔온 거에요. 이 사람은 원래 저희 팀의 유능한 한 기계공인데, 체격과 두골이 최초의 북경인과 너무 닮아서 -

증　호　(정신을 좀 차리고는) 아, 아, 아, 그럼 어서 앉으시오! (체면을 무릅쓰고 억지로 "북경인"을 향해) 어서 앉으세요.

원임감　미안합니다. 그는 벙어리라서 말을 못합니다. (이 때 모두 순서대로 자리에 앉는다. 낮은 소리로) 이 사람은 성질이 좀 거칠고 급합니다. 사람을 때린다고 하면 사람을 때리지요. 그래서 이 사람을 건드리지 않는 것이 좋답니다.

증　호　(몹시 겁을 먹은 모습으로) 아, 아. (급히 서정과 정아를 향해) 서정아, 너희들은 여기 자리를 잡아라, 여기 자리를 잡아!

　　　　["북경인"은 웃음기 없는 얼굴로 상석에 앉아 관중을 마주본다.

　　　　[장순이 뜨거운 반찬을 한 그릇 들고 들어와 놓고는 바로 나간다.

증　호　(술잔을 들며) 오늘 첫째는 명절을 쇠자는 것이고, 둘째는 큰 아들이 집을 떠나려는데, 아직까지 원선생을 만나 가르침을 받지도 못하고 해서 이 기회를 빌어 원선생과 이야기나 좀 나누자는 뜻에서, 자, 들어요, 들어. ("북경인"을 바라보며) 어, 당신의 친구분도 -

원임감　감사합니다.

　　　　["북경인"이 바라보다가, 한 번에 죽 다 마시자 모두 놀란다.

원임감 듣자니까 증나리께서는 다도에 대해 아주 잘 아신다구요-

　　　　[밖에 말다툼하는 소리.

증　호 서정아, 네가 가 봐라, 누구인지? 뭐 때문에 떠드는지?

원　원 (서정을 향해) 제가 대신 가볼게요!

　　　　[사의가 문청의 귀에 대고 말을 하자, 문청이 일어서서 술 주
　　　　전자를 들고 사의는 뒤를 따라 증호 옆으로 걸어간다. 원이 얼
　　　　른 젓가락을 내려놓고 큰 응접실로 통하는 문으로 달려나간다.

증사의 (술잔을 들고) 며느리가 아버님께 한 잔 올리겠습니다.

증　호 (여전히 앉아서) 괜찮다.

증사의 (공손한 모양으로) 문청이 아버님께 하직인사 드린답니다.

증문청 (낮은 소리로) 아버지, 작별인사 드립니다.

　　　　[문청이 무릎을 꿇고 세 번 절을 하자, 서정과 정아 모두 일
　　　　어선다. "북경인"과 원임감은 눈을 크게 뜨고 서로 쳐다본다.
　　　　한 사람은 단정히 앉아 있고 한 사람은 무릎을 꿇고 절을 할
　　　　때, 밖에서는 또 다시 노기등등한 싸움 소리가 난다.

　　　　[밖에서 서너 명이 욕하는 소리: (네가 한 마디 하면, 내가
　　　　한 마디 하는 식으로) 당신들 돈을 줄 거야 안 줄 거야? 추석
　　　　날인데 돈 때문에 아침 내내 기다렸잖아. 이렇게 큰 대문도
　　　　그저 지은 건 아니겠지. 돈이 있으면 빚을 져도 되지만, 돈이
　　　　없으면 무슨 빚을 지나. 사람 웃기지 말라구! ……

증　호 이 무슨 말이지?

증사의 옆집에서 말다툼하는 것이겠지요.

증　호 (안심을 하고, 원임감 등을 향해) 드시오, 들어. ("북경인"이
　　　　또 혼자 한 잔 마신다. 증호는 증정과 서정을 향해 자애롭게)
　　　　너희들도 너희 아버지한테 작별인사를 해야지! (그래서-)

　　　　[서정과 증정이 다시 일어나 술 주전자를 들고 문청 앞으로

가서 술을 따른다.

증사의   (매우 똑똑하고 빈틈없이 그들을 가르친다.) "아버님 무사하십시오" 하고 말해라.

서 정
증 정   (동시에 무표정하게) 아버님 무사하십시오.

증사의   "자주 집에 편지하기 바랍니다" 라고 말해라.

서 정
증 정   (동시에 무뚝뚝하게) 자주 집에 편지하기 바랍니다.

증사의   (또 그들을 가르친다.) "아들, 며느리 자주 시중 들 수가 없겠습니다."

서 정
증 정   (또 빈 말로) 아들 며느리 자주 시중 들 수가 없겠습니다.

[말을 다 하고 돌아가 자리에 앉으려 한다.

증사의   (급히) 절을 해야지, 이 머저리들아! (아주 득의양양하게 원임감을 바라본다.)

[증정과 서정은 나란히 꿇어앉아 세 번 절을 한다. 문청이 일어서자, "북경인"과 원임감은 눈을 크게 뜨고 서로를 바라보다가 쭉 하고 또 한 잔 마신다. 원임감이 그에게 술을 가득 부어주자 그는 또 훌쩍 마셔버린다. 조용히 절하는 가운데 밖에서는 또 욕하는 소리가 시작된다ー

[밖의 욕하는 소리: (역시 너 한 마디 하면 내가 한 마디 하는 식으로 점차 거칠어진다.) 당신들 쇠는 것이 무슨 명절이야? 돈이 있으면 명절을 쇠어도 좋지만, 돈도 없으면서 왜 우리 같은 이 작은 장사꾼들에게 장난질을 하는 거야? 단오절 빚이 아직까지 있는데, 지금까지 일전도 주지 않고 말야. 천 원도 안 되는데 이렇게 어려워?

[장순의 목소리: (권고를 하면서) 당신들 여기서 떠들지 말아요. – 가세요! 가! 나리께선 여기서 ……

[밖에서 욕하는 소리: (풍자하듯) 영감쟁이도 참 흉악하군, 뭘 이렇게 차려 놓고 부티를 내는 거야! 돈 없으면 우리와 마찬가지로 몰락한 집안이지! (계속 끝없이 떠든다.)

[원임감도 고개를 돌려 자세히 들어본다.

증사의　어쩌면 옆집의 –

[밖의 다투는 소리 가운데 소방이 급히 큰 응접실로 통하는 문으로 걸어 들어온다.

증 호　누구냐?

소 방　(숨을 헐떡이며 얼버무린다.) 아두도 아니에요.

증사의　(교활하게 웃으며) 원선생님, 제가 소개할게요. 이 사람은 소아가씨요. (원임감이 일어선다. 사의는 다시 몸을 돌려 소방을 향해) 원선생님이셔!

[큰 응접실로 통하는 문으로 진유모가 낡은 앞치마를 두르고 반찬을 한 접시 들고 급하게 걸어 들어온다. 그 뒤에는 소주아가 한 손으로는 비둘기를 들고, 한 손으로는 할머니 치맛자락을 잡아당긴다.

진유모　(걸으며 말한다. 귀찮다는 듯) 당기지 마라, 소주아야. 미워 죽겠다. 날 당기지 말라고! (반찬을 밥상에 놓는다. 뜨거워서 손이 거의 익을 뻔했는지 연달아) 아이구 뜨거워!

[진유모와 소주아 함께 큰 응접실로 나간다.

소 방　(낮은 소리로) 언니!

증사의　(젓가락을 들며) 원선생님, 이 반찬은 소아가씨가 – (소방이 그녀의 옷자락을 잡아당기자 사의가 고개를 돌려 소방을 본다.) 왜?

증 호　(젓가락을 들며) 어서! 어서!

소　방　(동시에 당혹해 하며) 관. 관에 칠한 - 그 사람들이 -

[문이 갑자기 활짝 열리며 키가 작고 땅땅하며 흉악하게 생긴 상인 갑·을·병·정이 떼를 지어 비집고 들어온다. 장순은 아직도 이들을 가로막고 있고 원아도 뒤에 섞여 있다.

장　순　안 되요, 안 돼. 방에는 손님이 있어요!

갑·을·병·정　(동시에 뛰어들며 무서운 들개들처럼 마구 짖어댄다.) 넌 상관하지마. 우린 돈을 달라는 거지! 목숨을 달라는 게 아냐! - 영감님 - 큰마님! - 영감님, 당신 돈이 있으면 내놓고 - 돈이 없으면 -

증　호　나가! 이 망할 놈!

증사의　(동시에 엄한 목소리로) 다음에 얘기하자. 물러가!

[문채도 침실에서 달려나와 놀라서 바라본다.

갑·을·병·정　(앞까지 밀고 와서 난잡하게) 우리가 왜 물러가나요? - 빚을 졌으면 빚을 갚고, 돈이 없으면 이런 죄를 짓지 말아야지. - 우리들은 소상인이오! - 단오절의 빚도 아직 갚지 않고. - 더럽게 잘난 체 하지 말아요, - 빚 갚아요, 빚 갚아! (증호는 성이 나서 멍해 있고, 사의는 냉소한다. 증씨집 사람들은 모두 정신이상자가 된 듯 하다. 갑·을·병·정이 마구 소리를 지르며 더욱 죄어 온다.) 말을 하라구요, 바보 행세하지 말고! (갑이 소리친다.) 관에 칠할 돈은 있잖아요! (을이 소리친다.) 돈이 없으면 관에 무슨 칠을 하나요! (병이 소리친다.) 우리 집에도 아버지가 있고 어머니가 있지만, 죽으면 삿자리 하나면 된다고 하는데! (갑이 소리친다. 증씨집 사람을 가리키며) 그래도 뻣뻣한 송장처럼 앉아 있어요!

[원임감과 "북경인"이 계속 그들을 바라보고 있다가. 이때 -

원임감　(큰 소리로 외친다.) 나가!

갑   (놀라며) 왜 이래요?

원임감 (웃으며) 내가 돈을 줄게!

갑·을·병·정 (고집스럽게) 우리는, 우리는 (증호를 가리킨다.) -

        ["북경인"이 천천히 일어선다. 하나의 거대한 유인원이 무섭
        게 성난 눈길로 바라보다가, 갑자기 묵직하게 손을 휘두른다.

갑·을·병·정 (숨을 한 번 들여 마시고) 그래요. 돈만 주면 되요!
        돈만 주면 된다구요!

        [갑·을·병·정이 급히 퇴장한다.

        ["북경인"이 육중한 걸음으로 성큼성큼 따라 나간다. 원원도
        나가자 원임감이 그 뒤를 따른다.

증 정   (조급해 하며) 원아저씨!

원임감 (고개를 끄덕이며 미소를 짓는다. 손을 흔들어 보이는데, 매우
        자신이 있는 모양이다.)

        [원임감 걸어 나간다.

증 호   어찌, 어찌된 일이냐?

        [갑자기 밖에서 한 방 먹이는 소리가 들리고, 이어서 놀라 겁
        먹은 소리로 "당신 왜 때려요!" 하는 소리가 들린다. 이어 물
        건이 깨지는 소리, 시끄럽게 고함치며 욕하는 소리, 맞아 아프
        다고 외치는 소리가 들린다.

        [방안의 사람들은 놀라 한 덩어리가 된다.

증 호   문 닫아라, 문 닫아!

        [사의가 곧 바로 달려가 문을 닫는다.

        [원원의 목소리: (싸움을 보며 미친 듯한 소리로 응원을 하는
        듯 하다.) 그래요. 한 방 더! 한 방 더! 멋지게 때렸어요! 뒤
        에서 때려요! 발, 발로 차세요! 그렇지요, 치세요! 다시 한 번
        치고! 그래요, 그래, 에이, 힘을 줘서 다시 한 방! (최후의 승

리를 한 듯 큰소리로) 잘 했어요! (그런 후 조용해진다.)

증　정　(참을 수가 없다는 듯. 문입구로 걸어가 문을 열고 밖을 내다
　　　보려 한다.)

증사의　(낮은 소리로 긴장된 듯) 나가지 마라. 너 죽고싶니?

　　　[모두들 숨을 죽이고 조용히 듣는다. 원임감 머리가 약간 헝
　　　클어진 채 소매를 매만지며 만면에 웃음을 띠고 들어온다.

원임감　(천천히 소매를 또 매만진다.)

　　　["북경인"은 더욱 야만스럽고 무시무시하다. 얼굴에는 붉은
　　　피가 흐르고 있는데 아무 일도 없었다는 듯 큰 걸음으로 걸어
　　　들어온다. 뒤에서 원원이 만면에 자랑스럽다는 표정으로 이
　　　무서운 영웅을 따르고 있다.

증　호　(낮은 소리로) 모. 모두 갔나요?

원임감　때려서 달아나게 했습니다!

원　원　(갑자기 의자 위에 서서 "북경인"의 거대한 팔을 치켜들며)
　　　우리의 "북경인"이 때린 거에요!

　　　["북경인"은 고개를 돌려 처음으로 온화하게 징그러운 웃음을
　　　보인다. 모두들 오싹한 기분으로 그를 바라본다. 증호는 마치
　　　반신불수가 된 듯 가만히 앉아 있다.

증사의　(갑자기 이 답답함을 깨뜨리고 유쾌하게 웃으며) 어서 드세요.
　　　(원임감을 보고) 이 두 그릇의 반찬은 (가리키며) 소아가씨가
　　　부엌에서 특별히 원선생님을 위해 만든 거에요. (저도 모르게
　　　문청을 향해 한 번 웃는다.)

　　　[모두들 다시 자기 자리에 앉기 시작한다.

－막이 내린다.

제 2 막

[그날 저녁 약 열 한 시쯤. 여전히 증씨집의 작은 응접실 안이다.

[증씨집의 가까운 주위는 죽은 듯이 조용하다. 멀리 쓸쓸한 골목에서 점치는 맹인이 한참만에 두 번씩 적막한 징을 치는데, 느린 걸음으로 집으로 돌아가고 있는 듯 하다. 또 간혹 여인 혹은 아이의 목소리가 들리는게, 이는 멀리 떨어진 긴 거리에서 처량하게 물건을 파느라 외치는 소리이다.

[실내는 전등갓 속의 전등이 희미하게 그리 크지 않은 둥그레한 빛을 비추고 있다. 네 벽에 있는 글씨와 그림 골동품들은 모두 은은하게 암흑 속에 덮여 있고, 벽에 걸린 묵죽은 더욱 모호하게 보이며, 커튼이 있는 곳은 모두 커튼을 탱탱하게 잘 쳐놓았다. 낡은 등의 한 넓은 틈새로 한 줄기 불빛이 흘러나와 큰 응접실로 통하는 문을 비추고 있다. 하얀 종이를 바른 격자 문은 모두 잘 닫혀 있고, 매 칸막이 아래의 절반을 아주 짧은 나무에 조각으로 장식을 한 외에 지금은 위에서부터 아래까지 전체가 새하얗고 큰 한 장의 종이막이 되었으며, 칸막이와 칸막이의 틈새로 한 줄기 희미한 광선이 새어 나오고, 종이막 위에는 희미한 사람 그림자가 약간씩 움직인다. 간혹 안쪽(큰 응접실)에서 어떤 사람의 가벼운 기침소리와 말하는

소리가 들린다.

［왼쪽 벽 옆에 있는 긴 책상 위에는 몇 개의 촛대가 놓여 있고, 반쯤 타다 남은 초가 하나 꽂혀 있다. 실내 한가운데는 낮은 탁자가 하나 있고, 탁자 위에는 적토로 만든 작은 화로가 하나 놓여져 있는데 아주 깨끗하다. 화로 위에는 양철로 만든 물 주전자가 놓여져 있다. 화롯불은 활활 타면서 작은 아궁이 안에서 불꽃을 내고 있다. 물은 주전자 안에서 신음을 하는데 마치 안에 갇힌 한 어린애가 흐느껴 우는 것만 같다. 옆에는 하나의 정교한 홍목 책상이 놓여져 있고, 위에는 작고 정교한 다구들이 놓여져 있다. 화로 곁의 창백한 문청은 낮은 걸상에 앉아 깊은 생각에 잠겨 있다. 맞은편의 작은 소파를 옮겨와 진유모가 그곳에 앉는다. 가위로 소주아의 손톱을 깎아 주는데, 소주아는 꾸벅꾸벅 졸고 있다.

［서재 안에는 외롭고 희미한 등이 하나 있는데, 등 아래에는 증정이 지친 모양으로 혼자 나지막하게 ≪추성부≫를 읽고 있는 것이 보인다. 멀리 으슥한 골목 끝에서는 나무를 두드리며 시간을 알리는 소리가 들려온다.

진유모 (손톱을 깎으며 잔소리를 한다.) 정말 청나리님, 내일 그래도 가야돼요?

증문청 (고개를 끄덕인다.)

진유모 제가 보기에는 그만 두는 것이 좋겠어요. 이미 차를 한 번 놓쳤으니 아예 집에서 이 삼 일 기다렸다가 원선생님과 소아가 씨의 이 일이 두서가 잡히는 것을 보고 가세요.

증문청 (고개를 흔든다.)

진유모 원선생님이 오늘 자기의 의중을 보이던가요?

증문청 (고개를 숙이고, 억지 대답으로) 신경을 못 썼어요..

진유모　(웃으며) 전 원선생님의 뜻을 읽어냈어요. 밥 먹을 때 계속 소아가씨 쪽을 살피더라구요.

증문청　(유모를 바라본다. 마치 그녀의 말을 못 알아들은 듯 하다.)

진유모　청나리가 보기엔 이 일이 -

증문청　(저도 모르게 긴 한숨을 쉰다.)

진유모　(문청을 한 번 바라보고는 다시 말을 못한다.)
　　　　[소주아가 졸고 있다가 갑자기 깨어나 하품을 한 번 하더니 입안에서 뭔가 알아듣지 못할 말을 한 마디 하고는 다시 가물 가물 존다.

진유모　(소주아의 손톱을 깎으며) 음. 저도 집에 돌아갔어야 했어요. (소주아를 가리키며) 얘 엄마는 우리가 오늘 저녁에 돌아올 것이라고 아직 기다리고 있을 거에요. (소주아의 고개가 또 앞으로 한 번 끄덕 한다. 그를 붙잡으며) 움직이지 마라, 나의 이 살점아. 조심해야지, 할머니가 손톱 깎고 있는데. (불쌍하고 사랑스러워) 그래, 이 아이도 정말로 피곤하겠지. 아침 내내 길을 걸어 왔는데. 또 원아가씨와 하루내 놀고. 시골 애들은 도시 애들과 달라서 배고프면 먹고 피곤하면 자고 정말 - (서재 안의 정아를 바라보며, 사랑스럽게 낮은 소리로) 손자 도련님, 손자 도련님!

증　정　(계속 낮은 소리로 읽는다.) "…… 아, 초목에는 감정이 없고, 때가 되면 영락하며, 사람은 동물로서 만물의 영장이라. 온갖 근심은 그 마음을 느끼게 하고 만사는 그 몸을 수고롭게 하며, 마음에 동요가 있으면 반드시 그 정신이 흔들리게 된다. 그런데 하물며 그 힘이 부족함을 생각하고, 그 지혜가 무능함을 걱정함에 ……"

증문청　공부하게 두세요. 좀 있다가 할아버지가 물어볼 거에요.

[으슥한 골목에서 시간을 알리는 징소리.

진유모 이렇게 늦었는데 아직도 책을 읽다니! 그나마 추석날. 어, 삼
경을 알린 거죠?

증문청 그래요. 정말 삼경이군요.

진유모 시골 애들은 이 시간이면 다 반잠 넘게 잤을 거에요. (마지막
손톱 하나를 다 깎고) 됐다. 일어나 자러 가거라. 여기서 고생
하지 말고.

소주아 (눈을 비비며) 싫어요. 전 자고싶지 않아요.

증문청 (미소를 지으며) 늦었다. 열 한 시가 다 되었어.

소주아 (정신을 차리며) 전 피곤하지 않아요.

진유모 (화가 나기도 하고 사랑스럽기도 하여) 그래. 그럼 넌 밤새
자지 마라. (문청을 향해) 정말이지 시골 애가 도시에 오니까
뭐든지 다 신기해 보이는 모양이에요. 잠자는 것까지 아까워
하는 것 좀 보세요.
[소주아가 호주머니에서 땅콩사탕 하나를 꺼내 입에 넣고 저
도 모르게 옆에 있는 그 "입방아"를 안고 들여다본다.

진유모 아니, 추석날 저녁인데 달도 없고. - 어찌된 일이지? 큰마님은
또 나오려 하지도 않고. (부른다.) 큰마님! (문청을 향해) 큰
마님은 지금 방에서 뭘 하세요? (일어서며) 큰마님. 큰마님!

증문청 아니, 부르지 말아요.

진유모 청나리님. 그, 그러면 도련님이 들어가세요.

증문청 (고개를 흔들며 애절하게 홀로 육유(陸游)의 ≪채두봉(釵頭鳳)≫
을 읊는다. "…… 동풍은 모질고, 즐거운 감정은 얕구나. 근심
을 안고 몇 년이나 쓸쓸히 지내야 하는가. 틀렸어. 틀렸어. 틀
렸어! ……"

진유모 (한숨을 쉬며) 그래요, 이것도 전생의 원한과 죄지요. 청나리

님. 도련님이 전생에 큰마님께 죄를 졌으니, 금생에 그녀에게 고통을 받는 거에요. 그, 그런데 대체 어떻게 된 거에요? 큰마님이 저녁 내내 한 마디 말도 안 하시고, ─ 뭘 하려는 거에요?

증문청　누가 알아요? 위가 불편해 토하고 싶다고 하긴 하던데.

진유모　(고개를 돌려 손이 심심해 홍목 탁자 위의 찻잔을 만지기 시작하는 소주아를 꾸짖으며) 소주아야, 내려놔라. 너 엉덩이가 또 가려운가 보구나! (소주아는 또 고분고분하게 잘 내려놓는다. 진유모 몸을 돌려 문청을 향해) 역시 이상하군요. 오늘 저녁에 고모부 이사 간다고 떠들지 않았어요? 어찌 지금도 ─

증문청　음, 그저 말을 한 번 해 봤을 따름이겠지요. (갑자기 어조에 우려와 원망의 어기를 담아) 그 사람도 나하고 같은 처지지요 뭘. 난 말 없이 한평생 아무 일도 못했지만, 그 사람은 사납게 떠들면서 역시 평생토록 아무 것도 못한 게지요.
　　　　[문채가 서재 작은 문으로 걸어 들어온다. 손에는 불을 붙이지 않은 초 한 자루와 젓가락 한 모, 도향촌에서 사온 청장육·장황두·잡향으로 만든 반찬 한 접시를 들었다.

증문채　(권태롭다는 듯) 유모, 아직 안 잤어요?

진유모　예. 그런데 고모부 어떻게 또 술을 마셔요?

증문채　(숨기며) 아니, 그 사람이 아니라, 저에요.

증문청　너라구? 야, 그 사람 술 더 마시게 하지 말아라.

증문채　(한숨을 한 번 쉬고는, 반찬 접시와 젓가락을 내려놓으며) 오빠, 그이가 오늘 저녁에 또 나 앞에서 한 바탕 울었어요.

진유모　고모부가요?

증문채　(감정을 억제하지 못해 손수건을 꺼내는데 눈에 눈물이 고인다.) 나한테 미안해서 그는 마음이 괴롭대요. 그리고 자기의 이 한 평생은 완전히 끝이 났다고 하면서요. 그의 가련한 모습을 보니까 내가 그에게 걱정을 시켰다는 생각이 들더군요. 그래요, 내 운명이 나쁜 걸 가지고 그이를 손해보게 하고 일자리를 잃게 했어요. (눈물을 흘리며) 유모, 성냥은요?

진유모　제가 찾아볼게요. -

증문청　(홍목 탁자 위에서 성냥갑을 들며) 여기 있어요!

　　　　[진유모가 받아서 문채 대신 초에 불을 붙인다.

증문채　(책상에서 동 촛대 하나를 들면서) 그이가 너무 답답하다면서 밤에 술을 좀 마시겠대요. 생각해 봐요, 오빠. 그이 마음이 이렇게 불쾌한데, 내가 -

증문청　(긴 한숨을 쉬며) 마시라고 해라. 사람이 술을 마실 수 있다는 것도 좋은 거니까.

진유모　(불 붙인 초를 문채에게 주며) 나리께선 아직도 열 한 시면 전등을 끄시나요?

증문채　(초를 촛대에 꽂으며) 그래요. (자상하게) 그이한테 먼저 초를 켜 주는 것이 좋겠어요. 좀 있다가 술을 반쯤 마셨는데 "갑자기" 전등이 꺼지면 또 좋아하지 않을 테니까요.

진유모　제가 대신 들게요.

증문채　괜찮아요.

　　　　[문채는 불을 붙인 초, 그리고 젓가락과 반찬 접시를 들고 자기의 방으로 걸어 들어간다.

진유모　(고개를 흔들며) 음, 여자노릇 하다 보면 마음은 늘 고통이야.

　　　　[문채, 물건을 갔다 놓고 다시 급하게 침실에서 걸어 나온다.

증문채　강태씨는요?

진유모　아까 큰 응접실로 들어갔어요.

증문청　아마 원선생님과 한참 한담하고 있을 거야.

증문채　(이미 화로 옆으로 걸어가서) 오빠, 이 뜨거운 물 오빠가 쓸 거에요?

증문청 (고개를 흔들며, 권태롭다는 듯) 문채야, 너 몸조심해라. 너무 고생하지 말고.

증문채 (비애에 찬 미소로) 아니에요.

[문채, 뜨거운 물 주전자를 들고 침실로 간다. 문청이 또 하나의 의흥 진흙으로 만든 물단지를 화로 위에 올려놓고 천천히 불을 쑤신다.

증 정 (이미 책을 들고 일어서서) 아버지, 저 할아버지 방으로 가겠어요.

증문청 (고개를 숙이고 그의 도자기 단지를 놓으며) 가거라.

진유모 (앞으로 다가가서) 손자 도련님. (낮은 소리로) 할아버지가 아버지에 대해서 물으시거든 아버지 떠나지 않았다고 말 하지 말아요.

소주아 (한참 잘 앉아 있다가, 갑자기 고개를 돌려 영리하게) 일찍이 기차를 타고 떠났다고 그러라고.

진유모 (우스워서) 누가 그러라던?

소주아 (작은 눈을 끔벅이며) 할머니가 저한테 그랬잖아요.

진유모 얘가! (증정을 보고) 가세요, 손자도련님. 책을 다 외웠으면 방에 가서 자세요. 나리마님께서 더 공부하라고 하시면 진유모가 자라고 재촉한다 하세요!

증 정 예. (서재쪽으로 걸어간다.)

증문청 정아?

증 정 왜 그러세요? 아버지?

증문청 (관심을 보이며) 너 요 며칠동안 어찌된 일이냐?

증 정 (피하며) 아무 일 없어요, 아버지.

[증정이 서재의 작은 문으로 불만스럽게 나간다.

진유모   (증정이 걸어 나가는 것을 보고 찬탄하는 모습을 보인다. 저
       도 모르게 고개를 돌려 소주아를 가리키며) 너도 다른 사람
       좀 보고 배워라. 남은 너보다 두 살 더 많이 먹었는데 읽은
       책이 네가 먹은 밥알보다도 더 많단다. 넌, 한 끼에 네 그릇이
       나 되는 밥을 먹고, 배에 채운 건 -

소주아   (갑자기) 할머니, 들어보세요. 누가 절 불러요.

진유모   쓸데없는 소리! 넌 내가 귀가 먹어 뭘 못 듣는다고 생각하지
       마라.

소주아   정말이에요. 들어보세요. 이것은 원아가씨가 -

진유모   어디?

소주아   들어보세요.

진유모   (조용히 들으며) 원아가씨는 자기 아버지를 도와 그림을 그리
       고 있다.

소주아   (일부러 그의 할머니를 조롱하며) 정말이에요, 들어보세요.
       "소주아, 소주아야!" 이건 원아가씨 아녜요? 들어보세요. "소
       주아야, 너 비둘기 먹이 좀 먹여 줄래!" (갑자기 얼굴 가득
       장난기 섞인 웃음을 지으며) 정말이에요, 할머니. 걔가 나더러
       비둘기 먹이 좀 먹여 달래요! (곧 풀어놓은 "오리"처럼 큰 응
       접실로 향해 달려간다.)

진유모   (뒤에서 웃으며) 이 장난꾸러기 원숭이가 또 할머니를 속이려
       는구면.
       [소주아가 웃으며 달린다. 그가 큰 막처럼 생긴 그 칸막이 문
       앞까지 달려 왔을 때다. 열 한 시면 불을 끄는 증씨집의 습관
       에 따라 갑자기 온 집안이 캄캄해진다! 그 새하얗고 넓은 종
       이막 위에는 뒤로부터 갑자기 나타난 산더미 같은 한 유인원
       의 검은 그림자가 사람들 눈앞에 쪼그리고 앉아 있다. 실내의

사람들은 너무나 왜소하고 위축되어 보인다. 오직 그 미약한 작은 화로의 불만이 사람들의 얼굴을 비춰 줄 뿐이다.

소주아 (바라보고는 놀라 크게 외친다.) 할머니! (할머니 품속으로 달려든다.)

진유모 아이구야, 이, 이게 뭐지?

증문청 (의연하게 작은 화로 옆에 앉아서) 겁내지 말아요. 이건 "북경인"의 그림자예요.

[안에서 원임감의 묵직한 목소리: "이것은 인류의 선조이며, 이것은 또한 인류의 희망이죠. 그 때 사람들은 사랑하고 싶으면 사랑하였고, 증오하고 싶으면 증오하고, 울고 싶으면 울고, 소리치고 싶으면 소리치면서, 죽는 것도 겁내지 않았고 사는 것도 겁내지 않았지요. 그들은 일년 내내 자신의 성격에 따라 자유롭게 살았어요. 예절로 구속되는 것도 없었고, 문명으로 속박되는 것도 없었으며, 허위도 없고, 사기도 없고, 음험함도 없고, 해침도 없고, 모순도 없고, 고뇌도 없었습니다. 날고기를 먹고 신선한 피를 마시며, 햇빛에 그을리고 바람을 쐬고 비를 맞았습니다. 지금같이 사람이 사람을 잡아먹는 수많은 문명은 없었지만, 그러나 그들은 아주 쾌활하였던 것이지요!

[갑자기 칸막이 문이 하나 열리자, 큰 응접실로부터 한 줄기 석유등 불빛이 흘러 들어온다. 강태가 불붙인 하나의 작은 몽당 초를 들고 원임감과 함께 걸어 들어온다. 강태는 양복 조끼를 입었고, 원임감은 여전히 그 갈색 셔츠를 입고 소매를 걷어 올렸는데 입에는 꽁초를 물었다. 한 줄기 짙은 연기가 피어오른다.

강 태 (약간 얼근한 듯 하다. 방금 마지막 말에 대해 아주 동의를 하는 듯) 그렇지만 그들은 아주 쾌활했다구요.

증문청 (일어나 유모를 향해) 초에 불을 붙여요.

진유모 예. (걸어가 초에 불을 붙인다.)

[큰 응접실에 있는 원원: (동시에) 소주아야, 이리 와 봐.

소주아 그래. (기회다 싶어 큰 응접실로 달려 들어간다. 가면서 칸막
이 문을 닫자 그 거대한 흰 막 위에는 다시 그 작은 산더미
같은 "북경인"의 큰 그림자가 쪼그리고 앉아 있다.

강 태 (흥분하여 초를 내려놓으며, 금방 그 대목의 의미를 중얼중얼
해 보다가 저도 모르게 연속으로) 그러나 그들은 아주 쾌활했
다. 그래요, 그래. 원선생님의 말이 정말 맞아요. 정말 맞다고.
우리가 어떤 생활을 하고 있는지 한 번 보세요. 하루종일 의
기소침해 있거나 아니면 온종일 쓸데없는 불평만 늘어놓지요.
온종일 죽음을 근심하고, 삶을 근심하고, 자기 사업에 발전이
없음을 근심하고, 정신적으로 돌파구가 없음을 근심하고, 살았
을 때 먹을 밥이 없을까 근심하고, 죽었을 때 들어갈 관이 없을
까 근심하지요. 온종일 희망하고 희망을 하지만, 그러나 영원히
희망이 없거든요. 예를 들면 (문청을 가리키며) 저 사람은-

증문청 더 이상 푸념하지 말라구. 원선생님이 웃겠어.

강 태 (긍정적으로) 아니, 아니, 원선생님은 인류를 연구하는 학자니
까 우리 인간들의 약점을 웃지 않을 거예요. 앉으세요, 앉아요,
원선생님! 앉아요, 앉아. 앉아서 이야기합시다. (그와 원임감
이 화로를 에워싸고 앉는다. 홍목 탁자 위에서 담배 하나를
꺼내들며 갑자기) 어, 금방 제가 어디까지 이야기를 했죠?

원임감 (미소를 지으며) 여기까지 말했죠. (손가락질을 하며) "예를
들어 저 사람은"-

강 태 아, 저 사람을 예로 들자면, 에, (문청을 향해 고민하듯) 전
사실 푸념하는 것이 싫거든요. 그런데 날더러 말도 몇 마디

못하게 하면 난, 난 또 뭐가 있겠어요? 제가 살아 있지만 아직 뭐가 있나요? (원임감을 향해) 그래요. 예를 들자면, 저의 이 형님은 호인이거든요. 백이십 점짜리 호인이기는 하지만 심적으로 형님에게는 고민이 있다는 것을 제가 알지요.

증문청 자네 쓸데없는 소리 그만해.

강 태 (교활하게 웃으며) 음, 절 못 속여요. 전 바보가 아니거든요. (문청을 가리키며 원임감에게 통쾌하게) 형님의 심적 고민이란. 만족스러운 가정이 하나 있었으면 하는 하나의 희망과. 진정으로 자기를 이해해 줄 수 있는 여인이 일생을 함께 보내줬으면 하는 하나의 희망이지요. (흥분하여) 이 희망은 물론 자연스러운 것이고 옳으며 합리적이고 동정할 가치가 있는 것이지요. 그래서 이 십여 년 전에 형님은 자기를 이해해 줄 수 있는 한 여인을 발견했다 이겁니다. 그러나 형님은 담이 작아서 그녀를 감히 찾지도 못하였고, 그녀를 찾았지만 그녀를 감히 원하지도 못했던 거죠. 형님은 이 여인을 어린아이에서 소녀로. 소녀에서 늙은 여자로, 마치 한 송이 꽃처럼 그녀를 말라죽게 하였고, 답답해 죽게 하였다 이겁니다. 형님은 잔혹하게 자신을 고통스럽게 하고 다른 사람을 고통스럽게 하면서 오늘날에 이르렀는데. 지금도 이 여인은―

증문청 (더 이상 못 참겠다는 듯) 자네 정말 많이 마셨군.

강 태 (웃으며 손을 흔든다.) 안심하세요. 많이 마시지 않았으니까요. 전 여기까지만 하고 절대 더 이상 말하지 않을게요. (원임감을 향해) 생각을 한 번 해 보세요. 이런 사람이 온종일 이런 가정에서 썩어 버렸으니, 마치 오랜 무덤 속의 관처럼 천천히 무너지고 천천히 썩어 갔으며, 온종일 할 수 있는 것이라고는 한숨 쉬고, 꿈꾸고, 인내하고, 고민하고, 게으름피우고, 게을러서 움직이지도 않고, 사랑하고 싶어도 사랑하지도 못하고, 미워하고 싶어도 미워하지도 못하고, 울고 싶어도 울지도 못하고, 소리치고 싶어도 소리치지도 못하구요. 이것이 타락, 인류의 타락 아닙니까? 그럼, (자신을 가리키며) 저를 예로 들자면, ─(확 하고 불을 붙여 담배를 피우며) 이 십여 년 동안 책을 읽었는데─

원임감 (꽁초를 물고 미소를 지으며) 전 당신이 "저를 예로 들자면" 하고 이야기를 할 줄로 추측을 했어요.

강 태 (거침없이) 물론 전 다른 사람만 비평하고 저 자신에 대해서 말을 안 하는 것은 결코 아니에요. 저를 예로 들자면 저는, 저는 돈을 좋아해서 돈을 생각하면서 줄곧 큰돈을 벌어보고자 생각을 하지요. 저는 제 돈을 친구들에게 그저 주고 가난한 사람들에게 쓰라고 뿌리고 싶거든요. 저는 두보 시에서 말한 것처럼 수없이 많은 고층건물을 짓고, 천하의 가난한 친구들을 불러 공짜로 먹고, 공짜로 마시고, 공짜로 살고, 과학을 연구하고, 미술을 연구하고, 문학을 연구하고, 그들 각 개인이 좋아하는 것을 연구하게 하여 중국을 위하고 인류를 위하여 행복을 도모하고 싶거든요. 그러나 원선생님, 저는 운이 좋지를 않아 곳곳에서 손해를 보고 곤란을 당하고, 사업이 저의 손에 오기만 하면 곧 바로 영문도 없이 엉망이 되고 만다 이겁니다. 저희들은 온종일 하늘에서 계획을 하고 온종일 지하에서 타협을 합니다. 저희는 그저 탄식하고, 꿈꾸고, 고민하는 수밖에 없지요. 살아 있으면 그저 쓸모 있는 사람들의 쌀만 축내는 것이 되니, 우리는 살아 있는 죽은 사람이며, 죽어 있는 산 사람이며, 산사람이 죽게 되는 것이지요! 한마디로, 당신이 말한, (자신의 머리를 가리키며) 우리 같은 이런 사람들은 진짜 ("북경인"의 거대한 그림자를 가리키며) 저 사람의 불초한 자손들이지요!

원임감 (계속 아주 유머스럽게 고개를 끄덕이고 있다가 이 때 찻잔을 들고 미소를 지으며) 차 드세요!

강 태 (찻잔을 받으며) 그래요. 차 마시는 걸 예로 들자면 우리 이 형님이 차 마시는데 가장 신경을 많이 쓰지요. 형님이 차를 마실라치면 손을 씻고, 입을 헹구고, 향을 피우고, 조용히 앉아야 하지요. 형님의 혀는 이 찻잎의 성질, 연령, 출신, 만든 방법 등을 알아낼 수 있을 뿐만 아니라, 이 한 잔의 차에 사용한 물이 산 속의 물인지, 강물인지, 우물물인지, 눈(雪)물인지, 아니면 수돗물인지를 구별해 낼 수 있으며, 끓일 때의 불은 목탄불이었는지, 석탄불이었는지, 혹은 장작불이었는지를 알아낼 수 있다 이겁니다. 차는 우리에게 있어서 그저 목을 축여서 체액 분비나 촉진시키고 소변을 보는데 도움이나 주는 것에 불과하지만, 형님 입에 갔다 하면 일만 팔천 가지의 우아하거나 속된 이유가 있게 된다 이겁니다. 그러나 이 무슨 소용이 있나요? 형님은 차를 심을 리도 없고, 차 공장을 차릴 리도 없으며, 수출을 해서 장사를 할 리도 없는데, 그저 늘 "차 드세요"! 라는 소리밖에 할 수 없는데, 차를 마시는 것이 아무리 능숙하고, 마무리 잘한다고 해도 역시 차 마시는 것이 아니면 무슨 소용이 있겠나요? 한 번 물어봅시다. 무슨 소용이 있습니까?

[문채가 침실에서 나온다.

증문채 강태씨!

강 태 곧 갈게.

진유모 (걸어가서 그를 밀며) 빨리 가세요. 고모부.

강 태 (일어서서 여전히 아쉬워하며 걸어간다.) 예를 들어 저는-

진유모 계속 "예를 들어 저는" "예를 들어 저는" 하면서 끝이 없이 그러지 마세요. 원선생님께서 이젠 너무 잔소리한다고 싫어하겠어요.

강 태   어, 원 박사님. 제가 몇 마디 더 발언을 한다고 싫어하지 않으시겠죠.

원임감   (미소를 지으며) 아, 그럼 당연히 안 하지요. 어서 "발언해 보시지요"!

강 태   그래서 예를 들면 – (문채가 다시 걸어 와서 그를 방으로 돌아가도록 잡아당기자, 그는 문채를 향해 거의 애걸하듯) 문채, 당신 나 말 좀 하게 해 줘, 내가 말 좀 하게! (원임감을 향해) 예를 들어, 저는 먹는 것을 좋아해서, 전 먹는데 조예가 있어요. 전 당신을 모시고 각종 음식을 최고로 잘하는 곳에 가서 음식을 먹을 수가 있다 이겁니다. (상당히 자부하며, 한 줄의 구슬을 꿴 것처럼 말을 해 간다.) 정양루의 얇게 으깬 양고기, 편의방의 구운 오리, 동화거의 군만두, 동흥루의 거북이알, 치미재의 썰어서 볶은 오리. 조그마한 곳으로는 상조온의 썬 고기 국수, 목가채의 덩어리 볶음, 금가루의 위(胃)탕, 도일처의 삼각볶음. 그리고 –

증문채   갑시다!

강 태   그리고 월성재의 간장에 절인 양고기, 육필거의 장에 절인 야채, 왕치화의 썩은 두부, 신원재의 오매탕, 이묘탕의 종합잼, 은덕원의 소가 든 찐빵, 사과거의 하얀 고기, 행화촌의 꽃조각 요리. 이런 곳의 식당주인, 요리사, 종업원, 돈 받는 사람 등 모르는 사람이 하나도 없지만, 그러나 무슨 소용이 있겠어요? 전 요리를 만들 줄도 모르고, 식당을 차릴 줄도 모르고, 다른 외국에다 하나의 큰 이홍장 요리집을 차려서 외국인의 돈을 벌 줄도 모른다 이겁니다. 저는 먹을 줄, 먹을 줄밖에 모른다 이겁니다. (저도 모르게 자신의 아픈 상처를 건드렸다 싶어 가슴을 두드리며) 저는 무엇이든 했다 하면 곧 실패를 한다구요. 관리직을 맡으면 공금을 잃고, 장사를 하면 손해를 보고, 공부를 하는 것은 저에게 아무런 소용도 없구 말에요. (고통스럽게) 전 온종일 장인집에서 빈둥거리며 말하기나 좋아하고, 잔소리하기나 좋아하고, 비판하기나 좋아하고, 또 사람을 욕하기나 좋아하고 말에요. 정말이지 자신을 억제하지 못하고 남들이 듣기 싫어하는 말만 해댄다 이겁니다.

증문채 (말참견을 하며) 강태씨!

강 태 (약간 흐느끼며) 온종일 내가 쾌활하지 못하고 쓸모 없는 모습을 다른 사람들에게 보여주니까 다들 돌아서서 내가 폐물이라고 욕을 하는데, 아, 문채, 난 정말 당신의 큰 골칫덩이라는 생각에, 속으로 당신한테 미안한 마음이 들어! (갑자기 감정을 억제 못해 울기 시작한다.)

증문채 (연달아 부르며) 강태씨, 강태씨, 괴로워하지 말아요. 제가 나빴어요. 제가 당신한테 걱정을 시켰어요.

진유모 들어가세요. 또 많이 마셨어요.

강 태 (고개를 흔들며) 아니에요, 아니에요. 전 마음이 괴로워요, 전 마음이 괴롭다구요. 아―
        [진유모와 문채가 강태를 부축하여 침실로 들어간다.

증문청 (한숨을 쉬며) 차 한잔 드세요.

원임감 전 이미 찬물을 여러 그릇 마셨어요. 전 오늘 점심을 많이 먹었어요. 큰 선생님. 제가 부탁할 일이 하나 있는데―

증문청 예―

원임감 제가―
        [소방이 한 손에는 침대용 모포를 들고, 한 손에는 초를 들고

서재의 작은 문으로 들어온다.

원임감 소아가씨.

소 방 (고개를 끄덕인다.)

증문청 아버지 잠 드셨어?

소 방 (고개를 흔든다.)

증문청 원선생님 선생님의 일이란?

[강태가 다시 침실에서 걸어 나오는데, 손에는 반병의 브랜디를 들고 있다.

강 태 (웃으며) 원선생님, 들어와 한 잔 마시지 않겠어요?

원임감 아니에요. (거대한 그림자를 가리키며) 저 사람이 아직 절 기다리고 있어요!

강 태 (병을 들며) 좋은 브랜디에요. 문청씨, 당신은요?

증문청 (말없이 소방을 바라본다.)

강 태 (영문을 모르겠다는 듯) 아, 어찌, 여러분 세 사람은 —

[진유모가 안에서 부르는 소리: 고모부!

강 태 (고개를 흔들며 탄식한다.) 아, 나를 상대해 주는 사람이 없군. 나를 상대해 주는 사람이 없어. (침실로 들어간다.)

증문청 원선생님, 금방 —

[원원의 방안에서의 목소리: 아버지, 아버지! 빨리 와 보세요. 북경인의 그림자를 다 오렸어요.

원임감 (소방과 문청을 바라보다가) 다음에 얘기하죠. (유머스럽고 또 분별력 있게) 아무 일도 아니에요. 저의 작은 원숭이가 저를 부르는군요.

[원임감이 그 거대한 막처럼 생긴 문을 열고 걸어 들어가자, 한 가닥 빛이 새어 나오다가 다시 닫힌다. 흰 종이막 위에는 여전히 그 비할 데 없이 큰 "북경인"의 그림자가 비춰 있다.

[적막하다. 먼 곳에서 막대기로 시간 알리는 징 치는 소리가 들린다.

증문청 (기대하듯) 유모가 종이 쪽지 너에게 전해주던?

소　방 (묵묵히 고개를 끄덕인다.)

증문청 (낮은 소리로) 내, 내가 널 한번 더 보고 싶었거든. 나 잘 갈게.

소　방 (무의식중에 문청의 침실 문을 바라본다.)

증문청 (문을 가리키며) 집사람은 문 닫고 자고 있어. (고개를 숙인다.)

소　방 (앉는다.)

증문청 (갑자기) 소방아.

소　방 (다시 일어선다.)

증문청 왜 그래?

소　방 이모부가 저더러 의학책을 가져오라고 해서요.

[진유모가 문채의 침실에서 걸어 나온다.

진유모 소아가씨, 왔군요. (곧 서재의 작은 문쪽으로 걸어간다.)

증문청 유모 어디 가요?

진유모 (숨기며) 가서 손자 도련님 책 다 외웠는지 보려구요.

[진유모가 서재의 작은 문으로 나가자, 먼 곳에서 또 두 번 처량하게 시간 알리는 징소리가 들린다.

증문청 소방아. 내일은 꼭 떠나야겠어. 이 집에는 (멈추었다가) 다시 돌아오고 싶지 않아.

소　방 (긍정적으로) 돌아오지 않는 것이 옳아요.

증문청 그래. 난 절대로 돌아오지 않을 거야. 오늘 내가 밤새 생각을 해 봤는데, 내가 정말 널 십 몇 년을 기다리게 했다는 생각이 들었어. 남을 해쳤을 뿐만 아니라, 나 자신도 해쳤어. 이건 다 내가 계속 생각만 했기 때문이야. 항상 언젠가는 우리가 - (소방이 눈썹을 찡그리며 가볍게 앞이마를 문지르는 것을 보고)

소방아, 너 왜 그래?

소　방　(피곤한 듯) 저 너무 피곤해요.

증문청　(가엾게 여기며) 가련하구나, 소방아. 나는 어떻게 방법을 생
　　　　각해 내지를 못 하겠어. 네가 앞으로 어떻게 살아가게 될 것
　　　　인지 더 이상 생각을 못 하겠다구. 넌 한 마리의 비둘기같이 고
　　　　독하게 새장에 갇혀서 기다리고 기다리기만 하다가 어느날-

소　방　(고개를 흔들며) 아니, 말하지 말아요.

증문청　(가슴아파 하며) 왜, 왜 우리는 동쪽에 하나, 서쪽에 하나로
　　　　있으면서 고생스럽게 이렇게 살아야 하지? 왜 우리는 두 개의
　　　　날개를 달고 함께 날아갈 수가 없는 거지? (고개를 흔들며)
　　　　아, 난 정말 불만스러워.

소　방　(애통해 하며 천천히) 이래도 아직 부족하면, 어떻게 해야 만
　　　　족스럽죠!

증문청　(우울해 하며) 소방아, 너 나와 같이 남방으로 가자! (곧 눈
　　　　썹에 약간 주저하는 기색을 가지고) 가자!

소　방　(고개를 흔들며, 비통해 하며) 아직도 이런 일을 끄집어내세요?

증문청　(후회와 고통으로 고개를 숙이고 천천히) 안 그러면, 오늘 아
　　　　침 그 일에 대해 대답을 해.

소　방　(멍해지며) 왜-왜요?

증문청　(소방을 바라보며 입가에 고통스러움이 맴돈다.) 이번에 내가
　　　　나가면 난 평생 돌아오지 않을 거야. 소방아, 난 너에게 이 일
　　　　을 부탁하고 싶은데, 나에게 대답해 줘. 제발 더 이상 이 집에
　　　　서 살지 마. (간절히) 생각해 봐. 이 집에 쥐 말고, 사람을 잡
　　　　아먹는 쥐 말고, 우리의 글씨와 그림을 갉아먹는 쥐 말고 또
　　　　무엇이 있냐구? (소방의 눈은 비애에 젖어, 그를 응시한다.)
　　　　너 마음속에는 무슨 계획이 있니? 무엇을 기다려? 가만히 있

　　　　　지 말고 나에게 말 좀 해 봐. (갑자기 용기를 내어, 무턱대고) 소방아, 너, 너, 그래도 시집을 가, 시집을 가라구. 너도 빨리 이 감옥을 떠나라구. 내가 보기에 원선생님은 믿을만 해, 너 –

소　방　(천천히 일어선다.)

증문청　(역시 일어서며 애걸한다.) 넌 디체 어떻게 할 생각인지, 말을 해 봐.

소　방　(서재 작은 문을 향해 걸어간다.)

증문청　(침통하게) 너 반드시 말을 하고 가야 돼. "기면 기다", "아니면 아니다"라고. 너 나한테 한 마디 해야지.

소　방　(몸을 돌려) 문청씨! (손으로 한 통의 편지를 그한테 건네주고는 천천히 걸어서 떠나간다. 믄청은 멍하니 손으로 편지를 받는다.)

　　　　　〔진유모가 서재 작은 문으로 급히 들어온다.

진유모　(급히) 나리마님 오셨어요. 바로 뒤에 계세요. (문청을 가리키며) 들어가세요, 들어가. 시끄럽지 않게. 들어가세요 ……

증문청　유모, 저 –

　　　　　〔진유모가 중얼중얼 하며 문청을 그의 침실로 밀어 넣는다. 소방 멍청히 그 곳에 서 있다.

　　　　　〔증호가 서재 작은 문으로 들어온다. 그는 솜으로 만든 긴 두루마기를 입고 허리에는 털목도리를 둘렀다. 잠잘 때 신는 신발을 끌며, 지팡이를 짚고, 작은 기름등잔 하나를 들고 들어온다.

증　호　(소방을 보고는 조급하게) 난 널 한참 기다렸다. – (진유모를 향해) 금방 누가 들어간 게야?

진유모　큰마님요.

증　호　(그 적토 화로를 바라보며) 아니, 누가 또 여기서 차를 끓였지?

진유모　고모부가 금방 원선생님과 벗삼아 여기서 차를 마셨어요.

증　호 (깔보듯 웃으며) 흥. 그 두 사람이 무슨 차맛을 안다고! (갑
　　　 자기 문 위의 거대한 그림자를 발견하고) 저건 뭐냐?

진유모 원선생님이 그 "북경인"을 그리고 있어요.

증　호 (경멸하듯) 무슨 "북경인". 그저 귀신 놀이지.

진유모 나리마님. 방에 가셔서 주무세요.

증　호 아냐. 난 여기서 좀 보고 있을 테니까. 가서 자라구.

소　방 유모. 내가 유모 이불을 다 펴놨어요.

진유모 음. 음. (감동되어) 아이구. 소아가씬. 참－(기뻐하며) 그래요.
　　　 가 볼게요.
　　　 [진유모가 서재 작은 문으로 나간다. 증호는 매일 밤 하는 것
　　　 처럼 순시를 시작한다.

소　방 (증호의 뒤를 따르며) 이모부. 늦었어요. 주무시러 가세요. 아
　　　 직도 뭘 보시게요?

증　호 (구석을 살피면서 말한다.) 선조들이 고생 고생해서 물려 준
　　　 집이야. 저녁으로는 불을 제일 조심. 조심해야 한다구. (갑자
　　　 기) 너 봐라. 저기 땅에 연기가 나는데. 붉은 것이 뭐지?

소　방 담배꽁초에요.

증　호 (놀라며) 너 봐라. 얼마나 위험한지! 이것은 분명히 또 강태
　　　 가 한 짓이지. 늘 이렇게 담배꽁초를 꺼버리지 않으니 원.

소　방 (담배꽁초를 집어 화로에 던져 넣는다.)

증　호 이렇게 많이 남았는데 피우지 않다니. 정말 낭비라구. (사방으
　　　 로 냄새를 맡아보며) 소방아. 무슨 향기로운 냄새가 나는 것
　　　 같은데 네가 한 번 맡아 봐라.

소　방 안 나는데요.

증　호 (냄새를 맡아보며) 정말 이상한데. 마치 아. 아편 담배 냄새
　　　 같은 게 나는데.

소　방　이모부께서 오늘 담배를 너무 많이 피워서 그런가 봐요.

증　호　아, 늙어서 코도 냄새를 잘 맡을 수가 없어. (갑자기) 도대체 문청은 떠났니?

소　방　떠났어요.

증　호　너 날 속이지 말아라.

소　방　정말 떠났어요.

증　호　그래, 떠났으면 됐다. 이 큰아들이 정말 내 성미를 나쁘게 만들어 놨어. 담배를 몇 번이나 끊더니, 이제야 어렵게 담배를 끊고 집을 떠났군―

소　방　늦었어요. 주무시러 가세요.

증　호　(소파에 앉아서 원망을 하소연한다.) 걔들이 온종일 나를 속여. 나이가 많으면 정말 사는 것이 재미없어. 아들 손자는 불효하고, 나를 생각해 주는 놈은 하나도 없고. (처참하게) 집에서는 한 사람도 나를 생각해 주거나 나를 가련하게 여겨 주거나 나를 아까워해 주질 않아. 나는 우마처럼 몇 십 년을 살아왔는데, 지금은 모든 사람들이 다 내가 일찍 죽기를 바라고 있지.

소　방　이모부, 그렇게 생각하지 마세요.

증　호　난 안다, 난 안다구. (원한에 차서) 큰며느리가 제일 몹쓸 물건이지. 그 애는 내 돈을 뜯어내는 방법을 알고 있거든. 오늘 점심 때 걔가 일부러 한 패거리 건달들을 불러와 나를 난감하게 했다는 것을 내가 잘 알지. (이를 갈며) 너도 잘 알잖냐. 걔는 그 관까지도 집안에 두는 것을 싫어한다는 거 말이다. 아버지의 관인데! 이런 불효한 년 같으니라구, 양심이라고는 눈곱만큼도 없는 년 같으니라구! 걔는 그러고도 선비집 규수라고, 그리고―

［밖에는 비바람이 몰아치며 나뭇잎이 우수수 소리를 낸다.

증　호　자기가 그래도 사람의 부모가 될 거라고, 걔가-

소　방　(서재의 작은 창문으로 귀를 기울여 보다가) 비가 내려요. 이
　　　　모부 주무세요. 그만 하시구요.

증　호　(고개를 흔들며) 아냐, 난 잠이 안 와. 늙으니까, 아들 손자놈
　　　　들도 다 불효자들이라 나 혼자만 가련하지. 야밤엔 시중드는
　　　　사람 하나 없구 말이다. (고통스럽게 다리를 만진다.) 아!

소　방　왜 그러세요?

증　호　(약간 신음 소리를 내며) 아프구나, 다리가 아주 아파!
　　　　[밖에선 시간 알리는 징을 치는 소리가 들린다.

소　방　(앉은뱅이 걸상 하나를 가져와서 그의 다리를 잘 펴도록 해놓
　　　　고 담요를 덮는다. 그리고는 또 하나의 낮은 걸상을 가져와
　　　　옆에 앉아 가볍게 그의 다리를 두드려 준다.) 좀 괜찮으세요?

증　호　(신음소리를 내며) 좋다. 좋아. 다리가 추워 얼음장 같구나.
　　　　소방아, 내 더운 물 주머니에 물 채워뒀니?

소　방　채웠어요.

증　호　네 이모가 생전에 참 잘했어. 저녁에 좀 춥기만 하면 곧 화로
　　　　를 피워서 황주를 데워놓고 늘 일찌감치 내 이불을 따뜻하게
　　　　해 놓고-(갑자기 기억이 나는 듯) 내 더운물 주머니는 어디
　　　　다 뒀느냐?

소　방　(다리를 두드리며) 벌써 이모부 이불 속에 넣어 뒀어요. (하
　　　　품을 한다.)

증　호　(안도하며) 음. 노인의 마음이란 별 거 아니란다. 첫째는 따뜻
　　　　하고 배부른 것이고, 그 다음은 마음이 편한 게야. 너 봐라.
　　　　(또 자기도 몰래 잔소리를 한다.) 걔들 중 그 누구 하나 내
　　　　마음을 편하게 해주려고 생각하는지? 괴팍하지 않은 놈이 어
　　　　디 하나라도 있더냐? 그 어떤 놈이 내 말에 순종을 하려고,

이 노인을 위해 생각을 하려고 하느냔 말이다. (소방이 고개를 푹 숙이고 있는 것을 보고) 소방아, 너 자고 싶냐?

소　방　(약간 졸다가 놀라 깨어나며) 아-니에요.

증　호　(동정하듯) 너 정말 피곤할 게야. 어제 밤새 자지도 못하고, 오늘 낮에는 또 온종일 내 시중까지 들었으니 당연히 지금 피곤하겠지. 너 가서 자거라. (말속에 원망을 섞어) 지금 너 귀엔 아무 것도 안 들리는 줄 내가 잘 안다.

소　방　(눈을 비비며, 약하게 하품을 한 번 하고) 아니에요, 이모부. 저 자지 않을래요. 전 지금 듣고 있어요.

증　호　(또 참을 수 없다는 듯 원망을 한다.) 너를 나무라는 게 아니야. 걔들은 다 자고 있어. 늘그막에 운이 좋지 않으니까 나의 친 혈육마저도 나를 모시려 하지도 않고 내가 귀찮게 하는 것을 싫어하는구나.

소　방　(고개를 숙이고) 아니에요, 이모부. 전 그렇게 생각하지 않아요. 전 –

증　호　(잔소리를 한다.) 소방아, 너도 날 속이지 마라. 걔들이 네 앞에서는 그런 말을 안 한다는 것도 알고, 또 네가 일찍부터 견디기 힘들어한다는 것도 내가 알고 있다. (신음을 하며) 아야. 머리가 아주 어지럽구나.

소　방　저, 저 앞에서 뭐라고 말하는 사람 없어요. 전, 금방 좀 피곤했을 뿐이에요.

증　호　(조잘댄다.) 너같이 젊은 나이에, 나처럼 이렇게 나이든 사람 시중을 드느라고 네 마음에 억울함이 있다는 것을 내가 잘 안다. (긴 한숨을 쉬며) 음, 나를 믿고 따른다고 무슨 좋은 점이 있겠니? 돈 한 푼도 없고, 눈앞에는 즐겁다고 할 만한 것도 없고, 앞으로 또 무슨 희망이 있다고 말할 수도 없고. (비통해 하며) 나의 전도는 곧. 관. 관이지. 난-(자신의 다리를 두드리며) 아!

소　방　(좀 세게 두드리며. 다시 변명을 한다.) 정말이에요. 이모부. 전 금방 좀 피곤했어요.

증　호　(눈물이 고이며 소방을 보고) 너 날 못 속여. 소방아. (책망 반, 하소연 반) 난 네가 마음속으로 날 원망하고 있다는 걸 안다. 넌 애가 아냐 ……

소　방　이모부. 전 이모부 시중을 들고 싶어요.

증　호　(손을 흔들며) 소방아. 그만 두드려라.

소　방　피곤하지 않아요.

증　호　(그녀의 손을 누르며) 아냐. 그만 둬라. 내가 너에게 몇 마디 하자꾸나. (잔소리) 난 너를 평생 고생시키고 싶지 않단다. 난 너를 위해 생각 중이란다. 네가 정말 믿을만한 사람에게 시집을 가버리면 나를 더 이상 돌봐 줄 사람이 없기는 하지만. (소방은 자기도 모르게 손을 빼낸다.) 나도 안심이 되고. 너에게 덜 미안하고. 네 에미에게도 덜 미안하게 되지. 그래서 내가-

소　방　아니에요. 이모부 (천천히 일어선다.)

증　호　그러나-(갑자기 음침해지며) 네 나아가 젊기는 하지만 그렇게 아주-

소　방　(고개를 숙이고 마음 아파하며) 이모부. 더 말씀하지 마세요. 전 이모부를 떠날 생각 없어요.

증　호　(마음을 모질게 먹고) 내가 말 좀 하자. 너 나이가 적지도 않은데. 한 노처녀가 시집을 간다면 아무리 잘 가도 후처로나 갈 수밖에 없겠지. 그런데 후처가 되어서 전처의 자녀들이 좋으면 그만이겠지만 만일에 못된 놈들을 만나게 되고. 너 손에는 돈도 없고. 그런 날에는-

소　방　(정말 계속 듣기 싫어서) 이모부. 전. 전 정말 생각해본 적 없

어요. -

증　호　(쓴웃음을 지으며) 하지만, 후처라도 평생 집에 있는 것보다
　　　　야 낫지. 내가 알아.

소　방　(애통해 하며) 전, 전 -

증　호　(지겹게) 내가 안다. 여자 나이가 자꾸 많아져서 이제는 많지
　　　　도 적지도 않은 서른 살이 되었어. (한 마디 한 마디 말을 더
　　　　욱 사납게 한다.) 부모도 없는데다가 또 책임져 줄 사람도 없
　　　　고. 고독하기만 한데 허물없이 지내는 친한 사람도 하나 없고.
　　　　이러다 정말 어느날 늙어서 돌봐 줄 사람도 없고 애도 없고
　　　　친척도 없으면, 나. 나같이 늙어 -

소　방　(비애와 두려움의 눈빛으로 계속 낮은 소리로) 아니, 아니에
　　　　요. (갑자기 큰 소리로 울며) 이모부. 왜 이런 말씀을 하세요.
　　　　전 이모부집을 떠날 생각을 해돈 적 없어요.

증　호　(고통스럽게) 난 너를 생각해서지, 널 생각해서!

소　방　(흐느끼며) 이모부, 절 위해 생각하지 마세요. 전 평생 시집가
　　　　지 않겠다고 말씀드렸잖아요!

증　호　(긴 한숨을 쉬며) 소방아, 너 울지마라. 이모부도 오래 살지는
　　　　못할 게야.
　　　　[긴 골목에서 점쟁이 맹인이 적막하게 징을 치며 지나간다.

증　호　이게 뭐지?

소　방　점쟁이 맹인이 집으로 돌아가는 거에요. (묵묵히 눈물을 닦는다.)

증　호　울지마라. 나도 몇 년 더 살지 믓 해. 내가 널 더 귀찮게 한다
　　　　고 해도 몇 년 못 갈 게야. 사의나 강태 걔들은 마음속으로
　　　　날 죽기를 바라고 있고, 내가 죽으면 돈을 나누어 가지려 한
　　　　다는 것을 내가 다 알고 있지. 스방아, 오직 너 하나 진실하고
　　　　좋은 애지!

소　방　그, 그럴 리 없어요. (낮게 울며) 왜 이모부는 늘 이렇게 생
　　　　각하세요. 전 오늘 이모부께 잘못한 것도 없는데!

증　호　(소방의 손을 쓰다듬으며) 아냐. 넌 좋아. 넌 좋은 애야. 그러
　　　　나 걔들은 모두 이모부가 부자라고 생각해. (소방이 다시 천
　　　　천히 손을 뺀다.) 걔들은 내 얼굴에 붙은 것은 모두 돈이고,
　　　　내 뱃속에 감추어진 것은 부모의 심장이 아니라 서양돈과 보
　　　　물로 가득차 있는 걸로 보고 있다고. (기침을 하며) 그들은
　　　　다 내가 죽기를 기다리고 있어. 아이구, 나이든 사람은 참으로
　　　　사는 게 재미가 없어! (자기 머리를 문지르며) 머리가 너무
　　　　아프구나. (일어서려고 한다.)

소　방　(그를 부축하며) 가서 주무세요.

증　호　(앉아 호주머니에서 뭔가를 이리저리 만지면서 찾는다.) 하지
　　　　만 난 벌써 돈을 다 써버렸어. 내 돈은 일찍이 네 이모 장사
　　　　지내고, 무덤 고치고, 집수리하고, 매년 내 관에 칠하느라고 다
　　　　써버렸어. (호주머니에서 붉은 저금통장을 꺼내며) 이게 사의
　　　　가 날마다 훔쳐보려고 하는 저금통장이다. (그의 눈앞에 대 주
　　　　며) 봐라, 아직 뭐가 남았나? 소방아, 불쌍하게도 내가 죽은 후
　　　　에 너에게까지도 돈을 얼마 못 남겨 주겠어. (일어선다.) -

소　방　(애통하게) 이모부, 전 아직껏 이모부의 돈을 가질 생각 해
　　　　본 적이 없어요.
　　　　[서정이 서재 작은 문으로 들어온다.

증서정　할아버지, 약 다 달였어요. 할아버지 방에 있어요.

증　호　오냐.
　　　　[시간 알리는 소리와 으슥한 골목에서 개 짖는 소리 들린다.

증　호　가자. (서정과 소방이 그를 부축하여 서재 작은 문으로 나간다.)
　　　　[증정이 한 권의 선장본을 들고 서재 작은 문으로 들어온다.

증　정　할아버지, 다 베껴 썼어요. 더 하실 말씀 있으세요?

증　호　(고개를 흔들며) 늦었다. (고개를 돌려 서정을 향해) 서정도
　　　　오지 말고, 너희 둘 다 방으로 가서 자거라.
　　　　[소방이 증호를 부축하여 서재 작은 문으로 나가자 서정은 멍
　　　　청히 그 화롯불을 바라본다. 증정이 그 거대한 그림자 아래로
　　　　다가가서 바라보다가 다시 되돌아온다.

증　정　(할 말을 찾아) 어머닌 안 주무셔?

증서정　아마 주무실 거에요.

증　정　(망설이며) 당신은 어찌 아직도 자지 않고?

증서정　전 금방 할아버지 약 달였어요. (갑자기 구역질을 하며 자기
　　　　도 모르게 앉는다.)

증　정　(약간 조급해 하며) 당신 여기 앉아서 뭘 하려고 그래?

증서정　(손으로 가슴을 문지르며) 아무 것도 아니에요. (실망스럽다
　　　　는 듯) 제가 갈까요?

증　정　(참으며) 아니, 아냐.
　　　　[주룩주룩 내리는 빗소리와 처량하게 "딱딱한 만두" 파는 소
　　　　리 들린다.

증　정　(창 밖을 내다보며) 비가 많이 내리는군.

증서정　그래요. 큰 비군요.
　　　　[으슥한 골목에서 처량 적막하고 묵직한 소리로 "딱딱한 만두
　　　　요!" 하고 외치는 소리 들린다.

증　정　(적막하게) 딱딱한 만두를 파는 노인이 또 왔나 보군.

증서정　(고개를 들며) 배고프세요?

증　정　아냐.

증서정　(일어서며) 당, 당신 자러 안 갈래요?

증　정　난, 난 안 갈래. 당신 피곤하면 가서 자.

증서정 (고개를 숙이며) 그래요. (천천히 서재 작은 문을 향해 걸어
간다.)

증 정 당신 왜 우, 우는 거야?

증서정 아니에요.

증 정 (갑자기 동정하는 태도로 띄엄띄엄) 당신 돈 필요하면 – 어머
니가 오늘 나한테 이십 원을 줬는데 – 방안 베개 밑에 있으니
까 – 당신 가져가 써.

증서정 (절망에 찬 탄식의 어조로) 예.

증 정 (불쌍하다는 표정에 약간 억지로 하는 듯) 당, 당신 혼자 돌
아가기 싫으면, 당신 여기 좀 앉아 있어.

증서정 아니에요, 돌아갈래요. (증정이 재채기를 반쯤 하다가 다시 참
자 서정이 고개를 돌려) 당신 옷을 적게 입었나 봐요?

증 정 안 추워. (서정이 또 서재 작은 문으로 걸어간다. 증정이 갑자
기 기억났다는 듯) 음, 어머니가 금방 그러시던데 –

증서정 어머니가 뭐라고 하셨는데요?

증 정 어머니가 당신더러 다리 좀 두드려 달라고.

증서정 예. (몸을 돌려 문청의 침실로 걸어간다.)

증 정 (갑자기 그녀를 막으며) 아냐, 당신 가지마.

증서정 (맥없이) 왜 그래요?

증 정 (동감을 얻고자 하며) 당신 이 집을 증, 증오하지?

증서정 제가요?

증 정 (다그쳐 묻는다.) 그래 당신?

증서정 (우울하게 고개를 숙인다.)

증 정 (실망하여 낮은 소리로) 당신 가 봐.
       [서정이 절반쯤 걸어가다가 갑자기 고개를 돌린다.

증서정　（희망 반 근심 반으로）당신한테 한 가지 알려 줄 말이 있어요.

증　정　무슨 일인데?

증서정　（약간 부끄러워하며）전, 전 요즘 몸이 좀 불편해요.

증　정　（급히）당신 왜 일찍 말하지 않았어?

증서정　전, 전 좀 겁이 나서요 –

증　정　（솔직하게）뭐가 겁나, 어떻게 불편한데?

증서정　（중얼거리며）늘 토하고 싶은데, 제 생각으로는 –

증　정　（어리석게도）아, 그럼 토해버려.（바로 소리를 지른다.）어머니!

증서정　（바로 그를 막으며）당신 뭐 하게요?

증　정　（선의적으로）어머니 방에 팔괘단이 있는데, 조금만 먹으면
　　　　괜찮을 거야.

증서정　（원망하듯）당신도 참!

증　정　（영문을 몰라）왜 그래, 말을 해 보. 또 어디 불편한 곳이 있어?

증서정　（실망하여）괜찮아요. 저, 저는 –（침실로 향해 걸어간다.）

증　정　당신 어찌 또 울어?

증서정　（걸음을 멈추고）전, 전 울지 않아요.（갑자기 고개를 들고 증
　　　　정을 바라본다. 비통해 하며）정씨, 당신은 어른이라는 것을
　　　　조금도 몰라요? 정씨, 우리는 –

증　정　（급히 변명을 하며）우리는 친구지. 당신이 나한테도 말했잖
　　　　아, 우리는 친구며, 우리의 결혼은 자유롭게 한 것이 아니라고.
　　　　당신 여자 친구가 한 말이 맞아. 나도 당신의 노예가 아니고
　　　　당신도 나의 노예가 아니야. 우리에게는 수없이 많은 친구들
　　　　이 있는데, 각기 자기의 자유가 있고 각기 자신의 길이 있어.
　　　　당, 당신도 이 말을 믿겠지, 그지?

증서정　（갑자기 견결하게）그래요, 믿어요!

　　　　［오른쪽 큰마님 침실에서 –

[사의가 부르는 소리: 서정아! 서정아!

증　정　어머니가 당신 불러.

증서정　(멍해 있다가 증정을 보고) 그럼, 저 갈게요.

증　정　응.

[서정이 오른쪽 침실로 들어간다.

증　정　(고개를 들어 그 거대한 유인원의 그림자를 바라본다. 용기를
　　　　내어 그 거대한 그림자 앞으로 걸어가 칸막이 문 틈새를 향해
　　　　낮은 소리로) 원원아, 원원아!

[서정이 다시 큰마님 침실로부터 걸어나온다.

증　정　(좀 낭패스럽다는 듯) 아니 당신―

증서정　어머닌 저더러 소이모를 찾아오래요.

[서정이 서재 작은 문으로 나가자 증정은 약간 망설이다가 한
숨을 쉬고는 다시―

증　정　원원아! 원원아!

[칸막이 문이 열리자 한 줄기 불빛이 새어 나오고, 원원이 걸
어 나온다. 머리에는 꽃송이를 꽂았고 몸에는 바닥에 까는 짐
승가죽을 걸쳤는데, 짧은 바지에 다리를 다 내 놓았다. 윗몸
거의 반은 드러나 있고, 한 손에는 큰 가위를 하나 들었으며,
다른 한 손에는 유인원 모양으로 오린 마분지를 들었다. 히죽
거리며 증정을 손짓으로 부른다.

원　원　어, 너 또 왔어?

증　정　너, 너 이렇게―

원　원　(눈치를 못 채고) 난 지금 "북경인"의 그림자를 오리고 있어.
　　　　(그 "유인원"의 종이 모양을 가리키며) 이것 봐!

증　정　(원원을 바라보며 눈길을 떼지 않고) 아니, 아니. 내 말은 네
　　　　가 옷을 너무 적게 입었다는 거야. 너, 너 감기 들겠어.

원 원 (갑자기 오린 종이와 가위를 내려놓고 허리를 짚으며) 봐, 나 예뻐?

증 정 (멋도 모르고) 예뻐.

원 원 (뒷짐을 지며) 네 살점 먹을 수 있어?

증 정 (그녀의 기세에 눌려 뭐라고 할 지 몰라) 응.

원 원 (앞으로 다가가며) 네 피 마실 스 있어?

증 정 (어물거리며) 응.

원 원 (큰 소리를 한 번 외치더니 뒤에서 무시무시한 장난감 도끼를 꺼내 높이 들며 정아 앞으로 달려와 길게 부르짖는다.) "으앙! 마시자. 으앙!" (그녀는 마치 한 마리의 무서운 암컷 원숭이 같다.)

증 정 (놀라 얼떨떨해 하며) 무슨 짓을 하려는 거야?

원 원 (웃으며) 난 사람을 죽이려는 거야. 너 무섭지 않아? 나 저 (그림자를 가리키며) 사람 닮지 않았어?

증 정 (놀라며) 넌 저 사람처럼 – 야성적인 것을 닮고 싶니?

원 원 (증정을 덥석 잡아끌며) 가자, 들어가서 보자.

증 정 (싫어하는 듯) 아냐, 난 싫어. 난 안 갈래.

원 원 (찬미하듯) 들어가서 보자. 그는 정말 전신이 다 털이야, 털 – (증정을 문앞까지 잡아당긴다.)

증 정 아냐, 아냐.

원 원 가, 들어가!

[갑자기 칸막이 문이 한 쪽 열리자, 소주아도 원씨 부녀(父女)에게 옷을 거의 다 벗기고는 하나의 새끼 "원시인" 모양을 해 가지고 걸어 나온다. 그는 한 손에 한 통의 편지를 들었고, 어깨에는 자기의 옷을 걸쳤다. 한 손에 원원이 그에게 먹이를 주라고 하던 비둘기를 안았는데, 우는지 웃는지 알 수 없는

어색한 모습을 해 보인다. 문이 바로 닫히자 종이막 위에는
그 거대한 그림자가 나타난다.

증　정　아. 이게 뭐야?

원　원　(히죽히죽 웃으며) 이건 저 사람의 (그림자를 가리키며) 동생
　　　인 새끼 "북경인"이야.

소주아　(고지식하게) 원아. (편지를 들며) 네 편지야. 네가 땅에 떨어
　　　뜨린 편지라구.

원　원　편지?

증　정　(갑자기 그의 손에서 편지를 빼앗아. 고개를 숙인다.)

소주아　(원원이 눈을 둥그렇게 뜨자. 큰 소리로 외친다.) 왜 빼앗는
　　　거야?

원　원　(소주아에게 이해를 시킨다.) 이건 쟤가 쓴 편지야. (가볍게
　　　소주아의 손을 누르며) 소주아야. 성내지 마. 난 네가 좋아.

소주아　(천진스럽게) 나도 네가 좋아.

증　정　(꾸짖는다.) 소주아!

소주아　(눈을 둥그렇게 뜨고) 왜 그래?

원　원　(고개를 돌려 증정을 보고, 부드럽게) 증정아. 난 너도 좋아.
　　　(두 사람 중간으로 걸어가서) 내일 우리 세 사람 계속 같이
　　　놀자. 어때?

소주아　(거칠고 솔직하게) 좋아.

원　원　(몸을 돌려 묻는다.) 증정아. 너는?

증　정　(은근하게 소주아를 향해) 너. 너 가서 자!

소주아　(거칠게) 너나 가서 자! 난 안 자!
　　　〔진유모가 이미 서재 작은 문으로 들어와 있다.

진유모　(듣고는) 누가 안 잔다고?

소주아　(놀람과 두려움에 고개를 돌리며) 할머니.

진유모 　(그제야 소주아의 지금 모양을 똑똑히 보고는 깜짝 놀라며) 너 이거 뭐 하는 거냐? 소주아ㅡ, 너 왜 옷을 다 벗었어? -

소주아 　(원원을 가리키며) 쟤가 벗으라고 했어요.

진유모 　원아가씨, 왜 저 애 옷을 벗어라 했어?

원　원 　(아주 자연스럽게) 한 사람이 뭐 한다고 이렇게 많은 옷을 입어요?

진유모 　(그녀의 앞으로 달려가 한 바탕 성을 내려고 한다. 생각지 않게 원원이 여전히 바보처럼 웃자. 어쩔 수가 없어서) 우리 원아가씨! (성도 나고 원망스럽기도 해서) 정말 앞으로 뭐가 될는지 원! (몸을 돌려 소주아를 끌어당기며) 가자, 자러 가자.

소주아 　(걸어가면서 고개를 돌려 도움을 구한다.) 원아! 원아!

원　원 　(아주 동정하듯) 가. (고개를 흔들며 탄식한다.) 못 놀겠어.

소주아 　할머니! (눈물이 거의 나오려 한다.)

진유모 　가자, 아직도 놀다니!

소주아 　아니, 할머니 기다려 보세요. 아직 (그 비둘기를 들며) 원아의 "고독"이 있어요.

진유모 　뭐 "배가 부르다구"?

소주아 　(비둘기를 들어 가리킨다.)

원　원 　(달려와서) 내 비둘기, 내 작은 "고독"! (덥석 소주아의 손에서 비둘기를 가져간다.) 가련한 소주아, 내일 내가 너 데리고 놀면서 산에도 오르고 수영도 할 수 있는 곳에 데리고 갈게. 넌 나를 데리고 가서 방목도 하고 밭도 갈고 들새도 잡자구. 지금은 너, 너 할머니 따라 자러 가. (소주아가 눈물을 글썽거리며 할머니를 따라 뒷걸음질치는 것을 보고) 아, 나의 가련한 새끼 "북경인"이여! (갑자기 소주아를 당겨 돌려세우더니 그를 흔들며 얼굴에 맑고 깨끗한 키스를 쪽 한다.)

진유모 (크게 성을 내며) 원아가씨! (소주아를 향해) 빨리 가자!
 ［진유모가 바로 소주아를 끌고 마치 귀신을 피해 도망치듯 급
 히 서재 작은 문으로 나간다.

증 정 (격분하며) 너, 넌 어찌 이런 짓을 하니? 뽀뽀 -

원 원 (영문을 모르겠다는 듯) 내가 소주아한테 뽀뽀할 수 없니?

증 정 (참기 어렵다는 듯) 원원아, 너 내일 개 데리고 놀지마.

원 원 왜 걔를 데리고 놀지마?

증 정 (이유를 말하지 못하고, 그저 반복해서) 걔 데리고 놀지마.

원 원 (눈을 깜빡이며) 그럼 우리 저 사람 데리고 놀자. (그림자를
 가리키며) 이 "북경인" 데리고 놀자구.

증 정 (고개를 흔들며) 아냐, 저 사람도 데려가지마.

원 원 (머리를 갸우뚱하며) 왜 저 사람도 데려가지마? (갑자기 한
 가지 일이 생각났다는 듯) 아, 증정아, 내가 너에게 비밀 하나
 알려 줄게. 큰 비밀이야. (비둘기를 안고 큰 그림자 아래 층계
 앞으로 달려가며) 이리 와.

증 정 (초를 들고 달려간다.) 뭔데? (원원이 그를 잡아당겨 층계에
 나란히 앉는다. 이 두 아이는 비교할 수 없이 거대한 "북경
 인"의 그림자 아래서 소곤소곤 이야기를 나눈다.)

원 원 (낮은 소리로) 우리 아버지가 금방 나한테 "북경인"과 노는
 것이 재미있는지 너하고 노는 것이 재미있는지 물어보셨어.

증 정 (가슴이 뛴다.) 왜 이런 걸 물어보셨지? 아셨나? 내가 -

원 원 상관하지마, 아버진 그저 이러셔. (살짝 그의 머리를 짚고 웃
 으며) 난 너하고 노는 것이 재미있다고 그랬어.

증 정 (기쁨을 참을 수 없어) 정말?

원 원 (긍정하며) 물론이지.

증 정 (급히) 내, 내가 쓴 (편지를 약간 들어보이며) 이 편지, 너 봤어?

원 원 (흥분된 듯) 너 끼어 들지마. 그 뒤에 아버지가 또 나한테

"넌 누구를 사랑하니?" 하고 물었어.

증　정　(긴장하며) 너, 넌 뭐라고 대답했는데?

원　원　(고개를 들고 묻는다.) 내가 뭐라고 했을지 맞춰볼래?

증　정　(부끄러워하며) 나, 난 못 맞추겠어.

원　원　(영리하게) 난 모르겠다고 그랬어.

증　정　(한숨 돌리고 유쾌하게) 너 정말 대답 잘했다.

원　원　그 뒤에 아버지는 나한테 "너 크면 누구한테 시집가고 싶니?" 하면서, (고개를 들어 큰 그림자를 가리키며) 이런 모양의 "북경인", 아니면 증씨집 손자 도련님? 하고 물었어.

증　정　(당혹해 하며 역시 고개를 쳐다본다. 그 "북경인"의 그림자도 왔다갔다하면서 마치 고개를 숙이고 이 두 아이들을 바라보는 것 같다. 증정이 자기도 모르게 깜짝 놀란다. 낮은 소리로 떨며) 이 "북경인"한테 시집가겠어, 아니면-

원　원　(고개를 끄덕이며) 저 사람, 아니면 (손가락으로 그의 가슴을 가리키며) 너?

증　정　네-대-답은?

원　원　난 그랬지. (그 "고독"에게 입을 한 번 맞추고)-너 성내지 마. 난 (딱 잘라) 난 저 사람한테 시집가겠다고 그랬어. 이 큰 성성이한테 시집가겠다구!.

증　정　왜, 왜?

원　원　(숭배하듯) 그는 크고 호랑이 같아서 한 방에 백 명은 때려죽일 수가 있거든.

증　정　(생각지 못했다는 듯) 하지만, 하지만 난-

원　원　너는 (경멸하는 기색으로) 너는-(갑자기 뛰어 일어나며 층계 위에 서서 크게 소리를 지른다.) 쥐다!

증　정　(역시 한 쪽 옆으로 뛰어 간다. 떨면서) 뭐? 뭐라구?

원   원   (벽쪽을 가리키며) 저기, 저기!

증   정   어디? 어디?

원   원   아이고, 들어가 버렸다. (긴장한 듯) 금방 (손시늉을 하며) 이렇게 작은 쥐새끼 한 마리가 내 발등 위로 "사사삭" 하고 지나갔어.

증   정   (마음을 놓고 웃으며) 음, 쥐 말이구나! 너 이렇게 무서워 해, 우리집에 많고 많은 게 쥔데.

원   원   (갑자기 얻은 바 있어) 아, 생각났다. (기뻐서 손뼉을 치며) 넌 말이야, 바로 이런 쥐새끼야! (그의 어깨를 치며) 쥐새끼라구!

증   정   (불쾌하여) 내, 내가 생각하기에 -

원   원   너 무슨 생각?

증   정   (갑자기) 넌, 넌 나 좋아하지 않니?

원   원   음, 좋아해. 당연히 널 좋아하지! (저도 모르게 또 그 "고독"에게 입을 맞춘다.) 네가 바로 얘야! (비둘기를 가리키며) 넌 말도 잘 듣고, 넌 이 비둘기야, 넌 나의 "불쌍한 친구"야. (그녀는 층계에 앉아 또 그 "고독"에게 입을 맞춘다.)

증   정   (아주 감동이 되어, 따라서 층계에 앉으며) 그럼 너 내가 쓴 이 편지보고 -

원   원   (또 무슨 생각이 떠올랐는지 갑자기 일어서며) 증정아, 생각해 봐. 그 작은 쥐가 또 새끼를 낳으면 그 작고 작은 쥐새끼는 얼마나 작겠니!

증   정   (고통스러워하며) 원아, 넌 왜 이 얘기만 하니? 내, 내 편지다 보고, (고개를 숙였다가 곧 들며) 너, 너의 마음이 - (고개를 숙인다.)

원   원   (멍하게 자기를 만지며) 내 마음? -

증　정　(갑자기) 내가 너에게 써 준 시 읽어 봤어? 편지 속의 시 말야?

원　원　(고개를 끄덕이며 천진스럽게) 읽어 봤어!

증　정　(기뻐하며) 읽어 봤다구?

원　원　(고개를 끄덕이며) 음, 우리 아버지가 그러시는데 너 글씨가 나보다 좋대.

증　정　(놀라며) 너의 아버지한테 보여드렸어?

원　원　(갑자기 총명해지며) 너 얼굴 붉히지 마, 나의 불쌍한 친구야. 아버지는 네가 글자를 두 개 틀리게 썼지만 나보다 낫다고 그랬어.

증　정　그럼 내가 써 준 시도, 역시 ─

원　원　(고개를 끄덕이며) 음, 난 봐도 알 수가 없어서 아버지께 좀 이야기를 해 달라고 보여드렸어.

증　정　(더욱 놀라며) 너희 아버지가 이야기를 해 주셔!

원　원　(알 수 없다는 듯) 왜?

증　정　아무 것도 아냐. 너의 아버지가, 너, 너희 아버지가 이야기를 해 주셨어?

원　원　(고개를 흔들며) 아니, 그저 산 사람이 쓴 것 같지가 않고, 아주 낡, 낡아 보인다고만 했어. (미안한 듯) 아, 아버지도 모르겠다 하시더라구.

증　정　그리고는 또 뭐라고 하셨니?

　　　[서정과 소방이 서재 작은 문으로 등장하여 막 서재로 가려다가 서정이 갑자기 증정과 원원을 발견하고는 자기도 모르게 걸음을 멈추고 비통한 마음으로 멍청히 서재에 서 있다. 소방은 손에 한 벌의 아기 털옷을 들었는데 그 역시 묵묵히 서 있다.

원　원　(어물거리며) 아버지 말은 (갑자기) 나보고 앞으로 너하고 같이 놀지 말래.

증 정 (멍해지며) 앞으로 너하고 다시는-

원 원 (위로하며) 상관하지 마. 내일 우리 둘이서 같이 연 날리러 가자구.

증 정 (낮은 소리로) 하. 하지만 왜 그렇지?

원 원 (생각 없이) 소이모가 아까 우리 아버지를 찾아 왔었어.

증 정 (깜짝 놀라며) 왜?

원 원 소이모가 그러는데 네 아내가 이미 임신을 했대.

증 정 (청천벽력과 같은 듯) 뭐라고?

원 원 넌 곧 아버지가 된다고 그랬어. (궁금한 듯) 정말이니?

증 정 (안개 속에 떨어진 듯) 내가?

원 원 소이모가 떠난 후 우리 아버지는 나보고 이제부터 너하고 놀지 말랬어.

증 정 (여전히 어지러운 듯) 아버지가 된다고?

원 원 (갑자기) 나는 열 다섯 살인데. 넌 열 몇 살이니?

증 정 (멍하게) 열일곱 살.

원 원 (그를 웃게 하려고) 아. 열일곱 살에 아버지가 되는군. (손뼉을 치며) 열일곱 살의 새끼 아버지라-생각해 봐. (갑자기 그의 손을 잡아당기며) 작은 쥐가 또 작고 작은 쥐를 낳으니 얼마나 재미있니. 너 말해 봐. 얼마나-

증 정 (갑자기 엉엉 울기 시작한다.)

원 원 울지마. 증정아. 우린 계속 같이 놀고. 우리 그 늙은 원숭이 말 듣지 말자. (낮은 소리로) 울지 마. 내일 내가 코코아 사탕 사 줄게. 함께 연도 날리고. 소주아도 데려가지 말고 "북경인" 도 데려가지 말자.

증 정 (울면서) 아냐. 아냐. 난 가고 싶지 않아.

원 원   너 울지 마. 너 계속 울면 나 성낸다.

증 정   (여전히 고통스러워한다.)

원 원   증정아, 울지 마. 너 봐라, 내가 이 비둘기도 너에게 줄게. ("고독"을 그의 앞으로 내민다.)

증 정   (밀어내며) 싫어. (또 흐느낀다.)

원 원   그럼 내가 너한테 약속할게, 나 반드시 "북경인"한테 시집가지 않겠다고. 이제 됐지?

증 정   (고개를 흔들며) 아냐, 아냐, 나 울고 싶어.

원 원   (위로하며) 정말이야, 속이지 않을게. 내가 좀 더 크면, 조금만 더 크면 꼭 너에게 시집갈게. 꼭!

증 정   (고개를 흔들며) 아냐, 넌 몰라. (낮게 흐느끼며 천천히 편지를 찢는다.)

원 원   (천진스럽게) 넌 편지에서 나 갖고 싶다고 안 했어? 나보고 너한테 시집오라고—
       [거대한 그림자 뒤에서의 원임감의 목소리: 원아! 원아!

원 원   (낮은 소리로) 우리 아버지가 날 부르신다. 내일 만나자. 내가 내일 너 기다릴게. 연도 날리고 고기도 잡으러 가자. 좋지?
       [거대한 그림자 뒤에서의 원임감의 목소리: 원아! 원아!

원 원   갑니다, 아버지. (급히 고개를 돌려 증정의 얼굴에 가볍게 뽀뽀를 한 번 해주며) 증정! 우리 가련한 작은 쥐! (증정은 고개를 들고 그녀가 달려가는 것을 본다.)
       [원원이 칸막이 문을 열고 달려들어가고 문은 다시 신속히 닫힌다.
       [바람이 비스듬히 불고 가랑비가 내리는 소리, 으슥한 골목에서 처량하게 "딱딱한 만두" 파는 소리가 들려 온다.

증 정   (다시 쓰러져 애처롭게 운다.)

[서정이 천천히 서재에서 걸어나오고, 소방은 여전히 서재 안에 멍하게 서 있다.

증서정　(증정의 뒤로 걸어가 몸을 약간 굽히고 가볍게 그의 어깨를 두드리며 불쌍하다는 듯) 울지 마세요, 원아가씨 갔어요.

증　정　(고개를 들고) 소, 소이모 말이 정말이야?

증서정　(그를 바라보며 깊은 한숨을 쉰다.)

증　정　(크게 슬퍼하며 원망하고 분노하듯) 아, 누가 우리 둘을 억지로 한데 끌어다 놓았지? (일어서며) 난 정말 (발을 구르며) 죽고 싶다!

[증정이 서재 작은 문으로 달려나간다.

소　방　정아!

[증정은 고개도 돌리지 않고 문을 박차고 나간다.

증서정　(멍청하게 걸상에 쓰러지듯 앉는다.)

소　방　(걸어와서) 서정아.

증서정　소이모.

소　방　(그녀의 머리를 만지며) 너, 너 상심 -

증서정　(갑자기 소방을 꽉 끌어안으며) 저도 역시 정말로 죽고 싶어요!

소　방　(부드럽게) 서정아.

증서정　(참을 수가 없어 눈물을 흘리며 원망을 호소한다.) 소이모, 이모는 뭐 한다고 원아저씨께 얘기를 했어요? 뭐 한다고 원아가씨와 그와 내왕을 못하게 했어요?

소　방　(비애에 차서) 서정아, 난 널 너무 사랑해. 난 네가 고생하는 것을 보고 정말 계속 참을 수가 없어. (혼미한 듯) 난 내가 어떻게 달려가서 말을 했는지 알 수가 없어. 내가 바보처럼 달려가서 원선생님을 만났지만, 내가 무엇을 말했는지 도무지 알 수가 없다구. 난 또 혼미한 상태로 달려 나왔어. 서정아,

만일에 정아가 앞으로 —

증서정 (침통하게) 이모는 정말 바보에요, 소이모, 그 사람은 나를 좋아하지 않지요. 이모 모르겠어요? 그는 조금도 절 좋아하지 않는다구요!

소 방 (비통해 하며) 아냐 걔는 아직 애야. 언젠가는 반드시 너에게 잘 할 거야. 그래! 서정아, 기다려. 천천히 기다리라구. 이런 날이 언젠가는 꼭 끝날 테니까. 산다는 것은 자기를 위해서 고생을 하는 것이 아니라 옆 사람에게 즐거움을 남겨 주는 것. 이것 말고 더 무슨 큰 의미가 있겠니? 기다려 봐. 걔가 반드시 —

증서정 (일어나 고개를 흔들며, 낮고 천천히) 아니에요, 소이모, 전 기다리지 못하겠어요. 전 떠날래요. 전 이미 이 년이나 기다렸어요.
[밖에서의 증호의 목소리: 소방아, 소방아!

소 방 네가 어디로 가려고?

증서정 (멍청히 바라보다가) 그 여자 친구 말은 이런 곳이 있대요. 그곳에는 —

소 방 (슬퍼하며 천천히) 하지만 네 아기는, (그 작은 옷을 서정에게 건네준다.) —

증서정 (받아 보며) 그 아기는 (길게 한숨을 쉬다가 자기도 모르게 옷을 땅바닥에 던진다.)
[서재 작은 문으로 증호의 상반신이 드러나 보인다.

증 호 (촛대를 들고) 소방아. 빨리 와 봐라. 뜨거운 물주머니가 새어 침대가 다 물이다.
[소방과 증호가 서재 작은 문으로 나간다.
[사의가 장부를 들고 자기의 침실에서 걸어 나온다. 서정은 급히 땅에서 작은 옷을 들어 감춘다.

증사의 (소방의 뒷모습을 얼핏보고) 소아가씨! 소아씨! (서정을 향해) 너희 소이모 아냐?

증서정　맞아요.

증사의　왜 나를 보고는 또 가버리지?

증서정　할아버지께서 일이 있다고 불렀어요.

증사의　(엄한 목소리로) 가서 찾아오너라. 네 아버님께서 일이 있어 찾는다고 해라.

　　　　[서정이 고개를 숙이고 서재 작은 문으로 나간다. 먼 곳에서 시간 알리는 징소리 들린다. 문청이 침실에서 걸어 나오고, 사의는 팔선 탁자 앞으로 걸어가서 돈을 헤아린다.

증문청　(조급해서) 당신 도대체 어쩌려는 거야?

증사의　(눈을 흘기며) 뭘 어쩌기는요.

증문청　당신 어쩌려고 그러느냐구? 당신 말을 해 봐, 말을!

증사의　(일부러 참고 순종하는 기색으로) 내가 뭐든지 다 해 봤지만, 사는 것이 조금도 재미가 없어요. 조만간에 관에 들어가서 두 눈을 뜨고 보면, 지금의 모든 것은 다 가짜일 거라구요. (자기의 침실을 향해 걸어간다.)

증문청　당신 뭘 어쩌겠다고 그래?

증사의　(고개를 돌리며) 뭘 하긴요? 제가 장부를 가져와서 인계를 해야겠어요.

　　　　[사의가 방안으로 걸어 들어간다.

증문청　(문을 향해) 당신 이게 무슨 짓이야, 당신 이게 무슨 짓이냐구! 도대체 어쩌겠다는 거야? 당신 말을 해 보라니까!

　　　　[사의가 장부를 들고 다시 침실에서 걸어 나온다.

증사의　(눈을 흘기며) 어쩌긴요. 전 그저 이렇게 착실한 사람이 당신한테 잘 해 주었다는 것을 이 다음에 알아나 줬으면 하는 것일 뿐이에요. 내일 날이 밝으면 전 비구니 절간으로 들어갈 거에요. 전 이미 사람한테 시켜서 편지를 보냈으니까.

증문청 아이구, 맙소사, 당신 솔직하게 말해 보라구. 당신의 본의가
뭔지. 난 남이 아니라 당신과 디십 년을 같이 살아온 사람이
잖아? 그런데 어찌 이러느냐구?

증사의 (아까 소방이 문청에게 준 편지를 꺼내 들고 조롱하고 멸시하
는 기분으로) 흥, 소동생은 나틀 이처럼 깔봐도 좋은 사람으
로 아는 모양이지. 내 앞에서 감히 편지요 시요 하면서 당신
에게 주다니. (갑자기 사납고 돌하게) 아직도 그 말이야. 난
당신 손으로 내 앞에서 그녀의 편지를 원래대로 돌려주도록
하겠어요.

증문청 (회피하며) 난, 난 내일이면 떠나버려.

증사의 (엄하게) 그럼 지금 그녀에게 돌려주세요. 이미 오라고 해 놨
으니까.

증문청 (놀라며) 걔, 걔가 오면 뭘 하게?

증사의 (비꼬며) 당신이 그녀에게 쓴 연대편지를 가져가라고 해야죠.

증문청 (고민스러워 소리를 친다.) 아! (몸을 돌려 침실로 달려가려
고 한다.)

증사의 (엄한 목소리로) 대담하게 가는군요! (문청은 발걸음을 멈추고,
사의는 이를 갈며) 기름을 훔칠 줄 아는 쥐는 고양이 앞에서
배고픈 상을 해 보이지 않는 법. 이 조그마한 행동으로 내가-
[갑자기 큰 응접실의 불이 꺼지자 그 거대한 그림자도 갑자기
사라진다. 원원이 잠옷으로 갈아입고, 그 "고독"을 안은 채 양
초를 들었다. 문 한 짝을 열고 걸어 들어오는데 손에는 한 장
의 쪽지를 들었다.

원 원 (활발하게) 여기요. (편지를 문청에게 건네주며) 증아저씨, 저희
아버지가 드리는 편지에요. (몸을 돌려 사의를 향해 가리키며)

두 분 아직 주무시지 않았군요. 저희는 모두 자려고 하는데.

[원원이 몸을 돌려 방으로 뛰어 들어가자 문은 신속히 닫힌다.

증문청　(편지를 다 읽고, 긴 한숨을 쉰다.) 아이구.

증사의　왜요?

증문청　(편지를 그녀에게 건네주며) 원선생님 약혼자가 곧 온대.

증사의　그에게 약혼자가 있었어요?

증문청　음, 당신보고 좋은 집 좀 찾아 달라는군.

증사의　(다 읽고 조롱하듯) 흥, 그러면 우리 소아가씨는 이번에도 또 -

[소방이 촛불을 들고 서재 작은 문으로 들어온다.

소　방　(낮은 소리로) 오빠 절 찾았어요?

증문청　난 -

증사의　그래요. 소동생. (편지를 문청에게 주며) 어때요?

증문청　음. (떠나려고 한다.)

증사의　(엄한 목소리로) 멈춰요! 당신은 정말로 저를 거칠게 만들 거
　　　　에요?

증문청　(간절하게) 소방아, 너 가거라. 저 사람 말 듣지 말고.

소　방　(고개를 돌려 사의를 바라보다가, 몸을 돌리려 한다.)

증사의　(소방을 향해) 잠깐. (문청을 향해 음침하게) 가져가서 돌려
　　　　줘요. (문청이 굴복하여 손을 내밀어 받는다.)

소　방　(문청을 바라보며 얼어붙은 듯 서서 움직이지 않는다. 문청은
　　　　고통스럽게 그 편지를 든다.)

증사의　(교활하게 웃으며) 이거 소동생이 문청씨께 준 편지 맞지? 문
　　　　청씨는 감당을 못하겠다 하니까 다시 가져가지.

소　방　(떨리는 손으로 문청의 손에서 편지를 받는다.)

증문청　(고개를 숙인다.)

[적막.

[소방이 묵묵히 서재 작은 문으로 걸어 나간다.

증문청 (고개를 돌려 소방이 문으로 걸어 나가는 것을 보고, 참을 수가 없다는 듯 소파에 쓰러져 흐느껴 운다.)

증사의 (낮은 소리로, 사납고 독하게) 왜 울어요? 당신 아버지가 죽었어요!

증문청 (고개를 흔들며) 당신 이렇게 나를 못살게 굴지마, 오래 살지 못하겠어.

증사의 (길게 탄식하며) 이웃 두씨집 경리가 저녁에 또 와서 빚 독촉을 했지만 아버님은 은행통장을 들고도 한 푼 내놓지 않고, 문청씨, 우리 누가 먼저 죽나 봅시다. 저도 사람들한테 핍박을 받아 곧 미칠 것 같아요.

[사의가 급히 서재 작은 문으로 나간다.

[문청 맥이 빠진 듯 일어나 천천히 자기 침실로 걸어간다. 그 문 안쪽에서 꽝 하는 소리가 나는데, 마치 나무 지팡이를 문에다 던지는 소리 같다. 문채가 고함을 지르며 그녀의 침실에서 달려나온다.

증문채 (낮은 소리로 무서워하며) 오빠!

증문청 왜 그래?

증문채 그, 그이가 또 주정을 부려요!

증문청 (맥없이) 그렇다고 내, 내가 어쩌겠니?

증문채 (급하게) 오빠, 어쩌면 좋지, 오빠 생각엔 어쩌면 좋겠어요?

[갑자기 방안에서 또 물건 부수는 소리와 사납게 욕하는 소리가 들린다.

증문채 (문청의 팔을 끌며) 들어보세요, 또 물건을 부숴요.

증문청 (자기 머리를 두 손으로 움켜잡으며) 그래, 부수게 내버려둬라.

증문채　(가슴 아파하며) 그, 그 사람 정신이 나갔어요. 절 치려고 하
　　　　면서 이혼을 하자고 –

증문청　(비참한 웃음으로) 이혼?

　　　　[방안에서의 강태 목소리: (책상을 치며) 문채야! 문채야!

증문채　오빠!

　　　　[방안에서의 강태 목소리: (책상을 치며 큰 소리로) 문채야!
　　　　문채야! 문채야!

증문채　(그를 잡아당기며) 오빠! 들어보세요!

증문청　날 잡아 당기지 마!

증문채　(조급하게) 그이가 이러면 사고 친단 말에요, 오빠!

증문청　놔라, 내 마음속의 일도 정리를 못했다!

　　　　[문채는 손을 뿌리치고 비틀거리며 자기의 침실 안으로 걸어
　　　　간다.

　　　　[문채가 자신의 침실을 향해 두 걸음 갔을 때, 갑자기 문이
　　　　열리며 술에 취한 강태가 넘어질 듯 하면서 들어온다. 한쪽
　　　　발에는 슬리퍼를 신었고 다른 한쪽은 맨발이다.

강　태　(그는 더 이상 이전처럼 고뇌하는 그런 가련한 모양이 아니다.
　　　　문입구에 기대어 빨개진 눈을 끔벅이며) 당신 어디 갔어?
　　　　당신은 내가 강태라는 걸 알아 몰라? 내가 강태라구. 내가 부
　　　　르고 또 불러도 왜 당신은 안 와?

증문채　(고통스러워하며) 전, 전, 당신이 –

강　태　내가 너희 집에 산다고 돈을 안 쓰는 게 아냐. 내가 밖에서
　　　　평생토록 사람들에게 모욕을 당해 왔는데, 집에서도 너희 증
　　　　씨집 사람들에게 멸시를 당해야겠어? 내가 마시고 싶으면 사
　　　　서 마시고, 먹고 싶으면 그렇게 해야지! – 누구든지 나를 깔보
　　　　는 사람이 있으면 누구든지 내가 찾아가겠어! 가자. (문채의

손을 끌어당기며) 그 사람을 찾아가!

증문채 (그를 가로막으며) 당신 누굴 찾아간다는 거에요?

강 태 증호, 너희 아버지. 그는 나한테 미안해해야지. 내가 찾아가서 결판을 내버리겠어.

증문채 내일, 내일 그럽시다. 아버진 주무세요.

강 태 그럼 지금 일어나라고 그래. (걸어간다.)

증문채 (잡아당기며) 가지 말아요!

강 태 당신은 상관하지 마!

증문채 (갑자기 좋은 생각이 떠올랐다는 듯, 고개를 돌리며) 아, 보세요, 아버지가 오셨어요!

강 태 어디?

증문채 여기요!

　　　　[문채는 손쉽게 강태를 다시 자기 침실 안으로 밀어 넣고, 곧 문을 밖에서 잠가 버린다.

　　　　[방안에서의 강태의 목소리: (문을 치며) 문 열어! 문 열어!

증문채 오빠! (급히 침실 문쪽으로 달려간다.) 오빠!

　　　　[방안에서의 강태의 목소리: (문을 두드리며) 문열어, 문열어!

　　　　[문채가 문청의 침실 문입구로 가서 커튼을 연다.

증문채 (마치 가장 무서운 일을 본 듯) 아이구, 맙소사, 오빠는 어찌 아직도 이런 걸 피워요?

　　　　[방안에서의 문청의 목소리: (길게 탄식하며) 상관하지 마. 너도 고통스럽겠지만 나도 고통스러워.

　　　　[방안에서의 강태의 목소리: (크게 외친다.) 문채야! (문을 마구 두드린다.) 문 열어, 내가 집에 불을 놔 버리겠어! 내가 집에 불을 놔 버리겠다구, 내가 불을, 내가-(전신이 바닥으로 엎어지는 듯 꽝 하는 소리가 난다.)

증문채 (동시에 자기 침실로 달려가며 소리를 지른다.) 아이구 맙소
　　　 사. 강태씨. 정신 좀 차리세요. 당신 아직도 다 못 떠들었어요?
　　　 이제 더 이상 절 좀 놀라게 하지 마세요. (문을 연다.)
　　　 [문채 자기 침실로 바로 들어가 문을 잘 닫는다. 안에서는 강
　　　 태가 낮게 신음하는 소리만 들린다.
　　　 [곧 서재 작은 문으로 증호가 들어오는데. 엷은 도포를 입고 등
　　　 불을 들었다. 소방이 부축을 하고 있는데 추위로 부들부들 떤다.
증　호 (당황해 하며) 무슨 일이 생긴 게야? 무슨 일이야? (낮은 소
　　　 리로 소방을 보고) 얘야. 누군지 내가 좀 보자. 누가 떠들고
　　　 있는지. 너 빨리 가서 내 긴 솜옷 좀 가지고 오너라.
　　　 [소방이 서재 작은 문으로 나간다. 강태가 아직도 방안에서
　　　 낮게 신음한다. 갑자기 문안에서 문청이 길게 탄식을 한다. 증
　　　 호가 그의 침실 불빛을 보고 조용히 그의 문앞으로 걸어가 커
　　　 튼을 열고 들여다본다.
　　　 [방안에서의 문청의 목소리: (낮은 소리로) 누구야?
증　호 누구냐고! (상상할 수도 없는 타격을 받은 듯) 너! 안 갔어?
　　　 [문청이 놀라 까무러칠 뻔 하다가. 혼미한 상태로 뜻밖의 아
　　　 편 담뱃대를 들고 걸어 나온다.
증　호 (뒤로 물러나며) 너 어떻게 또, 또-
증문청 (고개를 숙이며) 아버지, 저-
증　호 (놀라서 한 마디의 말도 못하다가 비틀거리며 문청 옆으로 가
　　　 자 문청이 놀라 뒤로 물러선다. 팔선 탁자가 있는 곳까지 갔
　　　 는데 증호가 갑자기 문청 앞에 무릎을 꿇고 앉으며 가슴 아프
　　　 게) 내가 무릎을 꿇으마. 네가 아버지고 내가 아들이다. 내가
　　　 다시는 아편 피우지 말라고 부탁을 한다. 내가 머리를 조아리
　　　 고 너에게 간절히 부탁한다. 너 다시는-(정말 머리를 조아리

려고 한다.)

증문청 　(갑자기 자신의 죄악을 의식하고 아편 담뱃대를 던지며) 어머니!

　　　　[문청이 큰 응접실의 문을 박차고 달려나가는데, 동시에 증호
　　　　가 담궐(痰厥)로 인해 소파 가까이로 쓰러진다.

　　　　[동시에 소방이 서재 작은 문으로 긴 솜옷을 들고 급히 들어
　　　　온다.

소　방 　(놀라며) 이모부! 이모부! (그를 부축하여 소파에 앉힌다.)
　　　　이모부, 어찌된 일이에요? 정신 차리세요! 이모부!

증　호 　(눈을 반쯤 뜨고, 가늘고 약하게) 걔, 걔 갔냐?

소　방 　(떨면서) 갔어요.

증　호 　(이를 꽉 악물며) 이런 아들놈은 왜 (발을 구르며) 죽지를 않
　　　　냐! (발을 구르며) 죽지를 않아! (일어나려다가 혀가 갑자기
　　　　약간 구부러진다.) 내 혀가－마비－너－

소　방 　(떨리는 소리로) 이모부, 앉으세요. 제가 인삼탕 가지고 올게
　　　　요. 이모부!

　　　　[증호가 입을 벌리고 눈을 크게 떴으나 대답을 못한다. 소방
　　　　이 급히 서재 작은 문으로 달려나간다.

　　　　[방안에서의 문채의 목소리: (울면서) 강태씨! 강태씨!

　　　　[방안에서의 강태의 목소리: (큰 소리로 부르짖으며) 꺼져. 너!

　　　　[방안에서의 문채의 목소리: 강태씨!

　　　　[강태가 갑자기 문을 열더니 몸을 돌려 밖에서 문을 잠근다.

　　　　[방안에서의 문채의 목소리: 당신 문 열어요, 문 열어요!

강　태 　(촛불이 흔들거리는 속에서 증호가 고정된 듯 앉아 있는 것을
　　　　발견하고 강태 격분해 하며) 아, 여기서 좌선하고 있군요!

증　호 　(눈을 뜨고 입을 벌리고 있다.)

강　태 　이렇게 사시로 저를 볼 필요 없어요. 전 내일 반드시 떠납니

다. 반드시 떠난다구요. 제가 아무리 운이 없다 해도. 제 마누라 하나쯤은 먹여 살릴 수 있다구요! (원망과 분노로) 그러나 떠나기 전에. 저에게 계산을 해 줘야지요. 계산을.

[방안에서의 문채의 목소리: (급히 소리친다.) 문 열어요! 문 열어요! 당신 누구한테 이야기를 하고 있는 거에요? 강태씨! (문을 두드리며) 문 열어요. 강태씨. 문 열어요! (강태가 말하지 않는 사이사이에 계속 소리를 지른다.)

강 태 당신이 나한테 빚진 것. 당신이 갚아야지요! 내가 아직까지 당신한테 말을 안 했었지만. 이제는 더 이상 벙어리 노릇 못 하겠어요. 난 당신 때문에 관리 자리를 잃게 되었고. 당신 때문에 손해를 봤어요. 사람들은 지금 나를 지명수배하고 있다구요. 난 더러운 이름을 짊어지고 평생토록 머리를 내밀지 못 하게 되었다 이겁니다. 이게 바로 당신이 나에게 진 빚이라구요. 당신은 갚아야지. 당신이 모른 체 해서는 안 되죠! 당신은 갚아야 하고. 당신은 줘야 하고. 당신은 또 나에게 머리를 내밀 수 있는 세월을 줘야 한단 말에요. 당신 더 이상 이렇게 묵묵부답이어서는 안 된다구요. 그러면 내가-여보세요 (큰 소리로) 당신 똑똑히 봤어요? 나 강태라구요! 강태! 똑바로 알라구요! 당신 사위! 당신은 나에게 빚을 졌다구. 증호, 증호, 당신 듣는 거요?

[방안에서의 문채의 목소리: (놀라며) 문 열어요. 문 열어! (계속 큰소리로) 아버지! 아버지! 그 사람 상관하지 마세요. 허튼 소리에요. 그이가 미쳤어요. 아버지! 아버지! 아버지! 문 열어요, 강태씨! (강태의 장황한 말 중간 중간) 문열어요, 아버지! 아버지!

강 태 증호, 당신 줄 거요 안 줄 거요? 도대체 갚을 거요 안 갚을 거요? 당신한테 있는 것이라고는 저금통장. 금. 은. 증권. 토지

계약서뿐이라는 것을 내가 다 안다구요. (갑자기 간절하게) 저, 나한테 삼천 원. 삼천 원만 좀 빌려주세요. 내가 장사를 해서 반드시 갚을 테니까요. 이자도 갚고 원금도 갚을 테니까요. 당신 들었어요? 내가 두 배로 당신한테 갚아 주겠다고 강태가 당신한테 말을 하고 있잖아요. 증영감님, 당신 그렇게 죽은 돈을 많이 남겨 뒀다가 뭐 할 거요? 당신은 늙었어요, 나이도 적지 않고. 당신 관도 다 준비가 되었고, 칠도 골백 번 했는데, 당신 –

[방안에서의 문채의 목소리: (동시에 문을 두드리며) 문 열어요! 문 열어요!

[사의, 증호가 좀 전에 꺼내 보였던 붉은 저금통장을 들고 헐떡이며 서재 작은 문으로 급히 들어온다. 증호를 바라보고는 문채의 침실 앞으로 걸어가 문을 연다.

강 태 (사람이 들어온 것도 모르고 냉정하게 증호를 바라보며 낮은 소리로 혐오하듯) 당신 왜 웃어요? 당신 날 보고 왜 웃냐구요? (갑자기 사납게) 당신은 어찌 아직 죽지도 않죠? 아직 죽지도 않느냐구요? (미친 듯이 증호 앞으로 걸어가 이미 졸도해 넘어진 노인의 팔을 흔든다.)

[문채가 온 얼굴에 눈물 범벅이 된 채 갑자기 침실에서 달려나온다.

증문채 (강태를 끌며, 맥 빠지고 쉰 소리로) 이 귀신! 이 귀신!

강 태 (문채에게 끌려 자기 침실로 가며, 여전히 흥분하여 소리를 지른다.) 당신 놔, 날 놓으라구. 내가 사람을 죽이겠어, 내가 저 사람을 죽이고 나도 죽어 버리겠어.

[문채가 마침내 강태를 방안으로 끌고 들어가자 문이 휙 하고 닫힌다. 소방이 한 그릇의 인삼탕을 들고 서재 작은 문으로 급히 들어온다. 사의는 여전히 음침하게 그곳에 서 있다.

소 방 (증호에게 인삼탕을 먹인다.) 이모부, 이모부, 좀 마시세요!
이모부!
[증정이 서재 작은 문으로 달려 들어온다.

증 정 왜 그래요?

소 방 (먹이지를 못하고) 할아버지가 불편하셔, 빨리 전화를 해서
라의사를 찾아 봐.

증 정 왜요?

소 방 중풍이 들었어. 이모부! 이모부!
[증정이 큰 응접실 문으로 달려나간다. 동시에 진유모가 급히
서재 작은 문으로 옷을 입으면서 들어온다.

진유모 (부들부들 떨면서) 어찌 된 일이에요, 나리마님? 나리마님이
어찌 되었어요?

소 방 (급하게) 여기 머리를 좀 들어 봐요. 제가 약을 넣을게요.

진유모 (그를 부축하며) 안 되겠어, 거품이 올라와. ─ 이를 꽉 깨물어
서 먹일 수가 없어.

소 방 이모부! 이모부!
[문청이 큰 응접실로 들어온다.

증문청 (노인 앞으로 걸어와 부끄럽고 고통스러워 연속으로 부른다)
아버지! 아버지! 제가 잘못했어요. 제가 잘못했어요.
[문채가 자기 방에서 달려나온다.

증문채 (노인의 다리를 안으며) 아버지! 아버지! 우리 아버지!

소 방 이모부! 이모부!

진유모 나리마님! 나리마님!

증사의 (갑자기) 더 이상 시끄럽게 하지 말아요. 의사가 오기를 기다
리지 말고 병원으로 보내요.

소 방 (고개를 들며) 이모부는 병원에 가는 것을 싫어해요.

증사의　(진유모를 보고) 사람을 불러 와요!

　　　　[진유모가 큰 응접실 문으로 나간다.

증문채　(곧 급하게) 내가 이웃 두씨집에 가서 차를 빌려 올게.

　　　　[문채가 큰 응접실로 달려나간다.

소　방　이모부! 이모부!

증문청　(흐느끼며) 어떻게 하지? 어떻게 하지?

증사의　흥, 어쩌긴요? (씩씩거리며) 당신 보세요. (손에 든 증호의 붉은 저금통장을 그의 앞에 던지며) 이거 어찌 된 일이에요?

　　　　[진유모가 장순을 데리고 큰 응접실 문으로 들어온다. 큰 응접실 끝의 불이 켜지자, 새하얀 칸막이의 종이막에는 다시 움직이는 거대한 유인원의 그림자가 갑자기 나타나, 무거운 걸음으로 멀리서 가까이로 관중을 행해 걸어온다.

증사의　(장순을 가리키며) 저 사람뿐인가?

진유모　더 있어요.

　　　　[문이 갑자기 열리자 온 몸에 흉맹스런 검은 털이 난 "북경인"이 나오는데, 마치 하나의 작은 산이 사람들 앞에서 압도를 하는 것만 같다. 그는 맨발로 묵직하게 걸어 들어오는데, 그 뒤에는 증정이 따라 온다.

증사의　(장순에게) 곧 바로 차에 태워.

　　　　[장순이 "북경인"에게 손짓을 해 보이자 "북경인"이 그를 한 번 보고는 증호를 안으려 한다.

소　방　(갑자기 증호를 덥석 끌어당기며) 병원에 갈 수 없어요. 이모부가 뻔히 보고 있는데 안 되요. (노인은 말을 못하고, 눈으로만 고통스럽게 바라보고 있다.)

　　　　["북경인"은 소방을 바라보고는 손을 멈춘다.

증사의　(소방을 끌어내며 장순을 향해) 들어. (장순이 손을 쓰려고

한다. -)

["북경인"이 가볍게 장순을 밀쳐내고, 혼자서 마치 한 마리 양을 안는 듯 증호를 들고 큰 응접실로 향해 걸어간다.

증　정　(울며) 할아버지! 할아버지!

증사의　울지마라.

증문청　(뒤를 따르며) 아버지, 제, 제가 잘못했어요.

　　　　["북경인"이 문턱까지 걸어왔을 때, 노인의 창백한 손이 갑자기 그 문짝을 꽉 잡고는 결사적으로 놓지 않으려 한다.

증　정　(고개를 돌려) 갈 수가 없어요. 할아버지가 손으로 문을 잡고 놓지를 않아요.

증사의　힘껏 들어! (장순이 급히 앞으로 다가간다.)

소　방　(마음 아파하며) 집을 떠나고 싶지 않으신 거에요. (모두 또 망설인다.)

증사의　사람 살리는 것이 중요하니까, 빨리 들어! 내 말을 들으라면 들어. 들어 올려!

　　　　[장순이 "북경인"을 밀며 억지로 앞으로 가려고 한다.

소　방　손! 손!

증사의　(증정에게) 그 손을 떼어 내라.

증　정　저 무서워요.

증사의　멍청하긴. 내가 하지!

증문청　아버지.

증　정　(공포에 질려) 어머니, 할아버지 손, 손!

　　　　[사의가 억지로 그의 손을 떼 내려고 한다.

증문청　(아주 격분하여 사의를 향해) 너 이 귀신아! 아버지 손에 피가 나게 해.

증사의　들어! (낮은 소리로 모질고 악하게) 집을 팔아야 하는데, 당신은 사람이 집안에서 죽기를 윈하는 거요?

[모두 "북경인"을 따라 큰 응접실 문으로 걸어 나간다. 오직 문청만이 뒤에 남아 있다.

[시간을 알리는 나무 두드리는 소리.

[옆에서 술 취한 사람이 고민스럽게 신음하는 소리.

[처량하게 "딱딱한 만두" 파는 소리.

[문청이 방안으로 들어갔다가 바로 걸어 나온다. 그는 낡은 외투 하나와 낡은 모자 하나를 들고 팔에는 그림 족자 하나를 끼었다. 긴 탄식을 하면서 천천히 큰 응접실로 통하는 문으로 걸어 나간 뒤, 문을 닫는다.

[가만히 부는 바람과 가을비가 섞여 들어오자 문이 또 절로 조용히 열리고 사방 벽에는 촛불 그림자가 어른거린다. 벽 위의 그림 족자도 바람에 불려 쏴쏴 하고 소리를 낸다.

[먼 곳에서 한 두 번 처량하게 시간 알리는 징소리가 들려온다.

- 막이 서서히 내린다.

제 3 막

제 1 경

북평의 음력 구월 말의 이른 저녁. 사람들은 이미 면으로 만든 빌로도 겨울옷을 겹쳐 입어야만 했다. 늦가을의 하늘은 매우 엄숙하고 시원스럽다. 황혼이 가까워 오자. 오래된 작은 마당에는 마치 하나 하나 까만 점 같은 까마귀들이 떼를 지어 있다가. 늙고 앙상한 느릅나무의 가지 꼭대기에서 맴을 돌며 여기서 꽉 하면 저기서 꽉 하는 식으로 울음을 그칠 줄 모른다. 좀 더 어두워져 어둠색이 더 짙어지자 까마귀들도 자기의 둥지로 날아든다. 창망한 흙먼지 속으로부터 아직 부대로 돌아가지 않은 나팔수가 성벽 위에서 나팔을 부는 소리가 들려온다. 먼 곳으로부터 들려오는 이 고독한 뿔나팔 소리는 사람들의 마음을 말할 수 없이 뜨겁게 하면서도 또 처량하게 한다. 이는 마치 다정한 한 유령이 혼자서 다시는 돌이킬 수도 없는 연기같이 아득한 과거를 추념하면서 아쉽기도 하고 또 애처롭기도 한 듯. 그렇게 원망과 미련으로 충만하여 엷고 차가운 공기 속에서 끊임없이 진동을 한다.

해는 점점 짧아지기 시작하여. 여섯 시도 채 안 되었는데 돌로 만든 경축용 아치 뒤의 석양은 서쪽의 옅은 자줏빛 산 기운에 파묻혀 있다. 밤이 되자 쏴쏴 하고 서풍이 일고. 마당의 반쯤 마른나무는 떨면서 우수수 소리를 낸다. 이튿날 이른 아침이 되자. 햇빛은 또 다시 옥상의 휘황찬 자기 기와를 비추고 있다. 날이 맑게 개이고 땅 위에는 한 층의 하얀 서리가 덮여 있다. 마당 안이나 큰 거리의 인도에는 엊저녁 서풍에 떨어진 노란 잎이 가득 깔려 있다. 날씨가 확실히 차가워졌는지 이른 아침에 나오면 사람들의 입김은 차가운 공기 속에서 유백색의 뜨거운 열기로 응집이 된다. 채소 시장에서 사온 채소에는 한 층의 엷은 얼음이 얼어 있고, 방안에 앉아서 오랫동안 움직이지 않으면 발이 좀 언듯한 느낌이 들며, 창호지 위의 파리가 둔하고 무거운 몸을 끌고 약간 날아 보다가 맥없이 창틀 위로 떨어진다. 옛날에는 이런 날씨가 되면 비교적 부유한 집, 예를 들어 증씨집 같은 이런 가문에서는 집안에 일찍부터 군불을 피워서 집안이 훈훈하고, 큰 응접실의 꽃 칸막이와 큰 창문 앞에는 활짝 핀 국화 화분을 빙 둘러놓았다. 녹색, 흰색, 황색, 잎이 넓은 것, 잎이 좁은 것 등 모두가 이름 난 품종들로, 어떤 것은 화분대 위에, 어떤 것은 화분대 아래에 놓았다. 그리고 남색 망사를 바른 칸막이 앞의 자단화 받침대 위에는 자줏빛 천두국을 자연스럽게 거꾸로 매달아 놓았다. 이런 것들은 눈이 부시게 눈앞에다 진열을 해 놓았다. 주인이 기쁠 때면 꽃 앞에서 술을 마시고 국화를 감상하며, 마음 잘 통하는 친척이나 친구들을 몇 명 초청하여 김이 무럭무럭 나는 신선로 요리를 먹거나, 혹은 오락을 즐기거나, 혹은 시를 짓거나 하면서 술을 얼근하게 마시고 매우 득의양양 해 하였다. 정말 더 없는 기개가 있었고 무한한 향수를 누렸다.

이전의 그런 환락과 기개는 지금 증씨집 이 방안에서는 일말의 흔적도 찾아볼 수가 없으며, 참담한 모습이 그 때의 흥하던 모습을 대신해 버렸다. 지금 이 늦가을의 밤 - 제2막으로부터 한 달 남짓 시간이 지남 -에는 더욱 스산하고 쇠퇴해버린 모습이 곳곳에서 드러나 보인다. 칸막이의 남색 망사도 모두 퇴색되어 버렸고, 한 두 짝에는 이미 망사가 떨어져 나가 보통 창문에 바르는 고려지로 바꾸었지만, 역시 다 누렇게 되어 버렸다. 칸막이 앞의 땅에는 흰국화 화분 하나를 놓았는데 잎은 말라 노랗게 되고 꽃도 말라 고개를 숙이고 있다. 벽에 붙여 놓은 오래

된 하나의 홍목 반원 탁자 위에는 짙은 남색의 큰 화병이 하나 놓여
있고, 그 안에는 서너 송이의 피다 만 황국화가 꽂혀있다. 꽃잎이 책상
위에 떨어져 있다. 시들어 버리고 고개를 숙여버린 이 국화가 그래도
이 쇠락해 버린 낡은 가정에서는 계절을 맞힌 셈이다. 군데군데 놓아두
었던 많은 장식품들은 모두 거두고, 벽에는 누가 그렸는지 알 수 없는
한 폭의 산수화만이 걸려 있을 뿐이나, 표구를 한 비단은 이미 회색으
로 변해버렸고, 아래의 축(軸)은 한 개만 남아 있을 뿐이다. 벽지는 이
미 벗겨지기 시작하였다. 벽 구석에는 칠현금이 거꾸로 걸려 있는데,
덮개는 가져가서 무엇으로 썼는지 알 수가 없고, 등황색 줄은 여전히
묵직하게 드리워져 있으나 그 색깔은 이미 선명하지가 않다. 그 위에는
거미줄이 쳐져 있고 또 비스듬히 천장까지 쳐져 있다. 서재의 창호지는
좀 째진 곳에 종이를 겹쳐 발랐는데 또 째져 있다. 두 개의 네모난 걸
상이 마음대로 벽 옆에 놓여져 있는데, 하나는 비어 있고, 하나는 바느
질 할 때 쓰는 소쿠리가 놓여있다. 그 팔각형 창문 유리도 오랫동안 닦
은 적이 없는지 먼지가 가득하다. 창 앞의 팔선 탁자 위에는 하나의 차
주전자와 두 개의 찻잔이 놓여 있고, 탁자 옆에는 하나의 등받이 의자
가 놓여져 있다.

　희미한 석양이 창문을 통해 탁자 위의 국화 꽃잎과 거미줄 가득한
칠현금 줄 위를 희미하게 비추고 있다. 희미하던 것이 갑자기 다시 빛
의 반사를 받은 듯 밝아지더니 이어서 다시 희미해진다. 밖에서 이따금
씩 늙은 까마귀들이 울어댄다. 외바퀴 물차가 단조롭게 "삐걱삐걱" 바
퀴소리를 내며 지나간다. 해가 지자 방안은 점점 어두워진다.

　　　[막이 열리면, 고모가 등받이 의자에 앉아 털조끼를 짜고 있
　　　다. 그녀는 주름 비단으로 만든 낡고 검은 낙타털 옷에 검은
　　　털신을 신었다. 얼굴에는 초조한 기색이 서려 있고, 간혹 손을
　　　멈추곤 하는 것이 조용히 뭔가를 기다리고 있는 것만 같다.

그녀와 멀찍이 떨어져 있는 낡은 소파에는 강태가 비스듬히 기대고 앉아 있다. 그는 한창≪마의신상(麻衣神相)≫이란 책을 들고 아주 골똘히 읽고 있다. 또 왼쪽 손에는 하나의 붉은 실로 동여맨 낡은 거울을 들고, 책을 보다가 또 자기 얼굴을 한 번 비춰 보고, 거울을 내려놓고는 또 자세히 그 선장본을 가지고 연구를 한다.

[그 역시 주름비단으로 만든 낡은 낙타털 옷을 입었는데, 회색 바탕에 옅은 황색을 띠고 있고, 소매는 담뱃불에 구멍이 나 있다. 너무 짧고 품이 넓어서 몸에 맞지를 않는다. 종려색 서양 바지는 그 바지 단이 발뒤꿈치까지 길게 내려와 있고, 낡은 겹신을 신고 있다.

[사이.

[진유모가 반쯤 만든 신바닥을 들고 서재 문을 열고 들어온다. 그녀의 머리는 더욱 희어졌고, 얼굴에는 주름이 좀 더 많아진 것 같다. 그녀는 나이가 들어 추위를 무서워하는 관계로 벌써 회색 천으로 만든 엷은 솜옷을 입었으며, 청색 서양댕기를 다리에 동여맸다. 그녀가 오는 것을 보고 문채는 곧 손으로 하던 뜨개질을 멈추고 일어선다.

증문채 (아주 관심을 가지고, 낮은 소리로) 어떻게 되었어요?

진유모 (말을 듣고는 발걸음을 멈췄다가, 고개를 돌려 창 밖으로 귀를 기울인다. 문채는 걱정스런 눈으로 그녀를 바라보며 그녀의 대답을 기다린다. 진유모는 어쩔 수 없다는 듯 고개를 흔든다.) 안 갔어요. 사람들이 가려고 하질 않아요.

증문채 (실망한 듯 탄식을 한 번 하고는 다시 앉아 털 조끼를 들고 고개를 숙인 채 천천히 옷을 짠다.)

[강태는 고개를 약간 돌려 이 두 여자를 한 번 보고는 혐오스런 표정을 해 보인다. 그리고 다시 몸을 돌려 그의≪마의신상≫

을 읽는다.

진유모 (길게 한숨을 쉬고. 사방을 둘러보다가 소매로 눈시울을 닦고
　　　　는 네모난 걸상 앞으로 가서 앉는다. 황혼의 미광을 받으며
　　　　묵묵히 신바닥을 만든다.)

강　태 (갑자기 두 발을 비비며. 온 몸을 부르르 떤다.)

증문채 (고개를 들어 강태를 바라보며) 발 시려워요?

강　태 (짜증스럽다는 듯) 어? (다시 그 관상책을 펼친다. 문채는 또
　　　　고개를 숙이고 털실로 옷을 짠다.)

　　　　[사이.

증문채 (강태를 한 번 사시로 보고는 다시 고개를 숙여 두어 바늘 짜
　　　　다가 정말 참을 수가 없는 듯) 강태씨!

강　태 (들은 것 같은데도 여전히 책을 본다.)

증문채 (다시 부드럽게) 강태씨. 당신 뭐하고 있어요?

강　태 (대답하지 않는다.)

　　　　[진유모가 강태를 힐끔 한 번 보고 불만스럽다는 듯 고개를
　　　　돌린다.

증문채 (털실을 내려놓고) 강태씨. 몇 시에요. 지금?

강　태 (거울을 들어 얼굴을 비춰보며 고개도 돌리지 않고) 몰라.

증문채 (어쩔 수 없어 밖을 보며) 여섯 시 되었겠죠?

강　태 (거울을 내려놓고 고개를 돌리며 손가락질로 냉냉하게) 시계
　　　　를 봐!

증문채 시계 고장났어요.

강　태 (눈을 흘기며) 고장이 났으면 가져가서 고치라고. (또 거울을
　　　　든다.)

증문채 (걱정스런 모습으로) 강태씨. 당신 다시 응접실로 가서 지금
　　　　그들이 어쩌는지 한 번 보세요. 네?

강　태　（귀찮다는 듯） 난 관여 안 해. 관여하지도 못하고, 관여할 수도 없어. 너희 증씨집 일은 너무 복잡해서 관여할 방법이 없어.

증문채　（간청을 한다.） 당신 다시 한 번만 더 가보세요, 어때요? 그 두씨집 사람들 대체 어떻게 하려는지 한 번 보세요.

강　태　어떻게 하긴? 그 사람들은 기한이 되어 증씨집에게 빚을 달라는 건데. 돈이 없으면 당신들 집을 달라 하고, 집이 없으면 증영감님의 그 몇 십 년 동안 칠한 녹나무 관을 달라는 거지.

증문채　（힘없이） 하지만 그 관은 아버지의 목숨이에요. 아버지의 목숨이라구요!

강　태　당신도 이 일을 처리하기 힘들다는 것을 이미 잘 알면서, 내가 가서 뭘 어떻게 하라는 거야?

진유모　（벌써 바느질을 멈추고 듣고 있다가 참견을 한다.） 그만 하세요, 어쨌든 돈은 없고, 집은 사람이 살아야−

강　태　그 관은−

증문채　아버지가 아까워 하시잖아요!

강　태　（눈을 부릅뜨고 문채를 바라보다가） 아는군? （또 거울을 든다.）

증문채　（고개를 숙이고 탄식을 하다가, 손수건을 꺼내 눈물을 닦는다.） ［사이. 밖에서 까마귀가 시끄럽게 울고, 물차가 "삐걱삐걱" 소리를 낸다.

진유모　（신바닥을 집으며, 때로 희끗희끗해진 머리에 바늘을 두어 번 문지르고 다시 힘을 다해 신바닥을 찌른다. 이 때 그녀는 바느질을 멈추고 고개를 들어 탄식을 한다.） 전 갑니다, 가요! 내일 저도 가야겠어요. 가련하게도 오늘 나리마님이 지낸 건 무슨 놈의 재수 없는 생일인지! 쯧쯧, 이렇게 살아갈 바에야 차라리 그날 저녁에 …… （갑자기） 옛날에 조부님이 생신을 쉴 때였다면 집에 손님을 청해 공연을 하고, 마당이든 응접실

이든 모두 국화로 가득 채워놓고, 아래 위 할 것 없이 모두 술좌석을 벌렸으며, 가는 곳마다 모두 생일인사 하러 온 손님이었고, 구석구석 온 세상이 다 생일 복숭아, 생일 국수, 붉은 생일 축하 족자들이었지. 어디 지금과 같이 -

증문채 (계속 눈앞의 고난을 깊이 생각하며 멍하게 강태만 바라보고 있다가 진유모의 말은 거의 듣지 못한다. 이 때서야 정신을 차려 강태에게 다시 부드럽게 말을 꺼낸다.) 강태씨, 당신 뭐 하고 있어요?

강　태 (눈을 흘기며) 당신 보기엔 내가 뭘 하고 있는 것 같애?

증문채 (억지로 미소를 지며) 당신 혼자서 뭘 비춰보고 있느냐구요?

강　태 (이미 못 참겠다는 듯, 일어서며) 난 지금 내 코 비춰보고 있어! 당신 똑똑히 들어, 난 내 코 비추고 있다구! 코! 코! 코! (거울과 책을 들고 더 먼 의자에 가서 앉는다.)

증문채 당신 더 고함치지 말아요, 이번에 아버지 생명은 어렵게 건진 거에요.

강　태 (늘 문채가 일부러 자기를 난처하게 한다는 생각이 들어서 속으로 성이 났지만 또 어쩔 수가 없다는 듯 계속 그녀에게 손가락질을 하며) 보라구! 봐! 좀 보라니까! 매 번 말하는 어조나 말 뒤에 숨은 뜻은 언제나 내가 그날 당신 아버지를 노하게 해서 병이 난 것 같이 한단 말야. 당신 물어보라구. 지금 누가 모르는지. 당신의 그 오빠와 언니라구 -

증문채 (있는 힘을 다해 변명하는 수밖에 없어서) 누가 그렇게 의심해요? (다시 고개를 숙이고, 부드럽게) 제 말은, 아버지가 오늘 금방 병원에서 오셨으니까, 당신이 가서 그 노인 앞에서 생일 인사도 할 겸 윗방으로 가 보는 것이 좋지 않겠느냐 이 말이죠.

강　태　（역시 씩씩거리며） 장인이 날 만나기 싫어하는데, 왜 당신은 내가 꼭 장인을 만나봐야 한다고 하는지 알 수가 없다구. 그래 그날 저녁 내가 술에 취해서 말을 잘못했다 치자. 그래서 내가 죄를 지었다 싶어서 지난 달 병원에 찾아갔더니, 나를 만나지도 않으려고, 나를 만나지도 –

증문채　（설명을 한다.） 그래요, 그 노인은 지금 마음이 편치 않지요!

강　태　그럼 내 마음은 편해?

증문채　（어렵게） 그렇지만 지금 아버지가 돌아오셨는데, 당신이 설마 평생 그를 안 보려는 것은 아니잖아요? 손님이라도 주인이 돌아왔으면 당연히 가서 문안을 드리는 것이 마땅한데, 하물며 당신은 –

강　태　（이치가 닿지 않자 도리어 기세를 부리며 그녀 앞으로 가서 또 손가락질을 하며） 당신, 당신, 당신의 입은 지금 어찌 이렇게 능글맞은 걸 배웠지? 이렇게 능글맞은 걸? 내, 내가 당신을 피해야겠군! 어때?

　　　　　［강태가 성이 나서 거울을 들고 서재 작은 문으로 걸어 나간다.

증문채　（괴로워하며） 강태씨!

진유모　음, 마음대로 하게 내버려 –

　　　　　［강태가 다시 급하게 들어와 원래 자리에서 뭘 부산스럽게 찾는다.

강　태　나의《마의신상》은? （발견을 하고） 아, 여기 있구나.

　　　　　［강태가 다시 걸어 나간다.

증문채　강태씨.

진유모　（아주 동정하며） 음, 마음대로 가게 내버려두세요, 만나 보지 않는 것도 괜찮아요. 고모부를 보면 나리마님이 또 청나리님 생각이 나서 마음이 더 불편할지도 모르니까요.

증문채 (어쩔 수가 없는 듯 탄식을 하며) 신바닥은 다 만들었어요?

진유모 (미소를 지으며) 한 두 바늘 남았어요. (신바닥을 내려놓고 구리테 돋보기 안경을 벗어 눈을 비비며) 신은 다 만들었지만 사람이 없군요.

증문채 (억지로 한 마디 희망적인 말을 꺼낸다.) 그 사람 결국은 돌아올 거에요.

진유모 (멈췄다가 두 손으로 옷깃을 들어 눈물을 닦으며 상심하여) 음, 하지만 - 그러길 바랩니다!

증문채 (처량하게) 유모, 내일 가지 마세요. 다시 며칠만 더 지나면 오빠는 곧 돌아올 거에요.

진유모 (한 달 동안의 근심 걱정으로 그녀는 막 왔을 때의 붉고 윤기 나던 얼굴색을 잃어 버렸다. 그녀는 부들부들 머리를 흔들며, 메마르고 오그라진 입은 흥분이 되어 실룩실룩 한다. 속으로는 정말 떠나기 아쉬워하면서 입으로는 고집스럽게) 아니, 아니에요. 전 가야 되요. 가야 돼. (일어나 옆에 있던 바느질감 등을 바구니에 담으며, 그녀의 붉은 코를 문지른다.) 기다린다고 해 놓고는 한 달이 넘게 기다리면서 소망도 빌고 향도 피웠는데 여전히 소식은 없고. 가련하게 우리 청나리님이 집을 떠날 때 얇은 옷만 입었었는데 - (밖을 향해 부른다.) 소주아야! 소주아야!

증문채 소주아는 아마 원선생님을 도와 짐을 꾸리고 있을 거에요.

진유모 (바구니 안에서 작은 보따리 하나를 꺼내는데, 그 안에는 아직 완전히 만들지 못한 솜신이 한 켤레 싸여 있다.) 만, 만약 언젠가 그가 돌아오면 바로 저에게 소식을 좀 전해 주세요. 제가 만나보러 시골에서 바로 달려올게요. (또 저도 모르게 눈물이 핑 돈다.) 간, 간 곳을 알게 되면 고모가 이 솜신을 잘 좀 그에게 부쳐 - (고개를 돌려 또 부른다.) 소주아야! - (문채에게) 큰 유모가 만들어 준 것이라 하고, 그더러 유모에게 소식 좀 전하라고 하세요. (한 줄기 웃음이 지나간다.) 그날 제가 죽지만 않았다면 아무리 멀다 해도 그를 보러 갈 테니까요. (참지를 못하고 또 흐느낀다.)

증문채 (걸어와 늙은 유모를 쓰다듬으며 위안한다.) 이, 이렇게 괴로워하지 말아요. 그 사람 밖에서 별 일 없을 거예요. (억지로 쓴웃음을 지으며) 곧 손자를 안게 될 서른 예닐곱 살 된 사람이 어디 -

진유모 (눈물이 빙 돌며) 나이가 많아도 제가 보기에는 어린애예요. 아직까지 외출을 해 본 적도 없고, 자신이 먹고 입는 것까지도 알아서 할 줄도 모르는 사람인데 - (부르면서 큰 응접실로 통하는 문으로 걸어가) 소주아야, 소주아야!

[소주아의 목소리: 예, 할머니!

진유모 너 뭐 하고 있는 게야? 아직 잠자리도 준비 안 하고. 내일은 떠나야지.

[소주아의 목소리: 소아가씨가 저더러 비둘기 먹이 좀 먹이래요.

진유모 (큰 응접실로 걸어가며 중얼거린다.) 참, 소아가씨도 외롭고 가련하지! 그렇다고 양식을 낭비하다니. 이런 때 비둘기에게 먹이는 줘서 뭐하게!

[진유모가 큰 응접실 문으로 걸어 나간다.

증문채 (반은 진유모를 향해, 반은 혼잣말로, 탄식을 하며) 먹이를 주는 것도 비둘기를 사랑하는 그 사람을 봐서겠지!

[밖에서 또 한 바탕 까마귀들이 운다. 그녀는 추위에 진저리를 한 번 치고 막 뜨개질 감을 드는데 -

[강태가 얼빠진 듯 서재 작은 문으로 들어온다.

강　태　(좀 전의 기염도 잊어버리고, 장마철의 비를 등에 맞은 듯, 말
　　　　할 수 없이 풀이 죽어 있고, 성이 나 있다. 비통해 하는 표정
　　　　으로 계속 고개를 흔들며) 방법이 없어! 방법이 없어! 정말 방
　　　　법이 없어! 이렇게 큰집에 동에서 서까지 어디를 가 봐도 따뜻
　　　　한 방 하나 없군. 지금까지 아직도 불을 피우지 않았으니 발이
　　　　얼어죽겠어. 당신의 그 언니는 돈이나 뜯어낼 줄 알고, 당신 아
　　　　버지는 그저 그 관이나 알고 말야. 난 정말 이렇게 살아가는 것
　　　　이 무슨 의미가 있는지를 모르겠어. 무슨 의미가 있는지?

증문채　원망하지 마세요. 어떻게 해서라도 생활은 해야하니까.

강　태　너무 답답하면 나도 혁명을 해야겠어! (마치 우스갯말 같기도
　　　　하고 성질을 부리는 것 같기도 하던 것이 점차 격해져 소리를
　　　　치며) 나도 반항을 하고, 나도 타도를 하고, 나도 서정 그 애
　　　　를 배워서 혁명당 친구들과 좀 사귀고, 반항하고, 타도하고,
　　　　타도하고, 반항해야겠어! 그 개 같은 것을 뒤집고, 그 엿 같은
　　　　것을 혁명한다구! 모든 것을 다 그에게 뒤집어 줘야지! 그,
　　　　그, 그런데 - (갑자기 자신의 호주머니를 만지더니, 저도 모르
　　　　게 자기를 조롱하며 비참한 웃음으로) 내 호주머니엔 일 원밖
　　　　에 남지 않았구만 - (만져보다가 다시 눈을 끔벅이며) 아냐,
　　　　일 원도 없어. - (눈을 굴리며 생각을 하더니, 낮은 소리로) 관
　　　　상을 봤었지!

증문채　강태씨, 당신 -

강　태　(갑자기 슬퍼하고 마음 아파하는 것이 마치 "돌아가신 부모님
　　　　을 애도하는" 것 같다. 길게 탄식을 하며) 만일에 내가 일종
　　　　의 "만금유" 같은 그런 약을 발명만 한다면 얼마나 좋을까!
　　　　얼마나 좋아!

증문채　(애절하게) 강태씨, 다시는 이런 쓸데없는 생각하지 마세요.

당신 이러다가 정신병자 되겠어요.

강　태　(그녀의 말을 못 들은 듯 하다가, 갑자기 정신을 차려) 문채,
　　　　내가 한 마디 할께. 오늘 아침에 내가 시장을 돌아다니다가
　　　　또 관상을 한 번 봤는데, 그 점쟁이가 하는 말도 바로 지금
　　　　나에게 코운이 있기 때문에 돈을 벌 수 있다면서 계속 내 코
　　　　가 잘 생겨 재운이 꽉 찼다는 거야. (아주 진지하게) 내가 아
　　　　까 내 코를 한 번 비춰봤는데, 확실히 잘 생겼더라구! (문채
　　　　에게 반박을 받을까봐 무서워하며) 관상도 제법 일리가 있는 것
　　　　같애. 안 그러면 어찌 내 이전의 일을 다 영험하게 마치겠어?

증문채　그럼 당신도 나가서 친구들을 찾아 봐야지요!

강　태　(좀 자신감을 가지고) 그래! 꼭 찾아야겠어. 내가 반드시 부
　　　　잣집 친구를 찾아야겠어. (말로 행동할 용기를 불러일으키려
　　　　는 듯) 바로 찾아야겠어. 좀 있다가 내가 찾으러 가야겠어. 난
　　　　아마 대통할 거야.

증문채　(격려를 하며) 강태씨, 당신이 다리를 좀 움직이려고만 한다
　　　　면, 당신 출세를 하지 않을 수가 없죠.

강　태　(저도 모르게 기뻐서) 정말야? (갑자기) 문채, 나 아까 윗방
　　　　에 당신 아버지 뵈러 갔었어.

증문채　(역시 기뻐하며) 그, 그 노인께서 당신께 뭐라고 하시던가요?

강　태　(교활하게) 이건 내 탓이 아냐. 방에 안 계시더라구.

증문채　아버지가 또 방을 나오셨어요?

강　태　음, 모르겠어. 어디 -

　　　　[진유모가 서재 작은 문으로 들어온다.

진유모　(약간 당황해 하며) 고모 아가씨, 가서 한 번 보세요.

증문채　왜 그래요?

진유모　글쎄! 나리마님이 혼자서 지팡이를 짚고 또 사랑방으로 그 관

을 보러 갔어요.

증문채 어 -

진유모 (애통해 하며) 나리마님 혼자 그곳에 서서, 관을 보고 눈물을 흘리면서 ……

강 태 소아가씨는?

진유모 아마 큰마님께 드리려고 부엌에서 무슨 국인가 끓이고 있을 거에요. - 고모 아가씨, 그 관 아무래도 두씨집에 줄 수 없을 것 같아요. 우선 고모 아가씨가 가서 나리마님보고 한 번 가 보라고 권해 보세요.

증문채 (눈물을 뚝뚝 흘리며) 가련한 아버지. 내, 내가 가 볼게요. - (서재를 향해 걸어간다.)

강 태 (비웃으며) 아냐. 문채. 당신이 우선 당신 언니한테 부탁을 하라구.

증문채 (진지하게) 언니는 지금 두씨집 사람들과 빚 독촉을 좀 연기해 달라고 상의하고 있다구요.

강 태 흥. 그녀는 지금 관을 보내는 걸로 두씨집과 상의하고 있다구. 당신이 가서 그 사람보고 양심대로 좀 하라고 그러라구. 두씨에게 저당 잡힌 집을 남겨 놨다가 다음에 자기 혼자일 때 호가로 팔려고만 하지 않는다면 당신 아버지의 그 관은 보내지 않아도 된다구. 기억하라구. 당신 아버지 오늘 퇴원할 때 치료비는 다름 아닌 소아가씨가 다 냈다는 거 말야. 당신 언니는 혼자 방에 앉아서 닭고기를 먹으면서도 사람들 앞에서는 궁한체 하며 주둥이만 팔 줄 알더라구. 당신 잊었어? 당신 아버지 입원하기 전에 그 사람이 당신 아버지를 한 번 씹었던 것 말야. 흥. 너희 이 언니는 -

[사의가 서재 작은 문으로 들어온다.

진유모 (발걸음 소리를 듣고 고개를 돌려 바라보고는, 저도 모르게
       낮은 소리로) 큰마님 오세요.

강 태 (조용해지며 한쪽 옆으로 간다.)
       [사의, 어두운 얼굴에 눈썹을 찡그려서 일부러 매우 난처하고
       매우 애통한 모습을 보인다. 그녀는 커피색의 검은 꽃이 놓인
       긴 소매의 털 치마를 입었는데, 팔꿈치 가까운 곳이 좀 닳아
       서 반질반질 하게 빛이 나고, 옷깃의 단추는 채우지를 않았으
       며, 파란 예복의 나사 신발을 신었다.

증문채 (나약한 모습으로) 어때요, 언니?

증사의 (묵묵히 소파 쪽으로 걸어간다.)
       [사이.

진유모 (관심을 보이면서 또 겁이 많아) 두씨집에서 도대체 동의를
       한대요 안 한대요?

증사의 (여전히 묵묵하게 소파에 앉아 있다.)

증문채 언니, 두씨집에서 –

증사의 (갑자기 소파 손잡이에 엎드려 곡조가 있게 소리를 내어 울기
       시작한다.) 문청씨, 당신은 어디로 달아 났나요? 문청씨, 당신
       은 이 큰 집을 버리고 나 혼자 감당하게 해 놓고는 가 버렸으
       니, 날더러 어떻게 하란 말예요? 당신이 집에 있으면 상의를
       한다지만, 당신이 집에 없는 데다가 이렇게 사람을 난처하게
       하는 일이 생겼으니, 여자인 내가 무슨 수를 쓰겠어요!
       [강태가 냉랭하게 한쪽 옆에 서서 그녀를 바라본다.

진유모 (감동되어) 큰마님, 그 집에서 연기를 좀 해 주겠답니까?

증사의 (콧물과 눈물을 닦고, 흐느끼며 수다를 부린다.) 생각해 보라구,
       두씨집에서는 실공장을 차렸다구! 교활하고 음흉하게도! 우리
       집이 이 지경이 되었을 때 말야. "불난 집에 부채질" 하는데 동

의를 해 주겠어? 그들은 이 집에 남자가 하나도 없다는 것을 뻔히 보고 있는데. (강태가 콧구멍으로 홍 하는 소리를 한 번 낸다.) 늙은 것은 늙은 것대로, 젊은 것은 젊은 것대로, 그들은 불난 틈을 타서 강탈해 가는 식으로 하지 않고, 수락하지 않으면 안 되는 식으로 조여 오니 어찌 마음을 정할 수 있겠어요?

증문채 (절망적으로) 그렇다면, 그들은 역시 아버지의 관을 반드시 가져가지 않으면 안 되겠다는 말 아녜요?

증사의 (손수건으로 빨갛게 부은 눈을 닦으며, 여전히 어깨를 들먹인다.) 고모는 나더러 무슨 방법을 쓰라는 거에요? 돈, 돈은 우리에게 없고, 집, 집은 우리가 살아야 하고, 대 식구들은 입을 벌리고 먹을 것을 달라고 하고. 그 관은 두씨 영감이 몇 년 동안 눈독을 들이고 있다가, 지금 기어이 가지겠다고, 기어이 -

강 태 (자기의 침실 문틀에 기댄 채, 쌀쌀스런 말로) 그럼 그들에게 주면 되지 뭘.

진유모 (놀라며) 뭐, 그들에게 줘요?

증사의 (강태, 아랑곳하지 않고) 뿐만 아니라 그 집에서는 오늘 꼭 -

증문채 (숨을 들이마시며) 오늘?

증사의 그래요. 그들 말은 두씨집 영감이 병으로 곧 죽을 것 같아서, 유언장에 적힌 대로 일을 명확하게 한다면서 -

강 태 (그를 대신해서) 증씨 영감님 관을 달라는 거지!

증문채 (바로) 그렇다고 아버지가 어찌 그렇게 하려고 하겠어요?

진유모 (끼여들며) 동의한다 하더라도, 누가 가서 나리마님께 말을 할 수 있겠어요?

증문채 (바로 이어) 뿐만 아니라 아버지는 막 병원에서 돌아오셨는데.

진유모 (끼여들며) 오늘은 또 나리마님 생일이고, -

증사의 (갑자기 또 엉엉 울며) 내, 내 말이 그 말이지! 문청씨, 당신은 어디로 달아났냐구요? 이 ㅈ 경에 와서 나더러 어떡하란 말에요? 난 시아버지도 돌봐야 하고, 집안 살림도 관리해야 하고. 난 지금 "충성 효도 둘 다 잘할 수가 없다"구요. 문청씨, 당신은 나더러 어떡하란 말에요!

[큰마님이 엉엉 우는 중에 서재의 문이 열린다. 증호가 지팡이를 짚고 부들부들 떨면서 걸어 들어온다. 그는 푸른 "선춘" 설면자로 만든 긴 옷을 입고, 그 위에는 검은 나사 마고자를 입었으며, 검은 모전으로 만든 방한화를 신었다. 얼굴색이 누렇게 말랐고 모습이 수척해 보이지만, 그가 걷는 것으로 보아 이미 건강을 회복한 것 같다. 그는 가능한 한 자기에게 남은 그 일말의 존엄을 유지하려고 하지만, 그의 눈에는 그가 절망 중에서 다시 한 차례 최후의 몸부림을 치고 있음이 드러나 보인다. 그러나 그는 또 눈앞의 이런 사람들을 극도로 혐오한다. [모두 고개를 돌려보고 다 일어선다. 강태는 얼른 보고 곧 바로 슬그머니 벽을 따라 자기 방으로 들어가 버린다.

증문채 아버지! (달려가 그를 부축한다.)

증　호 (손을 저으며, 허약한 목소리로 힘을 다해) 부축하지 마라, 나 혼자 걷겠다. (소파 쪽으로 걸어간다.)

증사의 (정성스럽게) 아버지, 제가 부축해 드릴 테니까 그래도 방에 가서 누워 계시지요.

증　호 (소파에 앉으며 사람들을 보고) 앉아라, 모두 예의 차리지 말고. (사방을 두리번거리며) 강태는?

증문채 그이는. ─ (갑자기 생각이 나서) 그이는 방에 있어요. (부끄러워하며) 아버지를 기다리고 있었어요, 아버지께 사과 드릴려구요.

증　호 큰 애는 아직 소식이 없냐?

증사의 (아주 슬퍼하며) 어떤 사람은 그를 제남 거리에서 만나 봤다

고 하고, 또 어떤 사람은 천진의 한 여인숙에서 그를 봤다고 하기도 하구요 -

증문채 어디든 다 찾아봤지만 그림자도 찾지를 못했어요.

증 호 그렇다면 찾지 마라.

증문채 (정신을 가다듬고 노인을 위로하며) 오빠가 이번에는 정말로 후회를 했기 때문에. 이번에는 밖에서 반드시 하나의 큰 사업을 벌려서 -

증 호 (머리를 흔들며) "자식은 애비가 잘 안다"고. 그는 기개가 없어. 조만간에 그는 또 - (다시는 그를 들먹이기 싫어하는 듯, 갑자기 문채에게) 너 가서 강태 좀 들어오라고 해라.

증문채 (한 걸음 가다가 마음속으로 정말 부끄러워, 저도 모르게 몸을 돌려 다시 아버지를 향해) 아버지, 저, 저희들은 정말 아버지께 면목이 없어요. 정말 -

증 호 어허, 가서 걔 불러 와. 그런 말은 하지 말고. (사의를 향해) 너도 정아와 서정을 불러오너라.
［문채가 침실 앞으로 가서 부른다. 사의는 서재문으로 걸어나간다.

증문채 강태씨! 강 -
［강태가 곧 바로 조용히 나온다.

강 태 (문을 나와, 증호가 자기를 바라보고 있는 것을 보고는 저도 모르게 좀 부끄러워하며) 아버님, 저, 저 -

증 호 (손을 흔들며) 앉아라, 앉아. (강태가 앉자, 유모를 향해 관심을 보이며) 소아가씨한테 그러라구, 금방 병원에서 돌아왔는데 부엌에서 또 고생하지 말고 가서 좀 쉬라고.
［진유모가 큰 응접실로 통하는 문으로 나간다.

증문채 (계속 강태를 바라보고 눈짓을 하다가, 진유모가 몸을 돌리자 낮은 소리로) 당신 그래도 일어나서 아버지한테 용서 빌지 않아요!

강　태　(일어선 듯 만 듯 하며) 저, 전 -

증　호　(손을 흔들며) 지나간 일은 들먹이지 말자, 들먹이지 마.

　　　　[강태가 다시 앉는다. 적막 중에 사의가 정아와 서정을 데리고 서재 작은 문으로 들어온다. 서정은 회색 바탕에 작은 홍화가 놓인 천으로 만든 치마를 입었고, 정아는 긴 두루마기에 큰 남색 마고자를 걸쳤다.

증　호　(의자를 가리키자 모두 차례로 앉고, 서정만 문채의 뒤에 서 있다. 증호가 애처롭게 둘러보며) 지금 좌중에 아마 큰아들만 빠지고 우리 증씨집 사람들이 다 모였다. (집안을 바라보며, 낮은 소리로 기침을 한 번 하고) 이 집은 너희 선조 할아버지 경덕공으로부터 전해 내려온 것이며, 우리는 대대로 선비 가문으로, 아버지는 자애롭고 아들은 효성스러워 다른 사람들로 하여금 입방아 한 번 놀리게 한 적이 없었다. 오늘날에 와서 우리집에 이런 불효한 자손이 나서 -

증사의　(좀 괴로워하며) 아버지! -

　　　　[모두 숙연하게 서로를 바라보다가 다시 고개를 숙인다.

증　호　증씨 가문을 망쳐 놓았어. 사리를 모르고, 진보를 원하지 않고, 효도를 모르고, 이미 있는 것도 지킬 줄 모르는 자손들만 한 떼 길러 냈어 -

강　태　(약간 싫증을 내기 시작한다.)

증문채　(고개를 들고 부끄러워하며) 아버지, 아버지, 저 -

증　호　이건 내가 나의 선조한테 미안한 일이라. 나에게는 더 이상 우리의 선조 경덕공을 만나볼 면목이 없다. (기침을 하자 서정이 걸어와 등을 두드린다.)

강 태 (견디지를 못하고 몸을 돌려 연속 고개를 흔든다. 또 탄식을 하며 중얼거린다.) 어이구, 어이구, 정말 이 지경에 아직도 무슨 놈의 연극이야! 무슨 놈의 연극!

증문채 (낮은 소리로) 당신 또 미쳤어요!

증 호 (서서히 서정을 밀어내며) 상관하지 마라. (몸을 돌려 사람들을 보고) 난 너희들을 책망하지 않는다. 책망을 해도 소용이 없지만. (만면에 절망과 가련한 표정을 보이면서도 어조는 사납게) 모두가 다 폐물들이야, 말이나 잘 할 줄 아는 폐물들이라구. (갑자기 약간 용기가 났는지) 강태, 너, 너도 마찬가지야! - [강태에게 약간 표정의 변화가 있는 듯 하다.

증문채 (그가 발짝을 할까 봐 겁을 내며) 강태씨!
[강태 조용하게 있으면서 소리를 내지 않는다.

증 호 (책망 반, 잔소리 반으로) 하루 종일 돈벌 생각이나 하고, 하루 종일 꿈이나 꾸고 있으니. 세상 물정은 조금도 모르지. 큰 애하고 꼭 같이 헛되이 책만 읽었지 무엇이 너희를 해치는 지도 몰라. 모두가 다 한 쌍의-(저도 모르게 큰 기침을 하면서 스스로 두 번 두드린다.)

증문채 음, 음!

강 태 (어쩔 수가 없어서 연달아) 이것 또 하필이면, 이것 또 하필이면!

증 호 사의, 너도 자식이 있는 여자로, 이미 이 년이나 시어머니 노릇을 하였고 또 할머니가 되어야 하는데. (억지로 자신의 분노를 참으며) 내가 더 너에게 말하지 않겠다. 잘못도 내가 씨를 뿌린 것이고, 잘못된 것도 오늘날부터 시작된 것이 아니니까. (자기가 말을 할수록 처참해져서) 앞으로 집을 팔고 나서 너희들은 내가 죽은 셈치고 이 집에 내가 없다고 생각해라.

난, 난-(눈물이 뚝뚝 떨어진다.)

증문채 (참지를 못하고 큰 소리로 울며) 아버지, 아버지. -

증사의 (이미 얼굴색이 변해 있다가) 아버님, 전 아버님 말씀을 잘
        모르겠네요.

증 호 (생각지 못했다는 듯) 너. 너. -

증문채 (극도로 격분하여) 언니, 너무 심하게 아버지를 모욕하는군요.

증사의 (도리어 물으며) 누가 아버지를 모욕해요?

증문채 (점잖은 사람도 한 마디 안 할 수 없어) 사람이 이렇게 양심
        이 없어서는 안 돼요.

증사의 누가 양심이 없어요? 누가 양심이 없어? 하늘에는 천둥이 있
        고, 눈앞에는 아버님이 계신데! 동생, 한 번 물어 보자구, 누
        가? 누가?

증 정 (동시에 고통스럽게) 어머니!

증문채 (그녀의 기세에 눌려 화가 나 떨면서) 당, 당신이 아버지를
        궁지로 몰았잖아요.

강 태 (어쩔 수가 없다는 듯) 싸우지 말아요. 여보, 형수님.

증문채 당신은 아버지를 못 살게 굴어 노인의 관까지도 빼앗아 가서
        팔고, 아버지를 못 살게 굴어서-

증 호 (그녀를 막으며) 문채야!

증사의 (비꼬며) 그래요, 내가 노인을 못 살게 굴었고, 저 노인에 의
        지해서 먹었고, (말을 하며 일어선다.) 저 노인에 의지해서 마
        셨어요. 종일토록 저 노인집에서 공짜밥을 먹으면서 살기 시
        작한 것이 사 년이 되었어요, 고모부까지 모시고-

증 정 (옆에서 계속 권하다가 아주 다급해지자) 어머니, 이러지 말
        아요. -어머니, 어-어머니-

강 태 (자기도 갑자기 성이 나서) 웃기는 소리 하네! 난 돈 줬어!

증 호   (가쁜 숨을 몰아 쉬며, 큰 소리로 그들을 말린다.) 조용히 해라!

증사의   (동시에) 당신이 돈을 줘요? 흥, 당신은 겨우 —

증 호   (다투는 소리 중에 발을 구르며 성난 소리로) 사의, 더 떠들
         지 마라! (갑자기 거의 비애에 찬 소리로 변하여) 난, 난 곧
         죽는다!

         [모두 곧 바로 조용해지고, 사의가 슬퍼서 낮게 흐느끼는 소
         리만 들린다.

         [날이 어두워지기 시작하였다. 엄숙하게 조용한 분위기 속에
         소방이 큰 응접실 서재문으로 들어온다. 그녀는 짙은 미색의
         베이지 치마를 입었는데, 얼굴이 한 달 전보다 좀 야위었다.
         그래서 그녀의 눈이 더욱 크고 광채가 있어 보이며, 우리들은
         그곳에서 무한한 침착성과 평화 그리고 확고한 표정을 찾아볼
         수가 있다. 그녀는 오른손에 석유등 하나를 들고, 왼팔에는 두
         축의 그림을 끼고 있다. 그녀가 들어오는 것을 보고 서정이
         급히 다가가 손에 든 등을 받는 동시에 낮은 소리로 그녀의
         귀에다 뭐라고 한 마디 하는 것 같다. 소방이 묵묵히 고개를
         끄덕이고는 저도 모르게 비애에 찬 눈으로 눈앞의 그 침울한
         몇 명의 얼굴을 바라다보고, 두 축의 그림을 그 도자기 단지
         안에다 넣어놓고 다시 몸을 돌려 서재문으로 급히 나간다. 서
         정이 계속 그녀를 바라다본다.

증 호   (탄식을 하며) 너희 이 폐물들아! 지금에 와서도 아직 뭐 싸
         울 것이 있어?

증서정   할아버지, 방으로 돌아가 좀 쉬시지요?

증 호   (감동이 된 듯) 서정과 정아를 봐서라도 아직 무슨 싸울 낯이
         있느냐구? (시원시원하게) 더 이상 말하지 마라. 함께 사는
         것도 며칠 남지 않았다. 사의야, 너, 너 가서 두씨집의 책임자

에게 그래라. 그. - (좀 곤란스럽게) 그들보고 그 관을 가져가

라고 하고. 우선. 우선 (처참하게) 우리 이 집을 남겨 둬라.

증문채 아버지!

증　호 두씨집의 생각을 아까 소방이 나에게 다 이야기했다!

증문채 누가 소동생을 시켜 아버지께 말씀드리라고 했지?

증사의 (몸을 내밀며) 내가요!

증　호 더 이상 이런 일로 왈가불가 하지 마라!

강　태 (망설이며) 그럼 아버님께서도 그들에게 주겠다는 것인가요?

증　호 (고개를 끄덕인다.)

증사의 (입을 열기가 어렵지만. 그래도 끝내 말을 한다.) 그러나 두씨

집에서는 오늘 달라고 한다구요.

증　호 그래. 그래. 그들 뜻대로 복 있는 사람이 자도록 줘 버려라.

(사의가 말을 전하러 나가려고 하는데. 뜻밖에 증호가 고개를

돌려 강태에게) 강태야. 네가 그들보고 **빨리** 들고 가라고 해

라. 지금 들고 가라 해! (끝없이 애통해 하며) 난, 난 내일 두

번 다시 이 재수 없는 물건을 보기 싫으니까!

[증호 고개를 숙이고 말이 없자. 사의 어쩔 수 없이 걸음을

멈춘다.

강　태 (연민의 마음이 갑자기 생겨) 아버님! (두 걸음 걸어가다가

다시 멈춘다.)

증　호 가, 가서 말해!

강　태 (갑자기 고개를 돌리더니. 증호 앞으로 걸어가 아주 선의적으

로) 아버지, 이게 뭐 그렇게 괴로워 할 일입니까? 사람이 죽으

면 죽는 거지. 몇 백 번 칠한 관에 잠들면 또 뭐합니까? (원래

는 어조에 동정과 위안의 뜻이 담긴 말투였으나. 점점 본래의

뜻을 잃고 어조를 바꿔서 다시 그가 줄곧 해 오던 습관대로

증호에게 청산유수 같이 말을 하기 시작한다.) 이런 일은 아버님이 제대로 보지를 못한 거에요. 예를 들어 아버님이 오늘 죽어 잠들어 버렸다면 칠한 관과는 또 무슨 관계가 있겠어요?

증문채　(그의 말이 또 시작된 것을 알고) 강태씨!

강　태　(고개를 돌려 문채를 보고 싫어하며) 당신 떠들지 마! (다시 얼굴을 돌려 증호를 보고 웃는 얼굴로 아주 진지하게 위로를 한다.) 그래서 아버님이 죽었는데 주무실 관이 없다하더라도 또 무슨 관계가 있겠습니까? (손가락질을 하며) 이것은 다 일종의 습관이에요! 일종의 견해차이에요! (말이 점점 신나게 되자, 점차 동정과 위안을 위해 시작한 원래의 선의를 잊고, 기뻐 어쩔 줄을 몰라 하며 증호를 향해) 예를 들어 말하자면, (소파에 앉으며) 제가 이렇게 앉으면 보기가 좋고, (영감이 떠올라) 그럼, 이렇게 (갑자기 한 다리를 의자 등받이에 올려놓으며) 앉으면 보기가 싫습니까? (사의를 향해) 그럼, 형수님, (자신의 말에 도취가 되어, 마치 술에 취해 약간 어질거리는 듯, 좀 전의 충돌을 잊어버린 것 같다.) 저 이것은 예를 드는 거에요! (손가락질을 하며) 당신이 옷을 입으면 예쁘고, 당신이 옷을 입지 않으면 예쁘지 않습니까?

증사의　고모부!

강　태　(계속 멈추지 않고) 이건 모두 답이 없는 거에요, 답이 없다구요! 이건 일종의 견해차이에 불과한 거에요! 일종의 습관이구요!

증　호　(참견을 한다.) 강태야!

강　태　(다른 사람이 참견할 틈도 주지 않고, 청산유수같이 이어 나간다.) 그럼, 저를 예로 들어보죠. (앉으며) 제가 죽으면, (고개를 돌려 문채를 본다. 문채는 그가 농담을 하는 것인지 아니면 진지하게 이야기를 하는 것인지를 모른다.) 당신이 날 화장하여

다 태운 다음, 뼈 가루까지도 다 바다에 던져 버리고 다시 그
것을 수장시켜 줬다고 합시다! 사람이 죽었는데 아주 통쾌하
게 몸을 묻을 곳이 없어져 버린 거죠! (마치 수업시간에 강의
를 하듯이) 이것 역시 일종의 견해차이에 불과한 것이며, 이것
역시 일종의 습관이라고 할 수 있죠. 그럼, 아버님께서, 오늘-

증 호 (더 이상 참을 수 없어, 높은 소리로 그를 막으며) 강태야!
네가 어떻게 죽고 싶든, 어떻게 매장을 하든 모두 너 마음대
로 해라. (괴로워하며) 내가 막 큰 병에서 회복이 되었고, 오
늘은 또 생일인 셈인데, 이런 말은 지금 그렇게 크게 필요한
말이 아니지-)

강 태 (여전히 평화롭게, 결코 거역이라는 생각 없이) 좋아요, 좋아
요, 좋아요. 찬성하지 않는다는 거로군요! 괜찮아요, 괜찮아!
사람에게는 각자 자기 생각이 있으니까! - 사실 저도 일찍부터
제 말이 쓸데없는 것인 줄 알았거든요. 제가 금방 말을 하고
있을 때도 마음속으로 "말하지 마! 말하지 마!" 하고 중얼거
렸지만, (미안한 듯) 그러나 제 입이 저절로 그만-

증사의 (줄곧 슬픈 듯이 있다가) 그럼 고모부, 여기서 이만 하죠. (일
어서며) 그럼, 아버님, 제, 제가 (말하기 힘든 모양으로 자기 눈
시울을 닦으며) 아버님 분부대로 두씨집 사람에게 말을 할게요.

증 호 (절망에 찬 모습으로) 그래, 역시 이 길밖에 없다.

증사의 예. (두 걸음 걸어간다.)

증문채 (가슴 아파하며) 아버지!

강 태 (갑자기 일어서며) 아녜요, 잠깐만 기다리세요, 반드시 기다리
세요.
   [강태가 빠른 걸음으로 급히 자기 침실로 달려들어간다. 사의
   도 걸음을 멈춘다.

증 호 (영문을 몰라) 이것 또 왜 이러느냐?

　　　[장순이 큰 응접실로 통하는 큰문으로 들어온다.

장 순 두씨집에서 또 사람을 보내 말하기를, 그 관을 오늘 밤 인시 이전에 두씨 공관으로 들고 들어가야 좋다고 음양가가 예측했다면서 큰마님께 여쭤보라고 ……

증문채 당신 ……

　　　[강태가 낡은 나사 모자 하나를 들고, 지팡이를 들고 급히 걸어 나온다.

강 태 (장순을 보고 아주 기쁘게) 너 그 두씨집의 망할 개자식들한테 응접실에서 조금만 더 기다리라고 해. 돈이 곧 오면 우리 영감님의 관은 집에서 땔감으로 쓸 것이라고 네가 이렇게 말해.

증문채 당신이 어찌 ……

강 태 (증호를 향해 열정적으로) 아버님, 잠깐만 기다리세요. 제가 가서 친구를 한 명 찾아볼게요. (문채를 향해) 상정재가 지금 공안국장을 하는데, 그를 찾아가면 반드시 방법 있을 거야. (증호를 향해 매우 자신있게) 이 오랜 친구는 저와 가장 관계가 좋은 친구에요. 이런 작은 일쯤은 반드시 문제 없을 거에요. (조리가 있게) 첫째, 그는 곧 바로 두씨집을 찾아가 교섭을 해서 그들에게 이후부터는 이곳에서 더 이상 무례하게 소란을 피우지 못하게 할 수가 있을 거에요. 둘째, 만일 두씨집에서 지시를 듣지 않는다 해도 임시로 그에게 변통을 하면 (경멸하는 어조로) 이 몇 푼 안 되는 돈은 결코 문제가 없어요, 결코 문제가 없어.

증문채 (거의 자신의 귀를 의심하며) 강태씨, 정말 그럴 수 있어요?

강 태 (지팡이를 치며) 물론 물론, 그럼 아버님 저 가겠습니다. (사의를 향해 손을 흔들어 보이며) 형수님 먼저 말씀드리지만 제가 보증을 서면 반드시 성공할 거에요! (걸어간다.)

증사의 (한 바탕의 폭풍으로 약간 머리가 혼미하여) 그럼 아버님, 이
       일은 ……

증문채 (기뻐하며) 아버지 ……

       [강태가 큰 응접실의 문턱을 한 걸음 내딛었다가 다시 급히
       돌아온다.

강 태 (문채를 향해 급히 손을 내밀며) 몸에 돈이 없다.

증문채 (급히 호주머니에서 작은 한 묶음의 돈을 꺼내서) 여기 있어요.

강 태 (보고는) 삼십 원!

       [강태가 큰 응접실로 통하는 문으로 걸어 나간다.

증 호 (강태 때문에 머리와 눈이 어질어질 하다가 지금에서야 숨을
       한 번 쉬고) 강태 요것이 어떻게 된 일이냐?

증문채 (줄곧 남편을 숭배해 왔는데, 지금 사람들이 못 믿어 할까 봐
       서 최선을 다해 증호에게) 아버지, 안심하세요. 그이가 평시에
       는 아무 말이나 막 하지 않아요. 그이가 지금 방법이 있다고
       말했으니까 반드시 방법이 있을 거에요.

증 호 (반신반의하며) 오냐!

증사의 (통제할 수가 없어서) 흥, 제가 보기에 그는 …… (갑자기 다
       시 자신을 억제하며, 몸을 돌려 증호를 향해 부자연스럽게 웃
       으며) 그럼 좋아요. 아버님, 이 관에 대한 일은 ……

증 호 (마치 일말의 희망적인 위로를 얻은 듯, 그렇게 한 번 탄식을
       하고는) 그래도 좋다. "죽은 말을 산 말처럼 치료한다"는 말
       이 있듯, 그의 생각대로 한 번 해 보자꾸나.

장 순 (자기도 모르게 좀 기뻐하는 표정으로) 그럼, 큰마님, 제가 그
       들에게 ……

증사의 (한참 자신의 분노를 억제하고 있다가, 이제는 보기 싫은 상을
       피치 못하고, 증오스런 소리로) 가-! 네가 가서 뭘 하겠다구!

[사의가 다소 성이 나서 기세 등등하게 큰 응접실로 급히 걸어간다.

증   호   (보충해서 말하듯) 사의야. 그래도 좋은 말로 두씨집 사람들과 말을 해라. 어찌 되었든 그들에게 좀 기다려 달라고.

증사의   예!

[사의가 큰 응접실로 통하는 문으로 나가자. 장순이 따라 나간다.

증문채   (만면에 기쁜 웃음을 지으며) 서정아. 너 봐라. 너의 고모부가 좀 정신 나간 것 같아도, 이런 때가 되니까 ……

증서정   (마음속에 곡절이 있는 듯, 맞장구를 치며) 그렇군요, 고모.

증   호   (다시 희망을 걸며, 바로 문채의 말을 이어) 그래! 그 관을 남겨 놓을 수만 있다면 좋지! (저도 모르게 고개를 돌려) 정아. 너 보기에 이 일이 희망이 있냐?

증   정   (역시 맞장구를 치며) 있고말고요, 할아버지.

증   호   (고개를 끄덕이며) 집에 운이 지금부터 좀 돌았으면 좋겠구나. -음, 확실한 것은 아니지만! (일어서려고 하자 서정이 다가와 부축을 한다.) 넌 지금 몸이 괜찮냐?

증서정   예, 할아버지.

증   호   (일어나서 서정을 바라보며 감개해서) 너도 곧 어머니 노릇을 하게 될 사람이구나!

[문채가 눈짓으로 정아도 다가와서 할아버지를 부축하게 하자, 정이 묵묵히 다가온다.

증   호   (손자와 손자며느리를 바라보자, 갑자기 무궁한 희망이 생겨) 내가 보기에 너희 작은 부부는 그런대로 서로 사이가 좋은 것 같구나. 앞으로 너희 둘이 이 가문을 잘 지탱해 가게될 게야.

증문채   (증정에게 눈짓으로 맞장구를 쳐주라고 한다.) 정아!

증 정   (다시 맞장구를 치며, 서정을 바라본다.) 예, 할아버지.

증 호   (증씨집 세 번째 대를 바라보며 기대하는 어조로) 이 번에 관
         을 건지게 되면 집도 팔지를 말고 내년 봄이 되면 내가 너희
         들을 위해 다시 나가서 뛰어봐야겠다. 너희 자녀들을 위해 내
         가 다시 한 번 마소같이 일을 해야겠어! (손수건으로 눈시울
         을 닦으며) 그래, 선조들이 내 몸을 건강하게 보살펴 주시기
         만 하면 말이다. 너희들도 성심성의껏 나를 위해 기도를 해
         라! (서재로 걸어간다.)

증문채   (와서 증호를 부축하고 흥을 돋우며) 그래요, 내년 봄이 되면
         아버지 몸도 좋아지고, 서정도 아버지께 증손자를 낳아 드리
         고, 오빠도 ……
         [서재 작은 문이 열리며 문앞에 소방이 나타난다. 그녀는 금
         방 꽃을 다 꽂은 듯, 물이 뚝뚝 떨어지는 손에 남은 두 송이
         의 국화를 들고 있다.

소 방   (한 손으로 가볍게 얼굴 앞의 머리를 쓰다듬어 올리며, 부드
         럽게) 방으로 가서 좀 쉬세요, 이모부. 방 정리 다 해 놓았어요.

증 호   (기쁘고 위안이 되어) 그래, 그래! (문채에게 고개로 맞장구
         를 치며, 밖으로 걸어간다.) 그래, 내년에 봄이 되면! …… 서
         정이가, 내년에 봄이 되면, 내년에 ……
         [서정이 그를 부축한다. 서재 문입구까지 가서 소방을 바라보
         며 고개를 돌려 몰래 이 방을 가리킨다. 소방이 그 뜻을 알고
         고개를 끄덕이며 증호의 팔을 받는다. 그를 부축하여 나가자
         뒤에는 문채가 따른다.
         [정아는 방 한가운데 서서 꼼짝을 않는다. 서정이 그를 바라
         보다가 다시 서재 문입구에서 묵묵히 걸어온다.

증서정   (낮은 소리로) 정씨!

증　정　(거의 그녀의 눈을 바라보지 못하고, 슬프게) 당신 내일 아침
　　　　이면 떠나는 거야?

증서정　(역시 그를 감히 바라보지 못하고, 낮은 소리로 느리고 결연
　　　　하게) 예.

증　정　원가집 사람들과 같이?

증서정　예, 같이 가요.

증　정　(사방을 바라보고, 호주머니에서 뭔가를 꺼내며) 이 두 장의
　　　　증명서 내가 이미 다 써 놨어.

증서정　(증정을 응시하며) 그래요.

증　정　(한 장의 종이를 들고 저도 모르게 사방을 둘러본 후, 낮은
　　　　소리로 읽는다.) "이혼인 사서정·증정. 우리는 어린 나이에
　　　　결혼을 했고, 의견이 맞지 않아 실제로 계속하여 동거하기 어
　　　　려운 고로, 금후부터 두 사람은 자원하여 부부관계를 끊고 –"

증서정　(마음이 아파) 더 읽지 마세요.

증　정　(망설이다가 어차피 해야할 수속이라고 생각한 듯 중얼거리
　　　　며) 그럼, 서명을 하고, 도장을 찍고, ……

증서정　있다가 방에서 하지요.

증　정　그, 그래도 좋구.

증서정　(진심으로 애통해 하며) 정씨, 정말 당신한테 미안해요. 당신
　　　　한테 이런 증명서를 써 달라고 해서.

증　정　(말을 못한다. 이제껏 오늘과 같이 이렇게 그녀를 연연해 본
　　　　적이 없는 듯) 아냐, 이 이 년 동안 당신 우리집에서 고생 죽
　　　　도록 했어. (갑자기) 그 아이 낳지 않기로 한 것, 소이모한테
　　　　는 이야기했어?

증서정　(꺼내기 싫은 회억이라) 예. 이모가 아기에게 만들어 준 옷,
　　　　다 돌려 드릴까 해요. 그런데 왜요?

증　정　내 생각에 집에서 한 사람쯤은 알고 있는 것도 좋겠다 싶어서.

증서정　(친절하게) 정씨. 제가 떠난 이후에 당 당신은 뭘 할 거에요?

증　정　(고개를 흔들며) 몰라. (적적해 하며) 학교는 지금 다닐 수도 없고.

증서정　(아주 동정하듯) 당신 실망하지 가세요.

증　정　안 해.

증서정　(위로하며) 다음에 우리 늘 편지할 수 있을 거에요.

증　정　그래. (눈물이 흘러내린다.)

[밖에서 원아가 부른다. 서정!

증서정　(슬픔과 고통으로) 괴로워하지 다세요. 많은 일들이 다 수많은 고통을 지불해야만 비로소 하나의 "명확함"을 살 수가 있는 것이니까요.

증　정　이 "명확함"이라는 것이 정말 어려워!

[원아가 휘파람을 불며 매우 기뻐하는 모양으로 큰 응접실로 통하는 문으로 걸어 들어온다. 그는 회색 남색 흰색 세 색깔이 한데 섞인 모직 치마를 입었는데, 길이는 마침 무릎까지 내려와 있다. 위에는 머리에서부터 뒤집어 입는 얇고 짧은 인도 스웨터를 입었다. 두 다리는 여전히 드러내 놓고, 발에는 흰 운동화를 신었다. 그녀는 금방 물건을 정리한 듯 머리가 좀 헝클어져 있고 양 볼도 붉으스레하다. 여전히 그렇게 활발하고 즐겁다. 그녀는 한 손에 새장 하나를 들었는데 그 안에는 비둘기 "고독"이 갇혀 있고, 한 손에는 그 금붕어 연을 들었는데 많은 곳이 찢어져 있고, 겨드랑이에는 마분지로 오린 두 자 가량의 긴 "북경인" 전영(剪影)을 끼고 있다.

원　원　(큰 소리로) 서정아, 우리 아버지가 널 한참 찾았어. 묻기를 너 집 ……

증서정　（급히 막으며, 미소로） 제발 소리 좀 낮춰, 응?

원　원　（기쁘다는 생각만 하다가 이때서야 갑자기 생각난 듯, 양쪽을 바라보며 혀를 내민다. 곧 목소리를 죽이고 만면에 장난기 어린 모습으로, 완전히 공기로만 소리를 내면서 또박또박하게） 우리 아버지가－묻기를－너 짐하고 친구들－짐－정리 다 했느냐고?

증서정　（그녀의 이런 표정 때문에 역시 웃음을 터뜨리며） 다 정리했어.

원　원　（여전히 목이 쉰 소리로） 아버지 말은－단지－너희들을 중간 까지만 바래다주겠대. 그리고 또－（숨을 한 번 내쉬고, 원래 목소리로 돌아와서） 정말 불편해 죽겠다. 그래도 날 따라오라 구. 그리고 우리 아버지가 너에게 많은 것을 물어 보실 거야.

증서정　（상쾌하게） 좋아. 가자.

원　원　（떠나지를 않고 오히려 물건을 안고 증정에게 걸어가서 무슨 걱정스런 일이 있는 모양으로） 증정아, 너희 아버지가 집에 안 계셔서 그러니까. （그 찢어지고 오래된 "금붕어" 연을 들 며） 이 부서진 연 너희 어머니께 돌려 드려! （연을 책상 옆에 기대놓고, 또 그 비둘기 새장을 들며） 이 비둘기는 소아가씨 께 드려! （비둘기 새장을 책상 위에 놓고, 이제는 그 "북경 인" 전영을 들고 빙그레 웃으며） 이 "북경인"은 내가 네게 기 념으로 줄게. 어때?

증　정　（이미 한 달 전 원아에 대한 감정을 잃어버린 듯 고개를 끄덕 이며） 좋아.

원　원　（눈을 깜박이며 마음속에 또 무슨 장난스런 생각이 돌고 있는 듯） 내일 날이 밝으면 우리는 떠나. （큰 응접실로 통하는 문을 가리키며） 이 문 뒤에다 놓아둘게. （서정을 향해） 가자, 서정아! ［원아가 한 손으로는 그 전영을 들고, 한 손으로는 서정의 등 을 밀며 큰 응접실로 통하는 문으로 걸어 나간다.

[이 때 사의도 그 문으로 걸어 들어오다가 마침 그들을 만난다. 서정은 시어머니를 보자 멍허 있는데, 원아가 "가자" 하는 소리에 의해 밀려 나간다.

[증정이 문을 나서는 그들을 바라보며 약하게 탄식을 한다.

증사의 (사시로 뒤를 한 번 돌아보고는 증정에게 가까이 가서) 서정이 요즘 늘 집에 있지 않고, 계속 친구들만 찾는데 걔가 뭘 하고 있는지 너 아니?

증 정 (그녀를 바라보다가 또 고개를 흔들며) 몰라요.

증사의 (자신의 아들이 너무 총명하지 못함이 싫지만, 어쩔 방법이 없어 원망스러운 듯 탄식을 하며) 그래, 아내는 네 것이다. 얘야! 나도 이렇게 화를 많이 낼 수도 없지. (갑자기) 그들은?

증 정 윗방으로 갔어요.

증사의 (억울하게 하소연을 하며) 정아, 너 금방 어머니가 어떻게 그들한테 모욕을 당하는지 봤지.

증 정 (그의 어머니를 바라보다가, 다시 고개를 숙인다.)

증사의 (손수건을 꺼내) 어머니는 운이 나빠. 너희 아버진 우리를 버리고 달아나 버리고, 네 어머니가 온종일 이런 모욕을 당하는 것도 다 너희들을 위해서야! (눈물이 그렁그렁한 눈을 닦는다.)

증 정 어머니, 울지 마세요.

증사의 (정아를 쓰다듬으며) 앞으로 무슨 일이든 다 어머니한테 알려야 한다! (원망스럽게) 서정에게 아이가 있다는 걸 어머니가 지난 달에 발견을 못했더라면, 너희들은 여전히 나한테 알려주지 않았겠지. (손가락질을 하며) 너희 둘은 무슨 생각을 가지고 있는 거야! (정답게) 내가 서정에게 마시라고 한 그 태아 안정약, 걔가 마시더냐?

증 정 아뇨.

증사의 아니, 내 말은 그저께 내가 라의사에게서 가지고 온 그 처방 말이다.

증 정 (마음이 괴롭고, 좀 견디지를 못해) 마시지 않았어요!

증사의 (갑자기 얼굴색이 변하며) 왜 안 마셔? (엄한 목소리로) 마시라고 해야지, 걔 마셔야 돼! 걔가 또 말을 안 들으면 나한테 얘기를 해라, 내가 어떻게 퍼 넣는지 봐라! 그 애는 증씨집 사람이 아니지만, 뱃속의 그 살점은 증씨집 것이라는 것을 알아야지. 지금 뱃속의 그 아기를 위한 것은 뭐든지 다 걔를 통해서 공급이 되는데, 말을 할수록 걔는 거꾸로 하는구나. (갑자기 다시 낮은 소리로) 정아, 너 멍청해서는 안 된다. 내가 보니까 서정이 요즘 좀 이상하구나. 남몰래 숨어서 난한 친구들과 사귀면서, ─ (더욱 낮은 소리로) 난 걔가 물건을 가지고 나갈까 봐 겁이 나서, 밤이면 앞 뒤 문을 내가 다 잠가버린단다. 너 조심해라. 난 겁이 나─
［소방이 하나의 약단지를 들고 서재 작은 문으로 들어온다.

소 방 (부드럽게) 라의사의 그 처방약 다 달였어요.

증사의 (그녀를 바라본다.)

소 방 (그녀가 말을 않자, 그러자 다시─) 여기서 마시겠어요?

증사의 (냉랭하게) 우선 내 방의 작은 화로 위에 따뜻하도록 올려놔!
［소방이 약을 들고 정아 앞을 지나 사의의 방으로 들어간다.

증 정 (약단지 안의 약을 보고, 이상스럽고 잘 모르겠다는 표정으로) 어머니, 왜 라의사의 그 처방을 어, 어머니도 드세요?

증사의 (얼굴색이 약간 변하며 좀 난처해한다. 그러나 곧 다시 진정을 하고 얼버무리며) 어, 어머니도 지금 몸이 그다지 좋질 않구나. (구실을 찾아) 요 며칠 미안하지만 너의 소이모가 도와주었기에─ (곧 다시 어조를 바꾸어 기침을 한 번 하고) 그러나 애야. (얼굴이 다시 어두워지며, 사납고 악독하게) 너희 소이모 이 사람. (고개를 흔들며) 그, 그 사람은 말야-

[소방이 침실에서 나온다.

소　방　언니, 이모부께서 부르세요!

증사의　(대꾸를 하는 체 마는 체 하며 고개를 끄덕인다. 고개를 돌려 정을 보고) 정아, 날 따라 오너라.

[정아가 사의를 따라 서재 작은 문으로 나간다.

[날은 더욱 어두워졌다. 밖에는 기러기들이 한 두 번 울며 처량하고 적막하게 점점 깊어 가는 이 늦가을의 하늘을 스쳐 지나간다.

소　방　(조용히 탄식을 한 번 하고 약간 피곤한 모습을 보인다. 갑자기 책상 위의 그 비둘기 새장을 발견하고는 저도 모르게 손을 내밀어 그걸 들고 안에 있는 흰 비둘기-"고독"이라 부르는 그 비둘기-를 바라본다. 눈앞에 한 층의 침침한 근심이 떠올랐지만, 그러나 또 그 비둘기를 쓰다듬으면서 가는 한 줄기 처연한 미소가 떠오른다.-)

[이 때 서정이 아기 옷이 가득한 작은 등나무 상자 하나를 들고 와, 등나무 상자를 가볍게 다른 작은 탁자 위에다 놓고, 살그머니 소방 곁으로 걸어간다.

증서정　(낮은 소리로) 소이모!

소　방　(좀 놀라며 몸을 돌려) 너 왔구나! (비둘기 새장을 내려놓는다.)

증서정　제가 소이모 방에 놔둔 그 긴 편지 보셨어요?

소　방　(고개를 끄덕이며) 그래.

증서정　저 원망하지 않으세요?

소　방　(슬퍼하면서도 자애로운 웃음을 지며) 아냐.-(갑자기) 정말 떠날 거야?

증서정 (아쉬워하며) 예.

소　방 (탄식을 한 번 하고, 결코 그만 두라고 권하는 것은 아니지만 그저 아쉬워서) 가지 마라!

증서정 (갑자기 격분해 하며) 소이모, 아직도 저보고 참으라고 권하세요?

소　방 (뭔가를 회상하는 듯 얼굴에 광채가 떠오른다. 느리고 견결하게) 난 알아. 사람에게는 죽어도 못 참을 때가 있다는 걸 말야.

증서정 (눈이 기대로 반짝이며, 뜨겁게 그녀의 창백한 손가락을 잡으며) 그럼, 소이모는요?

소　방 (빛나던 표정이 다시 걷히고, 처량하게 서정을 바라본다. 조용하게) 서정아, 말 하지 말자. 네가 떠나고 나면 난 더욱 고독하겠지. 어쩜 난 앞으로 무슨 말도 할 필요가 없을 거고, 더욱이 난-

증서정 (그녀의 손을 더 꼭 잡고, 천천히 그를 밀어 앉히며) 안 되요, 안돼, 소이모. 이래서는 안 되요. 평생 이렇게 해서는 안 된다구요. (절박하게 간청을 한다.) 소이모, 전 곧 떠나려고 하는데, 이모는 왜 저에게 한 마디의 통쾌한 말을 하지 않으세요? 왜 말을 안 해요. 이모의-(침침한 어둠 속으로 눈물을 머금은 소방의 큰 눈이 보인다. 그녀는 갑자기 자신을 억제한다.)

소　방 (천천히) 넌 날더러 뭐라고 말을 하라는 거야?

증서정 (저도 모르게 중얼거리며) 예를 들어, 소이모 자신, 소, 소-(갑자기) 소이모는 왜 떠나지 않느냐구요?

소　방 (쓸쓸하게) 내가 어디로 가?

증서정 (흥분하여) 갈 수 있는 곳은 수없이 많죠. 첫째 우리와 함께 갈 수도 있구요.

소　방 (고개를 흔들며) 아냐. 난 싫어.

증서정 (그녀 옆으로 가까이 가서 앉으며, 친절하게) 제가 드린 책다 보셨어요?

소 방　봤어.

증서정　말이 옳아요 틀려요?

소 방　옳아.

증서정　(웃으며) 그럼 왜 우리하고 같이 가지 않아요?

소 방　(어조를 낮고 느리게, 그러나 딱 부러지는 말로) 난 싫어!

증서정　왜요?

소 방　(처연하게 그녀를 바라보며) 싫어!

증서정　(급해서) 그래 왜 그렇냐구요?

소 방　(말을 하려고 한다. 그러나 다시 − 이번에는 그저 조용히 고개
　　　만 흔든다.)

증서정　어쨌든 하나의 이유를 말해야죠, 소이모!

소 방　(아주 곤란스럽다는 듯) 난, 난 이곳에서의 일이 아직 끝나지
　　　않았다는 생각이 들어서.

증서정　전 이해가 안 가는군요.

소 방　(미소를 지으며 일어선다.) 이해하지 말어, 명백하지도 않아.

증서정　(따라가며, 아예 −) 그럼 왜 그이를 찾아가지 않으세요?

소 방　(약간 당황하며) 네 말은 −

증서정　(통쾌하게) 그이를 찾으세요, 그이를 찾아가라구요!

소 방　(다시 진정을 하고, 마치 사색 반 반성 반인 듯, 멍청히 앞을
　　　바라보며) 왜 그를 찾아?

증서정　그이를 사랑하잖아요?

소 방　(고개를 숙인다.)

증서정　(한마디 한마디를 더 바싹 죄며) 그런데 왜 그이를 찾아갈 생
　　　각을 하지 않느냐구요? 왜 그럴 생각을 안 하세요? (통쾌하

게) 소이모. 전 이제 옛날처럼 그렇게 미련하지 않을 거에요. 한 달 전이었다면 이런 말을 절대 물어보려고도 하지 않았을 거에요. 소이모도 아마 내가 알고 있다는 것을 알았을 거에요. (묵직하게) 제가 떠나고 나면 이곳에는 더 이상 세 번째 사람은 없어요. 이 집에는 소이모와 저 뿐이에요. 소이모, 저에게 말씀해 주세요. 왜 그이를 찾아가지 않는지? 왜 찾지를 않는지?

소　방　(탄식하며) 만나면 행복하니?

증서정　(반문한다.) 그럼 이곳에 있으면 행복해요?

소　방　내, 내가 그이를 대신해서 - (갑자기 말이 잘 풀리지 않자, 이렇게 멈춰 버린다.)

증서정　(급하게) 말을 하세요. 나의 소이모. 소이모가 그랬었잖아요, 나하고 한 번 이야기를 잘 해 보자구.

소　방　그, 그래 말할게 - (얼굴에 점점 아름다운 광채가 반짝이며, 창백한 볼에는 한 층의 홍조가 떠오른다. 말이 처음에는 흐리터분하다가 점차 기분이 좋아지며, 충심에서 생긴 감동으로 그녀의 목소리가 약간 떨린다.) - 그이가 떠났으니까 그이 아버지를 내가 대신 모셔도 좋고, 그이 아이를 내가 대신 돌봐도 좋지. 그가 좋아하던 서예와 그림을 내가 관리하고, 그가 사랑하던 비둘기를 내가 기르는 거야. 그가 싫어하던 사람들까지도 내가 보살펴야 하고 좋아해야 하고 사랑해야 한다는 생각이 들어. 왜냐하면 -

증서정　(끼여들어 추궁을 하지만, 어조는 결코 변함없이) 왜냐하면?

소　방　(떨리는 목소리로) 왜냐하면 그가 사랑하지 않았던 것도 역시 다 그이를 가까이 했던 적이 있는 것들이니까! (단숨에 말을 마치자 희열로 충만이 된다. 이렇게 오랫동안 마음속에 담고 있던 것을 오늘에 와서야 말로 표현하게 된 패기에 대해 자기 자신도 놀란다. 원래는 이런 행동을 믿기 어려웠다.)

증서정 (숨을 들이쉬며) 그래서 정의 어머니, 즉 저희 그 시어머니까
지도 소이모는 자신의 생명을 다해 보살펴 주고, 보호해 주는
거로군요.

소 방 (쓴웃음을 지으며) 너희 아버님이 떠나버렸으니, 그녀도 가련
하잖아?

증서정 (웃고 있으나, 눈에는 거의 눈둘이 흘러내린다.) 정말 소이모
는, 이모는 잊어 먹었어요? 그녀가 이전이나 지금이나, 이모를
그렇게 -

소 방 (슬프게) 뭐 한다고 그런 불쾌한 일을 기억해야 하니? 만일
그이 때문에, 그 한 사람 때문에, 그이 때문에 -

증서정 (참지를 못하고 참견을 한다.) 그래요, 나의 소이모, 이런 열
정을 이모는 왜 좀 큰 일에 쓰지를 않아요? 이모는 왜 곳곳에
서 그이를 잊어버리지 못해요? 이모의 마음을 하필이면 이런
폐인에게다 두고, 이런 쓸모 없는 폐 -

소 방 (그녀의 심장이 찔리는 듯, 간절하게) 너희 아버님을 그렇게
말하면 안 된다.

증서정 (변명을 한다.) 할아버지도 그렇게 말씀하셨잖아요?

소 방 (가슴 아파하며) 아냐, 그렇게 갈하면 안 돼. 그이를 잘 아는
사람은 한 사람도 없어.

증서정 (숨을 한 번 돌리고, 애통해 하며) 그럼 이모는 이렇게 평생
토록 그를 안 만날 생각이세요?

소 방 (갑자기, 그리고 천천히 고개를 숙인다.)

증서정 (진지하게) 말해 보세요, 소이모!

소 방 (거의 들리지 않게 낮은 소리로) 응.

증서정 그럼 왜 애초에 그를 떠나게 했어요?

소 방 (옛날을 더듬고 있는 듯. 어조에 동정이 충만하여) 난. 난 그가 집에서 고통스러워하는 것을 보고 내가 대신 괴로웠어.

증서정 (저도 모르게 반문한다.) 그럼 그가 떠나고 나니 이제 행복하세요?

소 방 (낮게) 응.

증서정 (탄식을 하며) 참. 두 사람이 이렇게 살아가는 것은 무엇 때문이지?

소 방 (애통한 얼굴에 한 줄기 웃음의 파문이 스쳐 지나며) 다른 사람이 행복한 것을 보면 너도 행복하잖아?

증서정 (아주 관심을 가지고. 천천히) 이모는 집에서 아버님을 걱정하고 있잖아요?

소 방 (고개를 숙인다.)

증서정 아버님은 밖에서 이모를 생각하지 않는데도?

소 방 (눈물이 조용히 창백한 볼로 흘러내린다.)

증서정 일생을. 일생을 이렇게 고독하게 살아가다니 — 두 사람이 이렇게 고통스럽게 살아가다니요?

소 방 (정신을 가다듬어) 고. 고통스럽기야 하겠지. 하지만 결코 고독하지는 않지.

증서정 (깊이 감동이 되어) 가련한 소이모. 전 알아요. 전 안다구요, 알고 말고요! 하지만 전 겁이 나요. 전 아버님이 어느날 돌아오게 될까봐 겁이나요. 아버님이 돌아오면 뭐든지 다시 옛날과 같이 되어. 모두가 또 지키고. 고통스러워하고. 보고. 바라다보고. 그 누구도 숨 한 모금 내 쉬지도 못하고. 그 누구도—

소 방 (추위에 진저리를 한 번 치고는. 갑자기 결연히 고개를 흔든다.) 아냐. 그이는 돌아오지 않을 거야.

증서정 (고집스럽게) 그러나 만일 아버님이—

소　　방　（조용히 눈가의 눈물을 닦으며）그럴 리가 없어. 그이는 죽어
　　　　　도 돌아오지 않는다. （고개를 숙여 그 젖은 손수건을 바라보며,
　　　　　낮은 소리로 천천히）그이는 이미 돌아와서 나를 만나 봤단다!

증서정　（깜짝 놀라며）아버님이 떠난 후에 몰래 다시 왔었어요?

소　　방　응.

증서정　（이상하다는 듯）언제요?

소　　방　떠난 이튿날.

증서정　（생각지 못했다는 듯, 숨을 한 번 내쉬며）어!

소　　방　（불쌍해하며）불쌍하게도 그이 몸에 돈이 일 푼도 없었어.

증서정　（추측을 하며）이모의 모든 돈 다 아버님께 드렸지요?

소　　방　아냐. 내가 몸에 가지고 있던 돈만 다 그이에게 줬어.

증서정　（약간 경멸하며）아버님이 받으셨군요.

소　　방　（부드럽게）내가 받으라고 했어. （기억을 더듬으며）그이는
　　　　　사람이 되겠다면서 죽어도 다시는 돌아오지 않겠다고 했어.
　　　　　（감동이 되어 자신을 억제하지 못하고 말을 계속한다.）그이
　　　　　는 자기 아버지께 미안하다고 하면서, 자기의 아들과 너까지
　　　　　도 다 들먹이고 또 들먹였어. 그이는 날보고 너희들을 보살피
　　　　　고, 그의 집을 지켜달라고 하면서, 그의 서화. 그의 비둘기, 말
　　　　　을 하고 또 하고 그러다가 울음을 터뜨렸어. 그는 또 말하기
　　　　　를 가장 마음이 놓이지 않는 것은 －（눈물이 이미 떨어졌지만,
　　　　　또 어쩌지 못하고 웃으며）서정아. 그이는 아직도 아기 같애.
　　　　　어디 며느리까지 있는 사람같더니!

증서정　（엄숙하게）그럼 지금부터 아버님을 위해 이 집을 지키기로
　　　　　결심을 했어요? （이후의 문답은 거의 중단이 없이 단숨에 이
　　　　　어져 간다.）

소　　방　（다시 조용해지며）응.

증서정 (추궁하며) 온종일 곧 죽게될 할아버지를 모시구요?

소 방 (묵묵히 고개를 끄덕이며) 그래.

증서정 (그녀를 빤히 바라보며) 할아버지가 죽을 때까지요?

소 방 (서정의 눈길을 피하며) 응.

증서정 (고의적으로 이렇게 묻는다.) 또 그이의 아들을 보살피구요?

소 방 (서정을 바라보며 눈썹을 약간 찡그리며) 응.

증서정 이 집의 늙은이 젊은이 시중을 들면서요?

소 방 (고집스럽게) 그래.

증서정 (거의 성이 나서) 또 하루내 저희 시어머니 얼굴을 보면서요?

소 방 (저도 모르게 추위로 가볍게 진저리를 치며) 응. 그-래.

증서정 (오히려 흥분이 되어) 평생 두문불출 하구요?

소 방 (다시 진정을 하고) 그래.

증서정 시집도 안 가구요?

소 방 그래.

증서정 (추궁을 하며) 고생을 하면서요?

소 방 (낮게) 응.

증서정 (바싹 접근하여) 모욕을 당하면서도요?

소 방 (응시하며) 그래.

증서정 (매섭고 심하게) 죽을 때까지요?

소 방 (고개를 숙이고, 손으로 이마를 만지며 천천히) 죽을 때-까지!

증서정 (폭발한다. 비통해 하며) 하지만 나의 좋은 소이모, 이건 뭣 때문이죠?

소 방 (고개를 들며) 왜냐하면-

증서정 (질문하는 빛으로) 그래요, 왜냐하면-

소 방 (곤란한 듯) 왜냐하면, 어떻게 말을 해야 좋을지 모르겠구나.

－(갑자기 얼굴에 이상야릇한 아름다운 웃음이 나타나며) 왜
냐하면, 이게 바로 사는 거지 뭘!

증서정 (한 마디로 다그쳐) 소이모는 정말로 아버님이 돌아오지 않으
리라고 믿어요?

소 방 (미소를 지으며) 하늘이 무너질 리 있겠어?

증서정 이모는 정말로 일생동안 증씨집 이 감옥을 떠나지 않을 생각
이로군요! 바로 이런 하나의 꿈, 하나의 이상, 그리고 한 사람
을 위해서－

소 방 (유유히) 어쩌면 언젠가 떠날 날이 있을지도 모르지－

증서정 (대답을 급히 기다리며) 언제요?

소 방 (웃으며) 그날, 하늘이 정말로 무너지고, 벙어리들이 모두 급
해서 말을 하게 되는 날!

증서정 (무한히 불쌍해하며) 소이모, 자신의 행복을 완전히 한 사람
의 몸에만 맡긴다는 것은 위험하며, 또 그렇게 해서는 안 되
는 거에요. (감개하여) 전 이전에는 바보였지만, 소이모, 소이
모는 지금도 아직－

[방안의 모든 것이 점점 짙은 어둠 속으로 숨어들고, 까마귀
는 창 밖 처마에서 두 번 울다가 다시 날아가 버린다. 서정이
말할 때에 먼 성벽 위에서 끊어졌다 이어졌다 하며 들려 오는
귀영 나팔수의 나팔소리가 처량한 공기 속에서 적막하게 퍼진
다. 이는 막이 내릴 때까지 계속 된다.

소 방 그만 하자, 서정아. (갑자기 고개를 들어 밖을 바라보며) 들어
봐, 멀리서 부는 이게 뭐지?

증서정 (그녀가 더 이상 말을 하고 싶지 않다는 것을 알고) 성벽 쪽
에서 부는 나팔소리에요.

소 방 (조용히 듣고 있다가) 정말 처량하구나!

증서정 (고개를 끄덕이며) 예, 날이 저물었어요. 이전엔 저 혼자 방안
　　　　에 앉아서 이걸 듣는 것이 무서웠어요. 듣고 있노라면 살아
　　　　있다는 것으로 우울해 지는 것 같았거든요.

소　방 (눈에 눈물이 솟아나며) 그래, 들으니 처량하구나! (갑자기
　　　　뜨겁게 서정의 손을 잡고 낮은 소리로) 그러나 서정아, 난 지
　　　　금 갑자기 아주 행복하다는 생각이 드는구나! (자신의 가슴을
　　　　매만지며) 이 마음이 아주 따뜻해! 정말이지 마치 봄이 온 것
　　　　같애. (흥분하여) 산다는 건 바로 이런 멜로디가 아닐까? 우
　　　　리가 산다는 것은 바로 이렇게 처량하기도 하지만 또 달콤하
　　　　기도 한 하나의 큰 생활인 거야! (감동이 되어 눈물을 흘리
　　　　며) 너를 불러놓고 생각을 해보면 참을 수가 없어서 울다가도,
　　　　또 생각을 해 보면 참을 수가 없어서 웃고 만단 말야!

증서정 (손수건을 꺼내 그녀의 눈물을 닦아주며, 계속 낮은 소리로)
　　　　소이모, 어찌 진짜로 또 울어요? 소이모, 이므 -

소　방 (조용히 먼 곳의 나팔소리를 들으며) 상관하지 마, 나 좀 울
　　　　게 해줘. (눈물 속에서 또 억지로 부드럽게 웃으며) 하지만,
　　　　난 웃고 있어! 서정아. - (서정은 저도 모르게 처연히 고개를
　　　　숙이고 손수건으로 코끝을 막는다. 소방이 다시 웃으며 서정
　　　　의 고개를 받쳐들려고 한다.) - 서정아, 너 나 때문에 울지 마!
　　　　(부드럽게) 이 마음속은 비록 슬프지만, 나의 눈물은 확실히
　　　　너무 기뻐서 흘리는 거야! - (서정이 고개를 들고 그녀를 바라
　　　　보다가 참을 수가 없어서 더욱 흐느낀다. 소방은 서정의 손을
　　　　쓰다듬으며 기뻐하는 것 같기도 하고 또 상심해 하는 것 같기
　　　　도 한 그런 모양을 하고, 낮은 소리로 위로를 하면서 책망을
　　　　한다.) - 울지마라, 서정아. 수년 동안 난 이렇게 많은 말을 해
　　　　본 적이 없는데, 오늘 내 마음이 갑자기 활짝 열렸고, 또 태양

으로 하여금 따뜻하게 비추게 한 것 같구나. 서정아, 네가 정말 좋구나! 네가 아니었더라면 내가 이렇게 쾌활할 수가 없었을 것이고, 네가 아니었더라면 내가 그이에 대해 이렇게 이야기를 하고, 이렇게 많이 이야기를 하고, 이렇게 좋은 이야기를 할 수가 없었을 거야! (갑자기 더 흥분하여) 서정아, 네가 밖에서 쾌활할 수 있을 거라는 생각이 들면 떠나거라, 떠나! 난 여기서도 역시 마찬가지로 쾌활할 거야. 울지마, 서정아. 넌 여기가 감옥이라고 했지? 아니야, 아니라구. –

증서정　(흐느끼며) 아니에요, 아니에요, 소이모. 전 정말 이모 때문에 괴로워요! 전 두렵단 말에요! 이모 이렇게 기뻐하지 마세요, 얼굴에 또 열이 나요. 제가 두려워하는 건 –

소　방　(간청하는 듯) 서정아, 상관하지 마! 난 처음으로 이렇게 기뻐! (서정이 작은 상자를 올려놓은 탁자 옆으로 걸어가) 서정아, 이 상자 속의 아기 옷 그래도 가져가. (가엾어하며) 밖에서도 가능한 한 남을 도와라! 좋은 것일랑 다른 사람에게 주고, 나쁜 것일랑 자기에게 남겨 놓고. 가련한 사람이면 어떤 사람이라도 우리가 모두 도와야 해. 우리는 오직 밥을 먹는 것에만 의지해서 사는 것이 아냐! (그 상자를 열고) 이런 작은 옷이 너에게 쓸모가 없으면 그런 옷이 없는 애들에게 입으라고 줘. (갑자기 안에서 새하얀 작은 털 망또를 꺼내며) 봐, 이 망또 예쁘지?

증서정　예뻐요, 정말 예뻐요.

소　방　(득의양양하게 또 하나의 작은 흰 모자를 꺼내며) 이거 재미있지?

증서정　예, 정말 재미있어요!

소　방　(기쁘게 또 노란색으로 만든 작은 비단옷 하나를 꺼내면서) 이것은?

증서정 (역시 기뻐 저도 모르게 손뼉치며) 이거야말로 정말 예쁘군요!

소　방 (더욱 기뻐 그녀의 얼굴에는 아름답고 부드러운 광채가 더 난다.) 아냐. 이것은 그렇게 좋은 편이 아냐. 또 하나 있는데 (참지를 못하고 웃으며. 고개를 숙여 상자 안에서 찾는다. -)

[처량한 나팔소리가 여전히 끊임없이 들려온다. 이 때 큰 응접실로 통하는 문이 천천히 밀려 열리더니 황혼의 어둠 속에서 증문청이 나타난다. 그는 더욱 창백하고 야위었다. 낡은 긴 옷을 입었는데 겨드랑이에는 그 그림을 끼고 있다. 의기소침하고 피곤한 기색으로 고개를 숙인 채 외롭게 천천히 걸어 들어온다.

[소방이 그를 등지고 한참 기쁜 마음으로 고개를 숙인 채 물건을 꺼낸다. 서정은 얼굴을 그 문 쪽을 향하고 있다. -

증서정 (첫눈에 보고. 악몽에 시달리는 것처럼 소리를 내지 못하고) 아. 이건 -

소　방 (억누를 수 없이 기뻐하며. 두 손으로 아주 아름답고 큰 서양 인형 하나를 꺼내는데 금황색 머리칼에 분홍옷을 입었다. 그녀는 만면에 웃음을 띠며 기대하는 듯 서정을 바라보고 있다.) 자. 봐! (갑자기 서정의 창백하고 긴장된 얼굴을 보고 떨리는 목소리로) 누구야?

증서정 (멍하게 바라보며 낮은 소리로) 제가 보기에. 하. 하늘이 무너졌어요! (갑자기 돌아서서 자신의 얼굴을 가린다.)

소　방 (고개를 돌려 문청을 바라본다. 문청이 막 걸음을 멈추고 잘 보이지를 않는 듯 그녀들이 있는 이쪽을 바라본다.) 아!

[문청이 그 때 고개를 숙이고 묵묵히 자신의 방으로 걸어 들어간다.

[그가 들어간 후. 사의가 서재 작은 문으로 달려 들어온다.

증사의 (놀라고 기뻐하며) 문청씨가 돌아온 거야?

소 방 (벙어리 소리로) 돌아왔어요!

　　　[사의가 곧바로 자신의 방으로 달려들어간다.

　　　[소방은 멍청히 그 곳에 서 있다.

　　　[먼 곳의 나팔소리가 바람을 따라 공중에서 적막하게 진동을
　　　한다.

　　　　　　　　　　　　　　　　　　　－막이 서서히 내린다.

　　　　　(막이 내렸다가 곧바로 열리는데. 이는 제 2경이 되기까지
　　　　　　　　　　　상당한 시간이 지났음을 표시한다.)

제 2 경

　　　[제 3막 제 1경에서 열 시간쯤 지난 광경으로. 여명 전에 가
　　　장 어두운 그 시간. 석유등이 아주 크게 춤을 추자 집안은
　　　아주 밝기만 하다. 그 찢어진 금붕어 연은 일찍 어디로 던져
　　　버렸는지 모른다. 그러나 그 비둘기 새장은 아직도 외롭게 탁
　　　자 위에 놓여 있고. 안의 흰 비둘기는 움직이지 않고 머리를
　　　자기 날개 밑에 파묻고 있어서 마치 일찍이 잠이 든 것 같다.
　　　실내의 공기는 아주 차가워 밤중에 앉아 있으려면 아주 두터
　　　운 옷을 입어야 이런 늦가을 초겨울의 한기를 참을 수 있다.
　　　밖에는 서풍이 세차게 불고 있고 마당의 백양나무는 한 바탕
　　　의 소나기가 내리는 것처럼 소리를 내고 있어 사람으로 하여
　　　금 슬프고 처량한 느낌을 억누를 수 없게 한다. 찢어진 창호
　　　지도 바람에 불려 쉴 새 없이 떨고 있다. 멀리서 가끔 시간을
　　　알리는 징소리가 들리고 서풍의 울부짖음 속에서 간혹 먼 곳
　　　의 깊은 골목에서 들려 오는 "딱딱한 만두" 파는 노인의 목소
　　　리가 갑자기 급해졌다 갑자기 느려지는 바람 소리로 어떤 때

는 분명하게 어떤 때는 모호하게 들린다.

[이 밤에 증씨집 사람들은 대부분 잠을 자지 않고 있다. 증씨집 역사상에서 오늘이 가장 처참한 밤이다. 증씨 영감은 밤새 눈을 붙이지 못하고, 그 칠하고 또 칠하고, 조석으로 늘 같이 지내오면서 수 년이나 된 좋은 관을 몇 시간이 지나면 곧 두 손으로 받들어서 남에게 줘야만 한다는 생각에 정말 불에서 구워지는 것보다 더 참기 어려워한다.

[두씨집 사람들은 "인시"가 되기 전 - 곧 다섯 시 - 에 "관맞이"를 해서 관을 두씨집으로 들고 가겠다고 한다. 그래서 두씨집 책임자는 다섯 시 전까지만 기다려 주겠다고 하는데, 강태는 어제 저녁 다섯 시에 교섭을 해서 돈을 꾸어 오겠다고 달려나간 것이 아직도 돌아오지 않고 있다. 증문채는 한편으로 남편의 행방에 근심을 하면서 동시에 또 윗방으로 가서 아버지를 위로하는 중에서도 밤새 수시로 나와 물어보고 또 물어보고, 도처로 전화를 하고 사람을 보내 찾아보았지만 강태는 여전히 종적이 없다. 그 나머지 사람들은 영감이 이렇게 조급해 하는 것을 보고 역시 모시지 않으면 안되겠다고 생각을 한다. 물론 어떤 사람은 마음을 다해 강태가 돈을 빌려 와서 두씨집의 이 이리와 범같은 책임자를 멋지게 쫓아버릴 수 있기를 바라고 있다. 어떤 사람은 단지 입으로만 효도를 할 뿐, 오히려 강태가 만일 돈을 빌려 돌아오면 장사가 허사로 돌아갈까 봐 두려워하고 있다. 동시에 이 깊은 밤 증씨집 어떤 사람은 남몰래 방에서 급히 자기의 짐을 챙기면서 눈물을 흘리다가는 또 희열을 품고, 애통하는 마음 혹은 밝은 희망을 안고 과거를 애석해 하고 미래를 동경하고 있는데, 이는 또 내일의 "북경인"에 속하는 일로써, 관속에서 뒹굴고 있는 사람들과는 아무런 관계가 없는 것이다.

[이 처량함과 추위로 덮인 방안에 문청이 정신 나간 사람처럼 멍하게 소파에 앉아 조금도 움직이질 않는다. 그는 짙은 회색의 항주 비단으로 만든 낡은 긴 솜옷을 입고 두 손은 소매 속에다 넣고 말이 없다. 권태와 절망이 눈빛 속에서, 미간에서, 입가에서 교차되어 떠오른다. ㅁ-침내 먼 곳에서의 시간 알리는 징소리, 바람 소리, 나뭇잎 스리와 그리고 간혹 주의를 기울여 옆에 있는 사의의 끝없는 잔소리를 침울하게 듣고 있다.

[사의는 남색 포플린으로 만든 얇은 긴 솜옷으로 바꾸어 입었다. 아마 지금까지 얼마나 많은 말을 하였는지 모르며, 지금은 말로 너무 지쳤는지 문청을 바라보며 대답을 막 기대하고 있다. 그녀는 한 손에 한 그릇의 약을 들고, 한 손에는 빈 그릇을 하나 들었다. 두 그릇으로 이ㆍ쪽 저쪽으로 따르면서 마시기 좋게 뜨거운 약이 식기를 기다린다. 마지막으로 약을 단숨에 마시고는 다른 깨끗한 물잔을 들어 입을 헹군다.

증사의 (그릇을 내려놓고, 다시 시작한다-) 그래요, 당신도 돌아온 셈이니, 저도 증씨집에 미안하지 않게 되었어요. (냉소로) 어쨌든 우리 그 고모 추측을 틀리게 했고, 내가 자기 오빠를 못살게 굴어서 돌아오지 않는다는 말을 못하게 되었어요.

[문청이 권태에 찬 모습으로 고개를 들어 그녀를 바라다본다.

증사의 (문청을 사시로 보며, 아주 진ㄱ한 것처럼) 어때요? 이 일?- 전 이렇게 결정했어요. (마치 이해할 수 없다는 표정으로) 어, 당신은 어떻게 또 말을 안 해요? 이건 당신 노인을 못살게 구는 것이 아닌데!

증문청 (탄식을 하며, 어쩔 수가 없다는 듯) 당, 당신 대체 또 어떻게 할 셈이오?

증사의 (눈을 크게 뜨고, 마치 또 억울한 누명을 뒤집어 쓴 듯한 모습으로) 이상하게도, 당신 노인의 뜻을 따랐는데 또 그게 아니에요. ("결심"한 그런 표정을 지으며) 내가, 처세하는 것은 바로 살림을 잘 꾸려가려는 것이고, 오늘 그 고모는 아버지 앞에서, 내 자식 앞에서 나에게 화를 냈지만, 난 지금 당신을 위해서 참고 있는 거에요! 아까도 내가 그녀를 찾아가서 낮은 소리로 숨을 죽이고 먼저 그에게 말을 했는데, 이제 고모를 불러와서 상의를 해 봅시다. 모두 같이 상의를 좀 -

증문청　(참지를 못하고 고개를 들며) 뭘 상의한다는 거야?

증사의　그래, 우리가 말한 이 일을 상의하자는 거죠. (자기가 문청의 마음을 훤히 들여다보았다고 인정을 하고, 풍자적으로) 이것은 어린애가 사탕을 앞에 놓고, 마음속으로는 생각이 있으면서 입으로는 먹지 않겠다고 하는 것과 같은 거에요. 나 이 사람은 아주 통쾌한 것을 좋아해요. 속으로 뭔가를 해야겠다고 생각이 되면 입으로 뭐든지 말을 해요. 나는 양고기를 먹고 싶어하면서도 또 노린내를 싫어하는 남자는 싫어요.

증문청　(믿고 싫어서) 날이 곧 밝겠어, 당신 가서 자라구.

증사의　(못 들었는지, 자기가 하던 말을 계속하여) 저가 아까 시원시원하게 우리 고모하고 이야기를 했는데, -

증문청　(놀라며) 뭐! 당신이 여동생하고 다 이야기를 했 -

증사의　(입을 옆으로 벌리며) 왜요? 이건 말하면 안되나요?

　　　　[문채가 서재 작은 문으로 들어온다. 그녀는 여전히 낙타털로 만든 낡은 긴 옷을 입고 있지만, 커피색 스웨터를 하나 더 걸쳐 입었다. 밤새 잠을 못 자서인지 얼굴은 더 초췌해 보이고 머리칼은 약간 헝클어져 있다.

증문채　(머리칼을 쓰다듬으며) 어찌된 거야, 오빠. 곧 다섯 시가 다 되어 가는데 지금도 안 자요?

증문청   (쓴 웃음을 지으며) 응.

증문채   (몸을 돌려 사의를 보고 조급하게) 강태씨 돌아왔어요?

증사의   아뇨.

증문채   금방 앞쪽에서 자물쇠를 열고 문을 여는 소리가 들리는 것 같
         았는데.

증사의   (냉랭하게) 그건 두씨집에서 보낸 상여꾼들이 관을 드는 소리
         에요.

증문채   아! (마음속으로 점차 실망으로 생긴 한기가 엄습해 온다. 그
         녀는 추위로 진저리를 한 번 치고는 몸을 웅크리고 그 낡은
         소파에 앉는다.) 아이, 정말 추워!

증사의   (조용히 듣고 있다가, 참지 못하겠다는 듯 일부러) 들어보세
         요, 지금 또 열쇠를 채웠어요. (그 문제를 꺼내며) 어때요?
         (부르는 소리는 약간 딱딱하지만, 얼굴에는 웃음을 가득 담
         고) 동생, 내가 아까 꺼냈던 그 일. -

증문채   (마음속에 마치 엉망으로 헝클어진 풀이 자란 듯. - 막연하여)
         무슨 일요?

증사의   (아부하듯 웃으며, 문청을 힐끗 보고) 소아가씨를 아내로 맞
         아들이는 일 말에요!

증문채   (생각이 났지만, 사의가 속으로 또 무슨 연극을 꾸미는지 알
         수가 없어서 그저 쓴웃음을 지으며) 이건 그다지 사리에 안
         맞아요.

증사의   (아주 호쾌하고 시원하게) 이게 뭐가 사리에 안 맞아요? (친
         절하게) 동생. 동생은 나 이 언니의 마음이 이렇게 (새끼손가
         락을 들어 견주어 보이며) "조그맣다"고 생각하지 마세요. 난
         하루내 남자를 지키고 있어야만 살아갈 수 있는 그런 사람이
         아니에요. "현숙"이라는 이 두 글자를 금생에는 내가 감당해

낼 수는 없지만, 이런 조그마한 도량쯤은 나에게도 있어요. (또 겸손하게) 말하자면, 이건 무슨 도량이니 도량이 아니니 하고 말할 것도 못되죠. 사촌 동생이 사촌 오빠에게 시집을 가면 친척끼리 겹사돈을 맺게 되는 것이니, 이건 지극히 공평한 것이고 어디서나 있는 일이에요.

증문채 (진지하게) 아니, 제 말은 소동생에게도 생각을 물어봐야 한다는 거지요.

증사의 (날카롭게 소리를 내어 웃으며) 허, 이걸 아직도 물어봐야 할 필요가 있어요? 그녀가 무슨 동의를 하지 않을 것이 있다구요? 난 진지한 사람이라 통쾌한 말을 하기 좋아해요. 소동생의 이런 생각을 나 혼자 읽어낸 것이 아니에요. 동생은 확실히 좋은 사람이에요. 전 양심에 부끄러운 말을 하는 것 싫어해요. 그럼, (문청을 향해 아주 간절한 듯한 모양으로) "사촌 오빠", 당신도 지금 진실된 말을 한 마디 해야지요? 친 고모도 여기 있는데, 최소한 당신이 동생 앞에서 나에게 분명한 말을 한 마디 해야죠.

증문청 (문채를 바라보다가 여전히 고개를 숙이며 말이 없다.)

증사의 (다그쳐 물으며) 당신 분명하게 말을 하세요, 제가 당신을 위해 일하기 좋게!

증문채 (마치 오빠의 생각을 알아낸 듯, 그를 대신해서) 제가 보기엔 이건 그다지 좋지 않은 것 같아요.

증사의 (눈알을 한 번 굴리며) 이게 또 뭐가 그다지 안 좋다고 그래요? 동생, 동생은 안심해요, 제가 절대 소동생 섭섭하게 할 리 없으니까. 이전보다 더 친해졌으면 친해졌지 이전보다 멀어질 리는 없으니까! (더욱 자기의 강개함을 표현하며) 나 이 사람은 아주 시원시원하다구요. 밤에 내가 이전에 증씨집에 올 때

가지고 온 장신구들을 한 번 뒤집어 보았는데. 공교롭게도 가장 좋은 구슬이 집혀 나오더라구요. 이건 바로 내가 문청씨를 대신해서 소동생에게 줄 생각이거든요. (말을 하면서 작은 탁자 위에서 오래된 비녀로부터 떼어낸 구슬 한 쌍을 들어 문채에게 넘겨주며) 동생, 보세요. 이거 어때요?

증문채 (할 수 없이 받아서 보며, 말이 나오는대로 칭찬하며) 그런대로 괜찮군요.

증사의 (점점 기쁘게) 전 성질이 급해서, 신방까지도 내가 문청씨 대신 다 봐뒀거든요. 좀 있다 원씨집 식구들이 기차에 오르고 방이 비면, 내가 도배사를 불러 빨리 도배를 하라고 시킬 거에요. 모두 우르르 달려들어 나틀 좀 도와주면 이 삼 일이면 동생도 결혼 축하주를 마실 수 있게 될 거에요. 전 뭐든지 다 생각을 해 놨거든요. ─(마치 비웃는 듯한 문청을 바라보며, 다시 찬미하는 표정으로) 우리 문청씨는 마음이 너무 좋아서 그의 소동생을 잘 못해 줄까 걱정을 하는데, 내가 일찍이 생각을 하고 있었어요. 이 다음에, (아예 후련하게 말을 한다.) 에, 듣기 싫은 말이지만 한 마디 하자면, 이 다음에 집에서 "쌍두마차가 되는 거지요". (상스럽게 웃으며) 우리는 아무도 누구를 억울하게 하지 않으면서요!

증문채 (마음속으로 조급하고 싫증이 났지만 또 어쩔 수가 없어서 따라 두 번 웃으며) 그래요. 하지만 어쨌든 아버지께 여쭤보기가 겁이 나는데요?

[장순이 서재 작은 문으로 들어오는데, 마치 금방 침대에서 불려 나온 듯 눈이 몽롱하고 옷을 정연하게 다 입지 못했다.

장 순 (문을 들어서자마자 부른다.) 큰마님.

증사의 (장순을 모른 체 하며, 문채의 말을 잘 못 알아들은 체 하며) 예?

증문채　제 말은 아버지께도 좀 여쭤봐야겠다구요.

증사의　(더욱 자신감을 가지고) 허, 이 일을 아버지께 여쭤볼 필요가
　　　　뭐 있어요? 이렇게 좋은 며느리가 있으면 (말속에 말이 있
　　　　다.) 그 노인님 시중 드는 것도 더욱 "명분이 서고 이치에 맞
　　　　게" 되잖아요? (갑자기) 그러나 한 가지이겠지만, 집에서는
　　　　부르기 좋을대로 그를 부르고, 문을 나가 밖에서는 그를 여전
　　　　히 "소아가씨"로 부르는 것이 좋겠어요. "마님, 부인" 하고 불
　　　　러서 다른 사람들이 우스개 소리로 들으면 안되니까요. - (또
　　　　한 번 문청을 힐끗 보고) 사실 전 아무 관계없어요, 이건 역
　　　　시 문청씨의 뜻이니까, 문청씨의 뜻! (문청이 막 말을 하려고
　　　　하다가 고개를 돌려 장순에게) 장순, 무슨 일이야?

장　순　나리마님께서 마님을 찾으세요.

증사의　영감님 아직도 안 주무셔?

장　순　예. -

증사의　(장을 향해) 가자! 음!
　　　　[사의가 급히 서재 작은 문으로 나가고, 뒤로 장순이 따른다.

증문채　(사의가 나가는 것을 보고 그제야 일어나 문청 앞으로 걸어간
　　　　다. 아주 동정하는 어조로 천천히) 오빠, 아직 아무 것도 안
　　　　먹었죠?

증문청　(그녀를 바라보며 고개를 흔들다가, 다시 실망한 듯 멍해진다.)

증문채　제가 대추로 만든 간식 좀 갖다 줄게요.

증문청　(급히 손을 흔들며 초조하게) 아냐, 아냐, 아냐. (다시 지친
　　　　듯) 난 못 먹겠어.

증문채　그럼 오빠, 방에 가서 세수 좀 하고 잠 좀 자세요, 네?

증문청　(멍한 채) 아냐, 자고 싶지가 않다.

증문채　(묻고 싶었지만 또 물어보기 어려워 하다가, 마침내-) 언, 언니

는 이렇게 밤이 늦었는데도 왜 오빠를 방에 못 들어가게 해요?

증문청 　(비참하게 웃으며) 흥, 나보고 미안하다고 그 사람한테 사과를 하라는구나.

증문채 　그래서 오빠는요?

증문청 　(절망적이지만 그러나 아주 강한 표정으로) 당연히 안 하지! (곧 눈을 감는다.)

증문채 　(아주 동정은 가지만, 그렇다고 또 어쩔 수가 없다는 어조로) 참, 세상에 어디 이런 일이 있어요. 남편이 막 돌아온 지 이 분도 제대로 안 되었는데, 또 이렇게 끝없이 —

[밖에서 서풍이 쏴아 하고 불고 있는데, 진유모가 서재 작은 문으로 들어온다. 그녀의 안색도 밤새의 피곤으로 창백해 보이며 눈도 좀 푹 들어갔다. 그녀는 큰 솜옷을 걸치고 하품을 하며 들어온다.

진유모 　(문청이 고개를 숙인 채 눈을 감고 기대어 있는 것을 보고, 잠이 든 줄 알고 문채에게 낮은 소리로) 청나리님이 어찌 잠이 들었지요?

증문채 　(낮은 소리로) 아닐 거예요.

진유모 　(문청에게 가까이 간다. 문청은 여전히 눈을 감고 말을 하려고 하지 않는다. 진유모가 그를 보고 불쌍하다는 듯 고개를 흔든다. 그를 아주 사랑하여 목소리를 죽이고 고개를 돌려 문채에게) 아마도 잠이 든 것 같아요. (가볍게 한숨을 한 번 쉬고, 몸에 걸쳤던 솜옷을 그의 몸 위에 덮어준다.)

증문채 　(낮고 급한 목소리로) 그, 그러지 말아요, 유모가 얼겠어요. 내가 가서 가지고 올게요. (자기의 침실로 걸어간다.) —

진유모 　(손으로 문채를 막으며 쉰 소리로 급히) 난 괜찮아요, 됐어요. 고모, 아무래도 윗방에 나리마님 한 번 보러 가야겠어요!

증문채 (초조하게) 왜요?

진유모 (마음 아프게) 누워 계시라고 해도 말을 듣지 않고, 방에서 앉았다가 또 일어나고, 일어났다가는 또 앉고 하면서, 계속 고모부 돌아왔느냐, 고모부 돌아왔느냐고 자꾸 묻기만 하세요.

증문채 (방법이 없어) 그럼 어떡하죠? 그럼 어떡하죠? 강태씨는 지금까지 저녁 내내 그림자도 보이지 않고, 어디로 갔는지도 알수가 없는데 -

진유모 (손가락질을 하며) 에이, 정말 나쁜 짓을 했지! (문채를 문청과 좀 떨어진 곳으로 데리고 가며 그가 깰까 봐 걱정한다.) 말하자면 불쌍하지요! 낮에 관, 관을 내주겠다고 쉽게 말은 했지만, 밤이 되어 생각을 하니, 이 몇 십 년을 지켜온 것을 훌쩍 남들이 가져가 버린다고 생각을 하면, - 생각해 보세요, 어찌 조급해 하지 않겠는지! 어찌

[장순이 서재 작은 문으로 들어온다.

장 순 고모님!

진유모 (깊이 잠이 든 듯 한 문청을 가리키며, 급히 연속으로 손을 흔든다.)

장 순 (즉시 목소리를 낮춰) 나리마님께서 부르십니다요.

증문채 그래! (두 걸음 가다가 고개를 돌려) 소아가씨는요?

진유모 금방 나리마님의 다리를 다 두드려 드리고 - 아마 방에서 무슨 물건을 정리하고 있을 거에요.

증문채 그래요.

[문채가 장순을 따라 서재 작은 문으로 나간다.

[밖에는 바람 소리가 약간 느려지고, 마당에 떨어진 나뭇잎은 뒹굴면서 사각사각 소리를 낸다. 시간 알리는 징소리가 점점 멀어지다가 너무 멀어지자 들리지 않는다. 옆 골목에서는 "딱

딱한 만두" 파는 처량하고 단조로운 목소리가 들려온다.

［진유모가 하품을 하며 문청 옆으로 걸어간다.

진유모 （고개를 숙이고 문청을 향한다. 그가 아직도 눈을 감고 있는 것을 보고 저도 모르게 낮은 소리로 부른다. 아주 사랑스럽게） 가련한 청나리님!

［문청이 눈을 뜨는데 여전히 절망적이고 권태에 찬 눈빛이다. 손으로 몸을 받친다. -

진유모 （놀라며） 청나리님, 깼어요?

증문청 （마치 병으로 지쳐 혼미한 중에 깨어난 듯, 천천히 고개를 들며） 유모였군요, 유모!

진유모 （문청을 바라보고 저도 모르게 눈시울을 닦으며） 저에요, 청나리님! （머리를 흔들며 그를 바라보고 아쉬워하며） 가엾어요, 정말 많이 야위었어요. 어떻게 여기서 잠이 들었어요?

증문청 （얼버무리며） 글쎄요, 유모.

진유모 어이구, 우리 청나리님, 밖에 있었을 때 정말 고생 많았지요! （눈물을 닦으며） 소아가씨와 전 하루도 도련님을 염려하지 않은 날이 없었다구요. 불쌍해요, 소아가씨가 -

증문청 （갑자기 진유모의 손을 잡고） 유모, 우리 유모!

진유모 （아픈 마음을 참지 못하고） 우리 청나리님, 우리 새끼. 내가 아끼는 청나리님! 돌, 돌아와서 아직 소아가씨 못 만나 봤지요?

증문청 （말은 못하고, 그저 진유모의 바싹 마른 손을 꼭 잡으며） 유모! 유모!

진유모 （그의 마음을 자상하게 읽고, 사랑스럽게） 제가 이미 도련님을 위해 그이를 찾아 왔어요.

증문청 （놀라고 매우 흥분이 되어） 아니에요, 아니에요, 유모!

진유모 죄를 졌어요, 우리 청나리님. 나리님은 어디 손자를 안을 사람

같아요, 청나리님!

증문청 (당혹해 하며) 아니에요, 아니에요, 부르지 마세요. 유모는 왜 -

진유모 (서재 작은 문이 열린다.) 그만 하세요, 그만 해. 아마 그이가 왔을 거에요!

［소방이 서재 작은 문으로 들어온다.

［그녀는 검은 타월천으로 만든 긴 치마로 바꾸어 입었다. 새까만 머리칼에 창백한 얼굴, 냉정한 표정, 큰 눈에는 괴롭고 또 피곤한 모습이 역력하다. 마치 아름다운 하나의 유령이 조용히 방으로 걸어들어 오는 것 같다.

［문청이 곧 아주 흥분하여 일어선다.

소 방 진유모!

진유모 (일부러 자연스러운 모양을 해 보이며) 소아가씨 아직 안 잤어요?

소 방 예. (구실을 찾지 못해) 전, 전 비둘기를 좀 보러 왔어요. (곧 비둘기 새장을 올려놓은 책상 쪽으로 걸어간다.)

진유모 (말이 나오는대로) 그래요, 보세요! (갑자기 생각난 듯) 저도 가서 손자 도련님과 손자 마님 일어났는지 좀 봐야겠어요. 큰 마님이 그 어린 부부들을 시켜 원씨 가족들을 배웅하라고 했거든요. (말을 하며 밖으로 걸어간다.)

증문청 (그의 솜옷을 들고 낮은 소리로) 유모 솜저고리요! 유모!

진유모 아! 솜저고리. (웃으며 그들을 향해) 제 기억 좀 보라니깐요!

［진유모가 솜저고리를 들고, 적당히 얼버무리면서 서재 작은 문으로 나간다.

［날은 아직 밝지 않았고, 바람은 또 크게 불기 시작하자 백양나무가 다시 소낙비처럼 소리를 낸다. 멀리서 이미 첫닭 우는 소리가 바람을 타고 맴돌며 전해온다.

[두 사람은 서로 대면을 하고도 묵묵할 뿐 한참동안 말을 못 꺼낸다. 문청이 부끄럽고 미안해서 고개를 숙이고 천천히 침실로 걸어간다.

소　방　(눈을 그제야 비둘기 새장에서 떼면서) 문청씨!

증문청　(걸음을 멈췄으나, 여전히 고개를 감히 못 돌린다.)

소　방　유모 말로 문청씨가 지금 절 찾았다고 -

증문청　(몸을 돌리고, 천천히 고개를 들면서 소방을 바라본다.)

소　방　(또 고개를 숙인다.)

증문청　소방아!

소　방　(저도 모르게 또 고통스러운 듯 새장 안의 비둘기를 바라본다.)

증문청　(할 말이 없어, 처량하게) 이, 이 비둘기가 아직도 집에 있군.

소　방　(고개를 끄덕이며, 침통하게) 그래요. 왜냐하면 얘는 이미 날 수가 없기 때문이에요!

증문청　(멍해 있다가) 내가 - (갑자기 깨닫고, 얼굴을 가리고 흐느낀다.)

소　방　(떨리는 목소리로) 아니, 아니 -

증문청　(여전히 슬프게 운다.)

소　방　(앞으로 한 걸음 다가가서 위안을 하면서도 괴로워하는 어조로) 아니, 이러지 마세요. 왜 울어요?

증문청　(통곡을 하며 소파에 쓰러진다.) 내가 왜 돌아왔지! 내가 왜 돌아왔어! 돌아와서는 안 된다는 줄을 분명하게 알았으면서 내가 왜 또 돌아왔느냐구!

소　방　(가엾게 여기며) 날 수가 없으면 돌아오는 거지요, 뭘!

증문청　(흐느끼며 하소연을 한다.) 아냐, 넌 몰라. - 밖에서 - 밖에서의 풍랑을 -

소　방　문청씨, 여기 (하나의 열쇠를 꺼내 문청에게 넘겨준다.) -

증문청　아!

소　방　이것은 그 상자의 열쇠에요.

증문청　(알 수가 없다는 듯) 그런데?

소　방　(냉정하게) 오빠의 서화를 모두 그 상자 안에다 넣어놨거든요.
　　　　(천천히 열쇠를 책상 위에 놓는다.)

증문청　(당황해 하며) 넌 어떻게 하려구, 소방아 -
　　　　[사이. 밖에선 바람 소리, 낙엽소리. -

소　방　들어보세요!

증문청　응?

소　방　밖에 바람이 너무 세게 불어요!
　　　　[바람 소리 속에서 마치 어떤 사람이 부르는 것 같은 소리:
　　　　소이모! 소이모!

소　방　(귀를 기울여 보다가) 밖에서 누가 절 불러요?

증문청　(역시 들어보더니, 잘 안 들리자) 아냐, 없는데?

소　방　(확신을 하며, 슬픔에 차서 천천히) 있어요. 있어!
　　　　[사의가 서재 작은 문으로 들어온다.

증사의　(소방을 향해 비웃는 듯 하면서, 또 무심한 말 같이) 아! 여
　　　　기에 와 있을 것이라는 내 추측이 맞았군! (친절하게) 소동생,
　　　　내 허리가 또 아파오는데, 있다가 좀 더 두드려 주세요, 괜찮
　　　　겠어요? 아, 아까 내가 알려준다는 것을 깜빡 잊었어, 사촌오
　　　　빠가 돌아올 때 동생 주려고 좋은 물건을 하나 가지고 왔어요.

증문청　(아주 난처하여) 당신 -

증사의　(다짜고짜로 책상 위의 그 구슬을 들어, 소방 앞으로 주며)
　　　　보세요, 이 구슬 얼마나 크고, 얼마나 동그래요!

증문청　(예민하게 두려워하며) 사의!
　　　　[장순이 서재 작은 문으로 들어온다. 문 입구에 서서 주인이

한참 이야기를 하고 있는 것을 보고 발걸음을 멈춘다.

증사의   (동시에 - 문청의 안색은 아랑곳하지 않고, 웃으며) 사촌오빠가 그러는데, 이것은 사촌 오빠가 사촌 여동생한테 주는 것이라고 -

증문청   (속이 끓어올라 부들부들 떨다가, 갑자기 폭발을 하며 분노하여) 당신 이 무슨 놈의 심보야!

[문청이 말을 다 하고는 곧 자기 침실로 달려들어간다.

증사의   문청씨!

[침실문이 꽝 하고 닫힌다.

증사의   (얼굴이 무거워지며, 냉랭하게) 참, 난 정말 부인 노릇을 어떻게 해야 하는지도 모르겠구만!

장 순   (이때 앞으로 걸어와, 낮은 소리로) 큰마님! 두씨집 관리인이 하는 말이, 인시가 지나가려고 하니 지금 관을 가져가야겠답니다.

증사의   좋아, 내가 지금 가지.

[장순이 큰 응접실로 통하는 문으로 나간다.

증사의   (갑자기) 좋아요, 소동생, 우리 다음에 얘기해요. (서재의 작은 문을 향해 두 걸음 걷다가, 다시 몸을 돌려 친절하게 웃으며) 소동생, 난 나의 위가 또 아플까봐 겁이 나는데, 부엌에 가서 따뜻한 소금물 좀 만들어 줘요.

소 방   (고개를 숙인다.)

[사의가 서재 작은 문으로 나간다.

소 방   (그곳에 멍하게 서서 비둘기 새장을 바라본다.)

[밖에는 바람 소리.

[서정이 큰 응접실로 통하는 문으로 들어온다.

증서정   소이모.

소 방   (움직이지 않고) 음!

증서정　（급하게) 소이모.

소　방　（천천히 고개를 돌려 서정을 보며 슬픔과 함께 아쉬워하며) 행복이란 정말 늘 있는 것이 아니구나. 하나의 행복한 꿈마저도 이렇게 짧다니!

증서정　（동정하는 어조로) 늦었어요, 소이모, 가시죠!

소　방　（낮고 무겁게) 문이 아직 잠겼어. 열쇠는-

증서정　（자신 있게) 괜찮아요! "북경인"이 우리를 도와 줄 거에요.

소　방　（잘 모르겠다는 듯) 북경인-?

　　　　[밖에서 사의가 부른다. 사의의 목소리: 소동생! 소동생!

증서정　（큰 응접실로 통하는 문을 밀어서 열며, 문 안쪽을 가리킨다-) 저 사람이에요!

　　　　[문 뒤에 작은 산과 같은 "북경인"이 우뚝 서 있는데, 그는 지금 기계 기름때가 가득 묻은 범포 작업복을 입었다. 철 같이 검은 얼굴과 강축과 같은 팔을 가진 그는 넓고 큰 손에 하나의 뻰찌를 들고 있다. 두툼한 눈썹 아래서는 눈빛이 이글거리고 있어 엄숙하고 무서워 보이지만, 자세히 보면 도리어 화목하고 솔직한 표정으로 미소를 짓고 있으며, 또 상냥하여 사람들에게 가까이 하고 싶은 마음이 생기게 한다.

　　　　[사의의 목소리: (더욱 가까이에서) 소동생! 소동생!

증서정　어머님이 왔어요!

　　　　[서정이 큰 응접실로 통하는 문 뒤로 숨는다. "북경인"이 우뚝 문 앞에 서 있다.

　　　　[사의가 곧 서재 작은 문으로 들어온다.

증사의　어, 혼자 아직 여기 있었네! 아버지께서 인삼탕을 마시고 싶다는데, 좀 가 봐.

소　방　（고개를 끄덕이고 가려고 한다.)

증사의   (갑자기 친절하게) 아, 소동생. 생각이 났는데. 내 생각에 지
　　　　금 동생에게 말을 하면 어떨까? (말을 하며 책상 옆으로 걸어
　　　　가 책상 위의 그 구슬을 든다. 갑자기 "북경인"을 발견하고
　　　　깜짝 놀라며 그를 보고) 어, 당신 여기서 뭘 하고 있어요?

"북경인" (위엄 있게 그녀를 바라본다.)

증사의   (놀랍고 의아스러워) 묻잖아요? 여기서 뭘 하냐구요?

"북경인" (다시 비웃고 경멸하듯 입가에 웃음을 짓는다.)

소　방   (조용히) 그는 벙어리예요.

증사의   (어쩔 수가 없다는 듯. 혐오스럽다는 듯이 "북경인"을 한 번
　　　　응시하고는 소방을 향해) 우리 밖에서 얘기하죠.
　　　　[사의가 소방을 이끌고 서재 작은 문으로 나간다.
　　　　[사람이 가는 소리를 듣고 서정은 곧 바로 큰 응접실로 통하
　　　　는 문으로 들어온다.

증서정   갔어요? (한 번 바라보고는 몸을 돌려 "북경인"을 보고 바깥
　　　　쪽을 가리키며 말을 하면서 손짓을 한다.) 문. 대문이. - 잠겼
　　　　는데 - 열쇠가 없어요!

"북경인" (서서히 주먹을 든다. 뜻밖에 한 글자 한 글자 굵고 힘차게)
　　　　우 - 리 - 가 - 문 - 을 - 열 - 자 - 구 - 요!

증서정   (깜짝 놀라며) 당. 당신 -

"북경인" (진지하고 친절하게 웃으며) 날 - 따 - 라 - 오 - 세 - 요! (곧
　　　　앞으로 향해 걸어간다.)

증서정   (크게 기뻐하며) 소이모! 소이모! (갑자기 다시 몸을 돌려
　　　　"북경인"을 향해. 친절하게) 당신이 앞에서 걸으세요. 우리가
　　　　따를 테니까!

"북경인" (고개를 끄덕인다.)
　　　　["북경인"은 마치 하나의 위대한 거령(巨靈)처럼. 안내를 하

듯 큰 응접실로 통하는 문으로 걸어 나간다.

［동시에 소방이 서재 작은 문으로 들어오는데 안색이 아주 창백하다.

증서정　(기쁘게 달려가서) 소이모! 소이모! 제가 알려 - (갑자기 소방의 창백한 얼굴을 발견하고) 왜 얼굴이 파래요? 왜 그래요? 어머님이 이모에게 뭐라고 했어요?

소　방　(가볍게 머리를 흔든다.)

증서정　(기쁨을 참지 못해) 소이모! 제가 한 가지 이상한 일을 알려 드릴게요! 벙어리가 정말 말을 했어요!

소　방　(무겁게) 음, 나도 떠나야겠어.

［밖에서 갑자기 날나리를 불고 징을 치는 소리가 아주 떠들썩하게 들려 오면서 바람 소리를 덮어버린다.

증서정　(놀라 고개를 돌리며) 이건 뭐 하는 거에요?

소　방　아마 두씨집 그 쪽에서 관맞이를 하는 걸 거야.

증서정　(또 웃으며 물어본다.) 이모 물건은요?

소　방　사랑방에 있어.

증서정　가지고 가는 거죠?

소　방　(고개를 끄덕이며) 그래.

증서정　소이모, 이모는 -

소　방　(처량하게) 아니, 너 먼저 가!

증서정　(놀라며) 왜 이모는 또 -

소　방　(고개를 흔들며) 아니, 곧 갈게. 그저 한 번 더 보고 싶어서 그래.

증서정　(문청이라는 생각에 - 자기도 모르게 성이 나서) 누구요?

소　방　(불쌍해하며) 불쌍한 이모부!

증서정　(그제야 알겠다는 듯) 아! (그래도 좀 괴로워하며) 그래요.

그럼 제가 먼저 갈게요. 우리 있다가 역에서 만나요.

[밖에서 문채가 부르는 소리: 강태씨! 강태씨! 서정이 곧 큰 응접실로 통하는 문으로 나간다.

[소방이 막 서재 작은 문을 향혜 두 걸음 걸었을 때, 문채가 급히 서재 작은 문으로 들어오는데 얼굴이 온통 눈물 자국이다.

증문채 (조급해 하며) 강태씨 아직 안 돌아왔어?

소 방 안 돌아 왔어요.

증문채 왜 아직도 안 돌아오지? (말을 하면서 소파에 쓰러져 울기 시작한다.) 우리 아버지, 가련한 우리 아버지!

소 방 (급하게) 왜 그래요?

증문채 (손수건으로 눈물을 닦으며 하소연을 한다.) 두씨집 사람들이 지금 관을 들고 가려고 하니까, 아버지는 필사적으로 그리 못하게 하느라구! 불쌍하게, 불쌍하게도 노인은 마치 애처럼 그 관을 안고 죽어도 안 놓으려고 해. (다시 흐느끼며) 정말 아버지의 그 가련한 모습을 감히 볼 수가 없어. (고개를 들어 눈에 슬픈 기색을 담은 소방을 바라보며) 사촌 동생, 동생이 가서 아버지를 좀 안으로 모셔, 더 이상 관 옆에서 못 보고 계시게!

소 방 (처연하게 서재 작은 문으로 걸어간다.)

[소방이 서재 작은 문으로 나간다.

증문채 (동시에 혼자서-) 아버지, 아버지. 아버지는 우리 이런 아들 딸들을 가지고 뭘 하겠어요! (일어서며 저도 모르게) 오빠! 오빠! (문청 침실로 걸어간다.) 이런 우리가 무슨 쓸모가 있는가, 무슨 쓸모가!

[갑자기 밖에서 폭죽 소리가 크게 난다.

증문채 (저도 모르게 발걸음을 멈추고 고기를 돌려 바라본다.)

[장순이 서재 작은 문으로 들어오는데 눈이 빨갛다.

증문채   이 무슨 소리지?

장 순   (화도 나고 괴롭기도 하여) 두씨집 그 쪽에서 폭죽을 터뜨리며
          관맞이를 하고 있어요! 우리 뒷문도 열고, 관을 이미 들었어요.
          [폭죽 소리 속에서 수많은 상여꾼들이 관을 들고 정연한 발걸
          음 소리를 내면서 나지막하게 "어이, 어이" 하는 소리가 들린
          다. 동시에 또 두씨집 관리인들이 독촉을 하면서 뒷바라지를
          하는 목소리가 섞여 들린다. 서재 창문을 통해 많은 등불이
          사람들을 따라 바삐 움직이는 것이 보인다.
          [이 때 진유모와 소방이 증호를 부축하고 서재 작은 문으로
          걸어 들어온다. 증호의 안색은 백짓장 같고 눈에는 핏기가 가
          득하다. 극도로 긴장된 가운데 그는 거의 이성을 잃어버린 듯,
          무슨 말을 해도 들리지를 않는다. 진유모가 눈물을 닦으면서
          끊임없이 위로를 하느라 당겼다 밀었다 한다. 소방은 비통하
          게 증호의 얼굴을 바라보고 있다. 그들 뒤에 사의가 따르고
          있다. 그녀 역시 손수건을 들고 눈시울을 닦고 있으나, 모래를
          닦는지 아니면 눈물을 닦는지 알 수가 없다.

진유모   (연달아) 들어오세요, 나리마님! 보지 마세요! 들어오세요. ―

증 호   (고개를 돌려 외치는데 목소리가 쉬었다.) 좀 기다려! 좀 기
          다리라고 해라! 좀 기다리라구! (부들부들 떨며 사의를 향해,
          두서없이) 너 다시 그들에게 얘기를 해라, 돈이 곧 오고, 사람
          이 곧 오고, 또 돈이 곧 사람을 데려올 거라고! 기다려! 그들
          보고 좀 기다리라고 해라!

소 방   이모부! 이모부 ―
          [소방이 증호를 부축하여 한 곳에 기대도록 해 놓고, 노인이
          이토록 흥분하여 숨을 헐떡이는 것을 보고는, 갑자기 그에게
          뭔가를 갔다 줘야겠다는 생각으로 곧 급하게 서재 작은 문으

236

로 나간다.

진유모 (끊임없이 권고를 하며) 나리마님, 그들을 보내세요. (미워하며) 그들보고 가져가서 자빠져 자라고 하세요.

증　호 (거의 애걸을 하듯) 네가 가 봐라. 사의야!

증사의 (이 때 그녀 역시 약간 괴로워하며, 어쩔 수가 없어 마치 어린애를 달래는 어조로) 아버님! 돈 있으면 우리가 좋은 걸로 하나 사지요.

증　호 (너무나 분해서) 문채야, 네가 가 봐라! 네가 가 봐! (발을 구르며) 강태는 도대체 오는 거야 안 오는 거야? 걔 오는 거야 안 오는 거야?

증문채 (줄곧 가슴아파 하며 — 연달아) 올 겁니다. 그 사람 올 거에요. 우리 아버지!

　　　　[밖에서는 폭죽 소리가 더욱 크게 울리고 관을 멘 발걸음 소리는 더욱 가까워져 마치 곧 눈앞으로 지나가는 것 같다.

증　호 (저도 모르게 소리를 지른다.) 강태야! 강태야! (문채에게 하는 듯 같기도 하고, 또 자신에게 하는 듯 같기도 하게) 걔는 어디로 갔지? 걔는 어디로 갔어?

　　　　[이 때 큰 응접실로 통하는 문이 갑자기 열리더니, 강태가 온 얼굴이 벌겋게되고, 머리칼이 헝클어지고 옷이 온통 구겨진 채 비틀거리며 걸어 들어온다.

　　　　[폭죽 소리가 점차 멎는다.

증　호 (거의 자신의 눈을 의심하며) 강태야. 네가 왔구나!

강　태 (어릿광대처럼 웃는 것 같기도 하고 우는 것 같기도 하며, 득의양양한 것인지 풀이 죽은 것인지를 분간할 수 없는 표정으로 모호하게 고개를 끄덕인다.) 제-가-왔-습-니-다!

증　호 (너무 기뻐서 어쩔 줄을 몰라 하며) 그래, 잘 왔다! 장순아,

그들보고 기다리라고 해라! 그들에게 돈을 주고, 그놈들 물러
가라고 해라! 가거라, 장순아.

[장순이 곧 서재 작은 문으로 나간다.

증문채 (동시에 강태 앞으로 걸어가) 꾼, 꾼 돈은요! (손을 내민다.)

강 태 (손뼉을 한 번 치고, 아주 기쁘게) 여기 있다! (호주머니에서
"화장지" 한 주먹을 끄집어내더니, "짝" 하는 소리와 함께 그
녀의 손바닥에다 던진다.) 여기 있다구!

증문채 당신, 당신 또 -

강 태 (동시에 고개를 돌려 문입구를 바라보며) 들어와! 기어 들어
오라구!

[과연 큰 응접실로 통하는 문으로 한 명의 경찰이 걸어 들어
온다. 뒤에는 증정이 따라 오는데 매우 부끄러워하는 표정이
다. 손에는 그를 대신해서 반병의 "브랜디"를 들고 있다.

강 태 (손과 발은 중심이 안 잡히지만, 그러나 떳떳하게) 이 사람이
에요! (또 손가락질을 하며, 분명하게) 바로 - 이 - 사람요!
(몸을 돌려 증씨집 사람들에게 변명을 한다.) 내가 북경반점
에서 방을 잡고 하루를 묵었는데, 오늘 내가 물건을 가져갔다
고, 내가 물건을 가져갔다고 꼭 우기면서 -

증 호 이 -

경 찰 (매우 예의 바르게) 죄송합니다. 어제 저녁에 이 선생이 부당
하게 저희 파출소에서 -

강 태 당신 웃기는 소리하네! 북경반점이지!

경 찰 (여전히 아주 예의 바르게) 파출소였습니다.

강 태 (크게 성을 내며) 북경반점이지! (경찰을 가리키며) 당신들
국장 내가 잘 안다구! (말을 하면서 걷다가 노기를 까마득하
게 떨쳐 버리고) 당신 보세요, 여기는 우리집이고, 제 아냅니

다. (그저 일시에 방금 있었던 충돌을 잊어버리고, 득의양양하게) 저희 장인 증호선생입니다. (갑자기 고개를 들고 웃으며) 보십시오, (방을 가리키며) 제 방입니다! (경찰을 보고 웃으며 아무렇게나 대충 손가락질을 한다. 마치 사람을 거느리고 참관을 하듯) 제 책상이구요! (자기 침실 앞으로 걸어가) 제 문이구요! (그리고 어리벙벙하게 걸어 들어가 입으로는 계속 말을 한다.) 제-(갑자기 아주 육중한 소리는 아니지만 "폭" 하고-)

증문채 강태씨, 당신-(그의 침실로 달려들어간다.)

경　찰 여러분, 지금 모두 보셨지요, 제가 이 도련님에게도 인수인계를 분명하게 했습니다.
　　　[손을 들어 이리저리 경례를 한다.
　　　[경찰이 큰 응접실로 통하는 문으로 나간다.
　　　[밖의 사람: (기쁘게) "들어요!" (한 바탕 웃음소리에 이어, 곧 다시 육중한 발걸음 소리가 들린다.)

증　호 (갑자기 다시 몸을 돌린다.)

진유모 뭐 하시게요?

증　호 보,-보자 좀,-

진유모 됐어요, 나리마님,-
　　　[증호가 앞에서 걷자, 진유모가 곧 급히 가서 부축을 하고, 사의 역시 가서 부축을 한다. 진유모와 증호가 서재 작은 문으로 나간다.
　　　[밖에서의 시끄러운 소리와 발걸음 소리가 모퉁이를 돌아 감에 따라 점점 멀어진다.

증사의 (증호를 문입구까지 부축하고 가다가 다시 돌아와 호기심이 생긴 듯) 정아, 그 경찰이 뭐라고 하던?

증　정 고모부께서 어제 저녁에 술에 취해 상점에서 물건을 사면서 다른 사람의 술을 한 병 훔쳤다고 했어요.

증사의　그 자리에서 사람들에게 붙잡혔대?

증　정　예. 무슨 영문인지는 모르지만 고모부는 엊저녁 내내 파출소에서 또 술을 반쯤 마시고, 또 무슨 영문인지 모르지만 스스로 훔쳤다고 말을 했대요. 이것 (그 반병의 술을 들고) 이것이 남은 반 병의 "브랜디"에요! (술을 책상 위에 올려놓고, 고통스러운 듯 소파에 앉는다.)

증사의　(남의 불행을 보고 좋아하며) 이게 오히려 잘 되었구나. 너희 고모부가 이제는 또 이런 재간도 배웠구나. (침실문 쪽으로 걸어간다.) 문청씨 (문 입구까지 가까이 가서) 문청씨, 방금 제가 이미 당신 소동생하고 얘기를 했는데, 그녀의 모습을 보니까 아주 기뻐하더라구요. 시간이 지나고 나면 좋을 거에요, 당신도 편안하고, 저도 편안하고. 당신은 당신 소동생에게 친구가 되어 주고, 저는 몸조리를 할 때 시중을 들어주는 사람이 있게 되구요!

증　정　(모친의 마지막 말이 하나의 바늘이 되어 그의 귀를 찌른 것 같다. 감전된 듯 갑자기 고개를 들며) 어머니, 뭐라고 했어요?

증사의　(잘 이해가 안 되는 듯) 왜 그래 -

증　정　(천천히 일어서며) 어머니 말씀은 어머니가 또 - 음 -

증사의　(좀 부끄러워하며) 그래 -

증　정　(두려워하며) 낳을 거에요?

증사의　(얼굴에 그것이 사실임을 나타내 보이며) 어때서?

증　정　(그의 모친을 향해 절망적으로 한 번 본다. 사이. 사납고 묵직하게) 그래요, 낳으세요.

　　　　[정이 갑자기 큰 응접실로 통하는 문으로 달려나간다.

증사의　정아! (두 걸음 쫓아가) 정아! (고통스럽게) 우리 정아!

[문채가 침실에서 급히 나온다.

증문채　아버지는요?

증사의　(멍하게 서서) 관을 보내고 있어요!

　　　　[문채가 금방 서재 작은 문으로 걸어가려고 하는데, 진유모가 증호를 부축하고 서재 작은 문으로 들어온다. 증호는 문입구에 서서 안 걸으려고 하면서 밖을 향해 소리를 지른다. 문채가 곧 문앞으로 좇아간다. 밖의 등불이 희미해지고 그 상여꾼들은 이미 아주 멀리 가버린다.

증　호　(얼굴을 문 밖으로 향하고 멀리 고함을 지른다.) 아니야, 그게 아니야! 그렇게 드는 법이 아니라구!

진유모　(동시에) 됐어요, 나리마님, 됐어요!

증문채　(계속해서) 아버지! 아버지!

증　호　(아쉬워서 들고 가는 관을 바라보며, 소리를 지르며 손가락질을 한다.) 그러면 안 된다구! 부딪치면 안 돼! (진유모를 향해) 그러지 말라고 시켜, 그 흙벽에 부딪치지 말고. 그 관 덮개는 사천 칠을 한 것이라구! 부딪치면 안 돼! 부딪히면 안 된다구!

증사의　상관하지 마세요, 아버님, 부딪쳐서 망가져도 다른 사람 거니까요.

증　호　(그녀가 일깨워주자 멍청하게 조용히 있다가, 한참 후에 갑자기 큰 소리로 서럽게 울면서) 죽은 마누라! 우리 죽은 마누라! 당신 잘 죽었어, 일찍 잘 죽었어. 죽지 않았더라면 당신 관마저도－. (발을 구르며) 살아서 아들 손자 낳으면 뭘 하나, 이런 쥐 같은 아들 손자를 낳아 뭘 하느냐구! (애통해 하며 소파에 쓰러진다.)

　　　　[와르르 하고 흙벽이 무너진다.

[모두 조용하다.

증문채 (낮은 소리로) 흙벽이 무너졌어요.

　　　　[적막 속에 강태가 자기 침실에서 비틀거리며 걸어 나온다.

강　태 (기쁜 표정으로 아주 큰 선의를 안고 사의를 향해) 제가 그랬
　　　　잖아요. 추석날 제가 알려줬잖아요. 무너지겠다구! 무너지겠다
　　　　구요! 지금, 보세요, 정말로 -

　　　　[사의가 혐오하듯 그를 힐끗 보고는, 갑자기 몸을 돌려 서재
　　　　작은 문으로 걸어 나간다.

강　태 (고개를 흔들며) 어, 아무도 내 말을 안 들으려고 하는군! 아무
　　　　도 나를 상대해 주지 않는군! 아무도 나를 상대해 주지 않아!

　　　　[강태가 말을 하면서, 또 책상 위의 반 병의 "브랜디"를 들고
　　　　다시 방으로 들어간다.

증문채 (조급해 하며) 강태씨! (따라 들어간다.)

　　　　[멀리서 닭과 개가 또 운다.

진유모 어!

　　　　[이 때 옆집에서 갑자기 여자의 울음소리가 들려온다. 소방이
　　　　회색 양털 조끼를 걸치고, 팔목에는 자기가 가져갈 담요 하나
　　　　를 걸치고, 한 손으로 인삼탕을 들고 서재 작은 문으로 들어
　　　　온다.

증　호 (고개를 들며) 누가 울고 있냐?

진유모 아마 두씨집 영감이 이미 숨이 끊어졌나 보군요. 제가 가서
　　　　보지요.

　　　　[증호가 다시 고개를 숙인다.

　　　　[진유모가 급히 서재 작은 문으로 나간다.

　　　　[닭이 운다.

소　방 (증호에게 가까이 가서, 조용히) 이모부.

증　호　(고개를 들며) 왜?

소　방　(부드럽게) 달라고 하신 인삼탕이에요. (건네준다.)

증　호　내가 달라고 했었나?

소　방　예. (증호의 손에 놓는다.)

　　　　[원아가 갑자기 큰 응접실로 통하는 문으로 조용히 들어온다.
　　　　그녀는 여전히 그 옷을 입고 있지만, 그 위에 치마를 입고 같
　　　　은 색깔의 짧은 외투를 걸쳤다. 옷깃 위에는 검은색 바탕에
　　　　흰 점이 있는 비단 수건을 느슨하게 매고, 손에는 "북경인"의
　　　　전영을 들고 있다.

원　원　(문 입구에 서서 낮은 소리로 급히) 날이 곧 밝겠어요, 빨리
　　　　가요!

소　방　(고개를 끄덕인다.)

　　　　[원이 빙그레 웃으며, 곧 그 전영을 가지고 물러가며 문을 닫
　　　　는다.

증　호　(한 모금 마시고는 인삼탕을 소파 옆에 있는 책상 위에 놓고,
　　　　가볍게 긴 한숨을 쉰다.) 휴! (고개를 숙이고 눈을 감는다.)

소　방　(관심을 보이며) 좀 좋아지셨어요?

증　호　(모호하게) 음, 음 –

소　방　(가엾어하며) 저 갈게요, 이모부.

증　호　(고개를 끄덕이며) 너 가서 좀 쉬거라.

소　방　예. (천천히) 갈게요.

증　호　(너무나 피곤해서 마치 자려는 모양으로, 가볍게) 그래.

　　　　[소방이 몸을 돌려 두 걸음 가다가 고개를 돌려 그 쇠약한 노
　　　　인의 가련한 모습을 보고, 참을 수가 없다는 듯 다시 와서 자
　　　　기가 가져가려던 모포를 그에게 덮어 준다.

증　호　(갑자기 또 모호하게) 좀 있다가 곧 오너라.

소　방　(눈에 눈물이 가득 고이며) 곧 올게요.

증　호　(눈을 감고) 다시 와서 나 좀 두드려 줘.

소　방　(물러가며 말을 하는데, 눈물을 참을 수가 없어 끊임없이 눈
　　　　물을 흘리며) 예, 다시 와서 두드려 드릴게요, 다시 와서 두드
　　　　려 드릴게요. 다-시-(누가 또 걸어 들어오려는 듯한 소리가
　　　　들리자, 곧 몸을 돌려 큰 응접실로 통하는 문으로 걸어간다.)
　　　　[소방이 막 나가려는데 문채가 침실에서 들어온다.

증문채　(증호가 졸고 있는 것을 보고, 조용히) 아버지, 인삼탕 마시세
　　　　요, 식겠어요.

증　호　아니다, 마시고 싶지가 않다.

증문채　(비애에 젖어 위안을 한다.) 아버지 괴로워하지 마세요. 어떻
　　　　게 해서라도 생활을 해야하니까요. (눈물을 흘리며) 기다리세
　　　　요, 아버지. 내년 봄이 되면 아버지 몸도 좋아지고, 증손자도 안
　　　　고, 강태씨의 성질도 고치고, 오빠도 돌아와 좋은 일을 찾고, -
　　　　[문청의 침실 안에서 갑자기 사람이 "흥" 하는 듯한 소리와
　　　　함께 침대에서 떨어지는 소리가 들린다.

증문채　(엉겁결에 소리를 내며) 아! (몸을 돌려 증호를 향해) 아버지,
　　　　제가 가서 보고 올게요.
　　　　[문채가 곧 문청의 침실로 달려서 들어간다.
　　　　[진유모가 서재 작은 문으로 들어온다.

증　호　(허약하게) 두씨-죽었어?

진유모　죽었어요, 끝났어요.

증　호　눈이 너무 아파! 불 좀 작게 해.
　　　　[진유모가 석유등 심지를 작게 하자 방안이 어두워진다. 큰
　　　　응접실로 통하는 종이 칸막이 위에는 점점 그 유인원 모양의
　　　　큰 "북경인" 그림자가 제2막과 꼭 같이 나타난다.

진유모   (고개를 들고 보면서 혼잣말로) 장난꾸러기 이 원숭이 원아가
        씨는 떠나는 순간까지도 –
        [문채가 당황하여 달려나온다.
증문채   (낮은 소리로, 급하게) 진유모, 진유모!
진유모   왜 그래요!
증문채   (아주 두려움에 떨며, 목소리를 낮춰) 우선 소리 지르지 말고,
        빨리 큰마님께 알리세요. 오빠가 아편 담배를 삼켜서 맥박이
        다 멈췄어요!
진유모   (놀라고 두려워하며) 아이구! (올려고 한다. –)
증문채   (그녀를 밀며) 울지 말아요, 유모, 빨리 가세요!
        [진유모가 서재 작은 문으로 달려나간다.
증문채   (억지로 진정하며 증호를 향해 걸어가서) 아버지, 날이 곧 밝
        겠어요. 제가 부축해 드릴 테니까 주무시러 가세요.
증 호   (일어나 두 걸음 걷고는) 방금 ᄀ 방안에는 뭐더냐?
증문채   (애통해 하며) 쥐에요, 쥐가 소란을 피웠어요.
증 호   그래.
        [문채가 증호를 부축하여 서재로 통하는 작은 문으로 천천히
        걸어간다. 문 밖에서는 닭이 또 을고, 날은 밝아지기 시작한다.
        이웃 골목에서는 노새가 끄는 수레가 천천히 굴러가는 소리와
        먼 곳에서 전해오는 날카로운 기차 기적 소리가 두 번 들려온다.

                                        – 막이 서서히 내린다.

◎ 한상덕 (韓相德) 약력

경상대학교 중문학과 졸업
성균관대학교 중문학과에서 석사학위 취득
중국, 예술연구원 화극연구소 방문학자
중국, 무한대학 중문과에서 박사학위 취득
중국, 호북사범대학 중문과 강사 역임
중국, 호북대학 중문과 교수 역임
[현재] 중국, 호북민족학원 남방소수민족연구중심 겸임연구원
[현재] 경상대학교 중문과 강사

중국 현대희곡 연구 및 번역 총서 7

북경인

• 초판 인쇄 　2007년 11월 30일
• 초판 발행 　2007년 11월 30일

• 지 은 이 　｜　조우 저, 한상덕 역
• 펴 낸 이 　｜　채종준
• 펴 낸 곳 　｜　한국학술정보㈜
　　　　　　　경기도 파주시 교하읍 문발리 513-5
　　　　　　　파주출판문화정보산업단지
　　　　　　　전화　031) 908-3189(대표) · 팩스　031) 908-3189
　　　　　　　홈페이지　http://www.kstudy.com
　　　　　　　e-mail(출판사업부)　publish@kstudy.com
• 등 　　록 　｜　제일산-115호(2000. 6. 19)
• 가 　　격 　｜　16,000원

ISBN　978-89-534-7883-1 94820 (Paper Book)
　　　　978-89-534-7884-8 98820 (e-Book)
　　　　978-89-534-7865-7 94820 (Paper Book set)
　　　　978-89-534-7866-4 98820 (e-Book set)